用俳句和随笔触摸中国

大陸逍遥

劉炳森署

（日）岩城浩幸　岩城敦子 著
田建国　董　燕 译

五洲传播出版社

图书在版编目（CIP）数据

大陆逍遥 / (日) 岩城浩幸，(日) 岩城敦子著；田建国，董燕译. -- 北京：五洲传播出版社，2023.1

ISBN 978-7-5085-4958-3

Ⅰ．①大… Ⅱ．①岩… ②岩… ③田… ④董… Ⅲ．①俳句－诗集－日本－现代②随笔－作品集－日本－现代 Ⅳ．①I313.25 ②I313.65

中国版本图书馆 CIP 数据核字 (2022) 第 230427 号

大陆逍遥

著　　者：（日）岩城浩幸　岩城敦子
译　　者：田建国　董　燕
责任编辑：黄金敏
装帧设计：田　林
制　　作：北京尚捷时迅文化艺术有限公司
出版发行：五洲传播出版社
地　　址：北京市海淀区北三环中路 31 号生产力大楼 B 座 6 层
邮　　编：100088
发行电话：010-82005927　010-82007837
网　　址：http://www.cicc.org.cn　http://www.thatsbooks.com
印　　刷：北京市房山腾龙印刷厂
版　　次：2023 年 1 月第 1 版第 1 次印刷
开　　本：787 × 1092 mm　1/16
印　　张：14
字　　数：160 千字
定　　价：96.00 元

目 录

代　序

俳句与汉俳的交流——林林先生访谈录

时间：1993年12月15日9时

地点：中国日本友好协会（北京）

人物：林　林（中国日本友好协会副会长、中国日本文学研究会会长、著名诗人和学者、翻译家）

岩城浩幸（日本东京广播公司北京支局支局长、记者、民间俳人、俳志《童子》同人，俳号酩酊散人）

岩城敦子（岩城浩幸夫人、民间俳人、俳志《童子》同人，俳号晴雨）

田建国（译员）

久闻林林先生俳名，景仰之余渴望当面讨教，遂恳请先生百忙之中拨冗谈谈俳句和汉俳及其交流，幸蒙先生慨然相允。

先生学识丰富，虽届高龄，但精神矍铄，兴致盎然，侃侃而谈，使人获益匪浅，感慨折服。

一

林：欢迎你们来采访。可以聊聊俳句和汉俳交流的话题，我也很高兴。

现在，日本的俳句已经国际化了，各国都写作。但是，写作的人有一个对俳句的理解问题。俳句在日语里是一句，共五七五三联十七个音节。但到欧美和中国，用其他语言来写的时候，十七个音节的内容就超过了日语的俳句了。特别是汉语，一个音一个字，一个字一个（或多个）意思，与欧美各国的语言内

与林林先生在一起（左为晴雨，中为散人）

涵又不尽相同。汉俳就是用汉语写的俳句。有人误会汉俳是汉诗式的俳句。其实不然。在中国说汉诗，指的是传统的旧体诗，并不能包括口语的汉俳。

一些写俳句的日本朋友说，汉俳的说明解释太多，过于冗长。这有一种批评的意味。依我看呢，当然，既然是诗，就不能说明解释，是要表现。把感情放进去，有言外之意，这才是好作品。与日本的俳句相比，汉俳就不太像短诗了。这既反映出诗形及文学的差异，也有各国人对本国诗的审美和习惯的问题。

不过，既然写的是汉俳，当然就要与俳句沾边，对日本的俳句有所依据。那就是五七五、季语等手法和形式。在当前，我们尊重日本俳人的习惯，不准备改变五七五，不管是用文言还是用白话写汉俳，都不打算改变五七五。切字就不一定要了。至于季语，现在有争论。在欧美，历来不注意季语。而在中国，诗里还是有春夏秋冬的季节感的传统的，但不成定规，这有点像日本的短歌。虽然在俳句里季语成了必要，但也有一些日本的著名俳人写过没有季语的俳句。这是有例可举的。日本现代俳句协会会长金子兜太先生好像就说过，外国人写俳句不一定非要季语不可。

总之，写汉俳有时用得上季语，有时就用不上了。如能用得上，我想会有助于诗美的。

二

林：我在试写汉俳之前，学习过俳句也试译过俳句。翻译时我一般都选择高水准的、在文学史上有地位的俳人和作品。古典的有芭蕉、芜村、一茶。我把他们三位译出后出了一本《日本古典俳句选》。这种工作是一种尝试，希望中国文学界更多一点理解俳句。除了翻译作品，我还写论文介绍作者和作品及其时代背景。再就是翻译介绍近代俳人及作品。我选了五位：正冈子规、夏目漱石、河东碧梧桐、高滨虚子、水原秋樱子。我觉得少了点，但要选出第六位困难挺大，因为可以列为第六位的俳人不少。

至于现代的，那就太多了。因为人选不好办，所以目前还没有打算搞一个现代俳人的诗集。而我个人呢，恰恰收到一位俳人的书最多。这位俳人就是鹰羽狩行。他现在是日本俳人协会负责人之一，主宰俳句杂志《狩》。我感谢这位先生的好意，他经常请我写汉俳在他的杂志上发表。真是盛情难却。后来他到中国来旅行，回去后出版了旅华俳句集，叫《长城长江抄》，要我题签并写一首汉俳当序。我答应了，并联系书名的意思用五七五写了一首汉俳：

鸟瞰在秋空
长城长江两条龙
龙头向海东

他还提供了若干自己的自选集以及专论性质的书和许多短文给我。这样我就有条件阅读研究他的作品了。后来我写了一篇较长的文章发表在著名刊物《世界文学》的创刊四十周年纪念专号上，介绍他和他的作品，颇有影响。这样一来，也算是把日本的古典、近代、现代的俳句向中国读者作了微薄的介绍，为中日文学交流做了点实际工作。

现在中国有许多汉俳作者，老中青都有，甚至还有中学生作者的作品参赛获奖。正冈子规故乡松山的中学生已组团来中国多次，每次回去都要写几句俳句交稿。中国的学生与他们交流写汉俳。日本学生想学汉语，中国学生想学日语，一来一往就有了感情。注意下一代人的友好交流是个重要的工作。

三

岩城：我们夫妇投稿的杂志叫《童子》。“童子”的典故出自芭蕉的名句“俳谐乃三岁童子也”（宁让三岁童子作俳句之意）。杂志的主宰是辻桃子女士。我们是《童子》的同人，她也就是我们的门师。

今年9月，她偕几位门人来北京旅行，并按传统习惯举行了句会。当时，我们都写了几句，而老师则创作了三十多句，发表在最新一期《童子》里了。恰巧前两天刚刚寄到，我们就给您带来了。

林：很好！我看到了你的一句作品中用了“秋老虎”一词，这扩大了俳句语言的范围。如用“酷暑”、“残暑”之类就太文雅了点。用“秋老虎”倒有点京味儿。

语言的口语化，是俳句创作中的一个重要问题。在这一点上，我是赞赏一茶的。他用口语，有时甚至用方言。我读过一茶的全集，是信浓每日新闻社出的。里头有一卷专门讲语言的。我认为一茶是位语言大师，他的作品中语言用得最多最好。我读过他关于语言的书，里面搜集了日本各地的方言，而且都列了出来。后人校勘日本的语言书籍时都参考他的书。关于这点，日本有什么评论我不太清楚，但他在俳句语言上的确很出色。

你能大胆使用“秋老虎”一词，可能就有一茶的影响吧。

岩城：也许吧，说不清楚。可以肯定的是，写的是北京的秋天，我又喜欢“秋老虎”的语感，就下意识地用上了。很高兴您欣赏“秋老虎”一词的使用。谢谢！

俳句杂志《童子》月刊封面（1993年8月号）

四

岩城：我常在《童子》上发表俳句作品，俳号叫酩酊散人。

林：这么说，你喜欢李白咯。

岩城：是的。我取“酩酊散人”这个俳号时，说老实话，心里想到的就是李白。

林：真有意思！那你是不是真的喝到酩酊的程度呢？

岩城：反正兴致一来，一醉方休。

林、岩城：哈哈哈……

林：是吗？李白是“斗酒诗百篇”。那你喝斗酒能写俳句几首呢？

岩城：惭愧惭愧，我怎么能比得上李白啊！

林：你既然也是一喝酒就能写东西，那么多喝就可以多写啦。

……

说到李白，我写过一篇小文指出，一茶也是受到李白的影响的。我为什么这样主张呢？我查阅一茶的年谱时，发现他曾用过一个笔名，叫做圯桥。这个笔名是有来历的。楚汉相争时，和韩信、萧何一同辅助刘邦打天下的还有一位，叫张良。他曾经得到仙人黄石公的指教，很有谋略。张良为了向黄石公请教，四处寻找他，终于在圯桥这个地方碰上了他。这个老仙人就脱下鞋子扔得老远，让张良捡回来。张良就去捡了回来。最后老仙人觉得张良这个人是可以培养的，于是就指点他，并给他打天下的兵书。圯桥的典故就是这么来的。李白在诗中曾写过这个故事。后来我再一查，一茶的俳句中有一句也讲这个故事。一茶的作品中还有许多与李白的诗相通，这里就不一一枚举了。你不是喜欢李白吗，我就拿一茶来跟你攀亲。我有这么一篇文章，找出来送给你参考。

岩城：非常感谢！

五

岩城：这是今年1月去三峡采访时写的六句俳句，当地一家杂志打算发表，于是我请田君译成了汉语，一并请您指教。

林：三峡这个题材大家写得很多。毛泽东主席也搜集唐宋人写的到四川旅游的诗。

岩城：实际上，我们夫妇每个月都向《童子》投稿，写了不少吟咏中国的俳句。我们打算把它们汇集起来，在每句之后加上相关随笔，整理成册。原想尽快完成的，可一直拖到现在也没能脱稿。这是部分参考书稿，只有我写的几句及有关随笔。将来全书脱稿后，一定呈上请您斧正。我们有一个愿望，就是在您的指导下，请田君将书稿翻译成汉语，争取直接在中国出版。到时恳请您不吝赐教！

林：不敢当！不过我祝贺你们！夫妇一起作句写书，太好了！我希望到时能欣赏到你们的优美诗情。你们来北京多久了？

岩城：快两年了。

林：还能住多久？

岩城：大概还能住一年左右吧。

林：那太好了，还能多旅行一些地方，写写中国。这也是俳句交流的一种形式嘛。

我刚才提到的金子兜太先生是我的好朋友。他曾向我提出，要出一部合作的书，把俳句和汉俳都收进去，并附上译文。当时日本方面人多，每人一首；中国方面人少，每人好几首，最多的是六首汉俳。汉俳作者以赵朴初先生为首，他是用文言写的。钟敬文先生也是老一辈人，九十多岁了。他是民间文化专家，著名教授。他是用白话写的，有的还带季语。我写了五首，都是讲花的。这很取巧，花本身就是季语。我用拟人法把花写成人了。苏东坡有一首诗，讲的是夜深了，海棠花睡去了，而他在月下看花中的美人。我就反其意而用之，说夜深了，海棠花却在月下等苏子。从这个角度表达他们之间的感情，似乎变得有些爱情关系了。 今天我带来了一本，送给你，请你指教。

岩城：不敢当！我一定好好学习。谢谢！

林：我还送你一本书，是翻译成日语的我的文集。书中有我学习俳句的笔记。有的是从各个角度阐述的，写得长了些；有的在《俳句》杂志发表过；还收了一篇小论文《世界最短的诗》和关于日本文化的文章等。请你不吝指教。

六

林：田君，你搞翻译，尤其是俳句翻译，那我也顺便谈谈俳句的翻译。

翻译的工作，我觉得很有讲究。俳句是五七五，就有人认为也应该翻译成中文的五七五。其实，我是不赞成这种观点的。前面讲过，日文往往是好几个音才表示一个意思，而中文一个字就是一个意思。如果一味用中文铺开，自己就要加油加酱，失去原句的含蓄、精炼等味道。当然，尽管如此，我也曾尝试过用五七五三行诗式的俳句翻译，但并没有加进去什么东西，还是忠实于原文的。这样自然是允许的。另一方面，十七音的俳句我有时甚至译成七个汉字。尽管这样也不比原句少了些什么。这样自然也是可以的。就是说，长译文中不能有额外添加的内容；短译文中不能缺少原句中所含的内容。这就是我的观点。还有人主张用三五三、四五四等固定格式去译俳句。这样的观点我也不赞成。因为有的俳句可以那么译，有的却不行。就这么一双鞋，不管大脚小脚都要去硬套，行吗？不能削足适履。

田君的译文基本上是根据原文的，而且字数、行数都有安排。这样做是对的。但是，作为诗的译文，文字上应尽量想办法找有诗味的字面表达，不论用文言还是用白话去翻译，都要忠实于原文，表达方式和风格也应尽量贴近原文。像“秋老虎”是口语，用文言翻译就未见得妥当。这个词中国人都懂。秋天来了，本来应该凉爽了，却又热得跟夏天一样。用“老虎”来表现这种可怕的热，有它独到的风格。翻译时应予以注意。

岩城：今天打搅您抽出这么多宝贵的时间，谈了这么多有意义的话，实在太感谢了。希望以此为契机，以后能有幸经常聆听您的教诲。

林：不必客气，我们还是校友呢！欢迎和夫人来。

岩城：一定来，谢谢！

译者按：本文虽然采访、成文较早，但于今仍有很大参考价值，故引为本书代序。本文原文曾经林林先生亲自校改删节，本文的使用也曾征得先生同意。这里使用时，我们基本尊重了先生的意见，但出于此文作为本书代序等考虑，对先生曾删去的个别段落和内容未忍割爱。特此说明。

自　序

1991年7月，我领命来到北京上任，成为一名常驻记者。那时，从东京乘飞机到北京需要四个多小时，因为飞行路线不像现在可以飞越朝鲜半岛上空，而要绕道上海。飞机穿越云层降落在北京首都国际机场。啊，终于来到大陆了！我是这样吟咏当时的心情的：

雲の峰いま大陸に立てりおり

越云峰，现已立身在大陆！

产生这种心境不光是因为飞行时间这一物理上的原因，更有一些别的理由。

此次踏上中国大陆前的十三年间，我作为一名日本的电视记者马不停蹄地跟踪采访过各式各样的题材。不论是作为社会部的记者还是政治部的记者，也不论是作为外信部的记者还是报道节目的编导，只要在采访现场，所到之处我都能隐约感到中国的存在。

特别是在政治部的那些年里，我先后有过三次访华经历：第一次是1987年随自民党干事长竹下登访华；第二次是1988年随首相竹下登访华；第三次是1989年随日中友好议员联盟会长伊东正义访华。除此之外，我到

1993年的国庆节，多少有点呆板，不如现在放得开

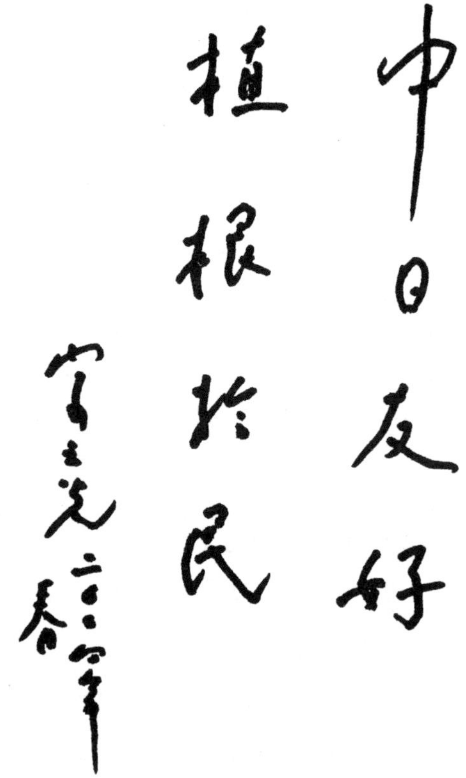

田建国（后立）与中国前驻日大使宋之光（前坐者）和夫人李清（左二）在一起

中国出差的机会可谓不多。而且，既然是政治家的随行记者，就得在有限的日程里连续采访各种会谈、会见，活动范围极其狭小。所以，要说“去过中国”，也只能停留在十分淡薄而短暂的体验上。从这个意义上说，中国对我而言总是既亲切又遥远。惟其如此，一直以来我也就更加盼望能够好好地亲眼看看中国。

下飞机后，我们走进了现今正在装修并准备改建成国内线专用的旧航站楼。当时，从北京首都国际机场到市内还没有高速公路，得走“机场路”。实际上，我们一路尽钻马车缝了，汽车咣当山响，走得却很慢。来接我的前任在车里告诉我：“现在我们正在通过‘泪桥’。听说不少常驻北京的日本人，在离任回国经过这里的时候，都会心绪万千、潸然泪下的。”

弥漫在首都机场的消毒液的独特气味、拥挤堵塞的机场路、架在潮白河上的“泪桥”，这些便是我对中国切身体会中最原始的风景线。啊，亲切而遥远、令我心向往之的中国已经展现在我的面前！一种实在感从我踏在大地的脚底传遍了我的全身。我默默无语，伫立良久……

俳句是日本文学中的一种体裁，

（上）中共十四大的时代……
（中）全国人大聚集了全世界的记者
（下）采访全国人大：望远镜是观察主席台的必备工具

通过俳句加随笔，畅谈对中国的感受，是增进中日两国人民相互理解和友谊的有益尝试。

祝 岩城浩幸
　 岩城敦子 著《大陸逍遥》出版

杨振亚

散人向杨振亚大使（右）赠书

采访钱其琛外长（左二为散人，右一为驻日大使武大伟）

被认为是世界上最短小的定型诗。它的基本形式由上五、中七、下五三联十七个文字(音节)构成，俗称“五七五”。诗中要有表现季节的“季语”（以及表示语气或断句的“切字”）。此外几乎没有其他特别的规矩。

因为诗很短，没有余地生加虚饰，写起来尤尚素直。有“俳圣”之称的日本江户时代俳人松尾芭蕉甚至说：“宁让三岁童子吟咏俳句！”这种吟咏瞬间所见所感的创作过程或许与照相的操作有相似之处。

生性急躁的我很是喜爱这种作业，但实际开始创作，却只是出于看见妻子写俳句后所产生的好胜心。

妻子当初搞天气预报节目时参加了俳句结社“童子吟社”，受到恩师辻桃子的指点。因为是做天气预报的，就起了个“晴雨”做俳号。稍晚些时我也决定参加这个结社，给自己取了个俳号叫做“酩酊散人”，表示自己好酒、公差多，不知天高地厚地自比中国大诗人李白。当然，这个俳号对我自己而言，至今也还只是停留在讽刺的意味上。

我的俳句创作一开始就动机不纯，怎么看也没逃出个人爱好的范围，根本不值得在人前卖弄，可不知怎的，在北京生活的时候曾引起过几位中国朋友的注意。也许是因为俳句本身给人的感觉不是文学的凝重，而是像快照一样简单、任人都能轻松诌上几句的新鲜吧。

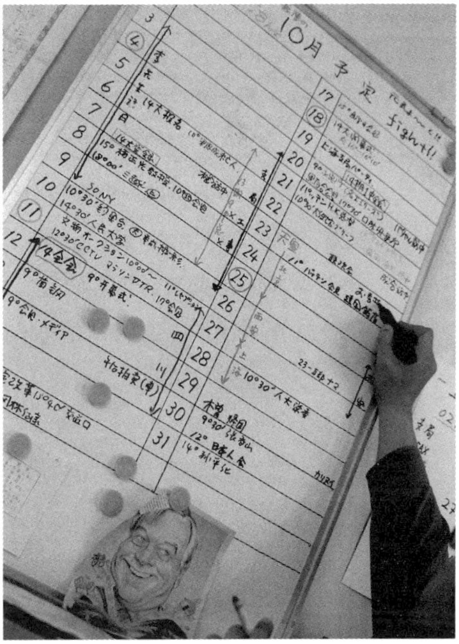

“十四大”加上天皇访华——1992年10月份的工作日程

至于妻子，则果真堂而皇之地在北京外交人员服务公司的日语圈子里办起了俳句讲座！事实上，这样一来，原本时断时续的作业倒让我们夫妇给坚持了下来，最终使创作经历得以延续至今。

这里不得不提到一位一直以来不断呵斥我们夫妇的人物——田建国先生。他是我1991年到1995年在任期间我们支局的重要一员。在世纪交替的2000年春天，我公出再访北京时见到了久违的田君和他的妻子董燕女士。见面后田君开口第一句问到我的就是：“把你们夫妇的俳句翻译成中文怎么样？”理由是：“你们夫妇的俳句最素直地表现了当时的中国。”

的确，日本做了许多工作来介绍当代的中国，但那更多地是以政治、经济、社会等方面的分析论文为主的，鲜有用散文、诗歌等文学形式表现和反映普通中国人的际遇和生活的作品。进而言之，用最素直的散文尤其是俳句手法反映普通日本人生活在中国的所见所感的作品被翻译成中文的，更是凤毛麟角，少得令人难以想象。

我们对自己所写的东西是否切合这种题材是有保留意见的。但是，愿与我们合作的田先生和董女士夫妇则不仅活跃在中国对外经贸最前沿，而且是对日语、日本文学和翻译有独到研究的英才！如能借得此二人之力，我们夫妇一试蛮勇又有何妨呢？况且，在诗的领地里，中国是历史最为古远的国度。日本的汉诗就是从中国传来的，而俳句又是从日本汉诗派生出来的世界上最短小的定型诗。把世界上最短小的诗译成世界上最古老诗国的语言，这个操作充满了激情和挑战，令人感到巨大魅力。这也是我的另一个动机。

尤其有幸的是，我们都曾有机会向这个领域的先贤和泰斗林林先生讨教。与林林先生会晤的情况已经反映在本书的代序里了，这里我想说的是，我与田君的共同合作事业从那时起就已经开始了。

如果说，本书的内容尤其是俳句打动了你，那都是林林先生教诲的结果和田先生、董女士夫妇的翻译编纂之功；书中应予叱责之处，则均是由原著者感性不足等造成的，愿引其咎。

酩酊散人岩城浩幸

2004年熏风之际于日本千叶县豪兴寓居

酩酊散人之部

岩城浩幸

ニイハオの飛び交う街や秋立てる

季语：秋立てる（立秋）

“你好”满街飘，秋天已来到。

“欢迎您到北京来！”这是到北京后市内随处可见的标语。可是，这种标语在日本的首都东京可就稀罕喽。

记得1987年初次踏上北京的土地时这幅标语上的文字给我留下了完全异样的印象。因为是与政治家同行，我们降落在了当时的旧机场。1972年田中角荣首相也曾走过那里的贵宾专用大厅。那座航站楼是一幢俄罗斯风格的建筑，淋漓尽致地展现出了上世纪五六十年代的气氛。而映入眼帘的惟一具有中国色彩的就是“欢迎”二字。也正是这两个字在整个建筑里令人感到很不协调。

当时，在开道车的引导下，我们在机场路上狂奔，几乎见不到行人，市内也没有商业广告。在这样的氛围中，就连大街上看到的欢迎横幅都像是政治标语。

在欢迎宴会和答谢宴会上，我接触到了几位中国人，虽然人数很少，但我当时惟一能与他们交流的中国话却更少得只有“你好”一个词。充其量还知道“你好”的最郑重其事和比较古板的说法叫做“您好”。这，就是我学习中文的第一步。

这次，刚到北京的第一天，我就迫不及待地出门上街了。在东单、在王府井、在天安门广场、在来来往往的行人中，我尝试着对每一位与我擦肩而过的人都招呼一声“你好”。因为从今天起，我就是一个北京居民啦，用不着“您好”，“你好”就成！虽然也有人现出怪异的表情，但只要

竹下登首相访华，与老朋友吴学谦在一起。

有人回我一句“你好”，我的心中就会涌出一种感慨：“这才是真正的中国！”同时也涌出一种喜悦：“最初步的语言沟通成功啦！”

支局的办公室

晚上。家宴上。支局公寓的阿姨（保姆）和厨师——以后他们都将是给我们全家关照最多的人。我向他们打招呼：“你好！”不料他们回答我的却是：“你来啦！”

咦？关系亲密就不再用“你好”打招呼了吗？如果真是这样，那么我们全家已经被接纳为关系亲密的人喽？

第二天早晨，我就对支局办公室和支局公寓的员工们说：“你来啦！”下午打招呼时就说：“吃了吗？”那感觉，简直棒极了！

在办公室。接电话。对方劈头就问：“谁啊？”真是无法招架！哼哼，这家伙来者不善呐！要是在日本，接到这种电话时肯定会有人回敬一句“先说你是谁！”就挂机的。但这可是在中国，只好学着点儿罢！

再次上街。对街头卖冰棍的大妈招呼一声：“你好！”大妈惊讶地“啊？”了一声，马上又没事儿人似的重新叫开了自己的买卖。那叫卖声在我耳朵里听上去就像一连串的“儿儿儿”。“对不起，请您把刚才的话写下来，好吗？”我用在日本学的最蹩脚的中文请求道。大妈的表情变得怪异起来。等她写完后我一看，结果居然是“冰棍儿，冰棍儿，一块钱一根儿！”我的天，这可真够我戗的。紧接着就听大妈回头嚷嚷了一句：“老玩儿！”我当是谁撂下工作不干只顾玩了，结果一打听，敢情，大妈说：“别扯了您呐，我叫我老头子哪，他姓王——！”

嗬，深了去了！拉倒吧，眼下就这个“你好”啦！反正我是“北京的东京人”嘛！

韓非子も百恵もありし夜店かな

季语：夜店（夜市）

夜间店，售韩非，卖百惠。

夜市，一个多么依稀模糊的去处！曾几何时，在日本，也是各地都有，食品、杂小什物、玩具、音乐磁带，还有图书、衣料，等等等等，琳琅满目，应有尽有。那语感，在小孩子们听来，简直带有“百宝箱”的韵味，远远不止于“夏季的风物诗”！

对孩子们来说，夜市的建立、在夜市举办的庙会和庆典等活动并不重要，他们关心的主角只是夜市本身。小手里攥着零钱，脑袋瓜里想着买什么呢怎么买呢，这也不好那也不行，踟蹰徘徊。于是，父亲微笑不语，母亲烦躁难耐。我们这一辈以前的日本人谁都会有这样的记忆。尤其是在夜市里可以站着吃东西，可难得啦。

在城市化、再开发大潮的洗礼下，夜市不知不觉地在日本全境销声匿迹了，反倒成了庙会、庆典的附属品，变成了一种“特殊”的存在。而年轻人一边走路一边吃东西的身影如今却变得日常化了，司空见惯。夜市的引退，不仅带走了季节感，甚至带走了“礼貌规矩”。

可是，在中国，夜市不仅仅为夏天所独有。对我而言，它的存在不仅让我找回了季节感，还给我以身在中国的踏实感。我常去北京东华门东侧一带的夜市，那里可以品尝到在餐厅里享受不到的各种小吃。只要看一看那里什么东西走俏，就能知道最新的流行和一般中国人的嗜好、趣味。每次逛夜市都给我带来不小的发现。“应有尽有”——夜市的写照！

《韩非子》二十卷五十五篇，这可是古代帝王的政治学教科书！

“这种书卖得出

驱除事故的保护神——毛主席？

去吗？”

“您要是买，这不就能卖出去了吗？”

毛泽东主席的肖像！

“卖得好吗？”

“挂在汽车里，可以保佑交通安全哩！”

瞧，还有山口百惠的大美人照！

“还记得山口百惠的《血疑》吗？那可是我们公司的作品哟！”

“是吗？那就请您代我问她好罢！”

古代与现代、日本与中国……这里可真是一个应有尽有的世界。逛这样的夜市，委实是接触和了解中国的最轻松简便、行之有效而且可靠无虞的方法。后来，我在中国每访一地，定规都要逛一逛那里的夜市，而不仅仅是北京的夜市了。

再后来，我还常领着来北京的朋友去逛夜市。不过，这种接待方法要因人而异。虽然大部分人会很高兴，说：“嘿，还有这种玩意儿呐！”甚至还会有人很佩服我，说：“你对中国的情况了解得可真够深的啊！”可是，也不是没有为此而生气光火的人，说：“好容易去趟中国，那小子不请我们去吃顿‘圆桌大餐’，却带我们去夜市小摊儿，真够抠门儿的！”

枝豆に何処から来たと問いかけ来

季语：枝豆（毛豆）

借问毛豆：尔来何方？

青豆を食べつはじきつ馬追える

季语：青豆（毛豆，青豆）

吃掉青毛豆，吐飞毛豆壳，追在马后头。

是大豆，还是成熟以前的。从某种意义上讲，人类是站在食物链顶端的动物，想起来该是十分残酷的。然而，毛豆，也就是青毛豆，却仍是最适合人类的饵食之一。

豆儿还绿着呢，就和枝叶一道连根拔起，被收获了。所以，日语里管毛豆叫“枝豆”。毛豆用盐水煮了来吃，不仅可以当佐餐料理，对日本人来说，还能让人直接联想到“啤酒”，这可是最具代表性的最简便的“酒肴”——下酒菜。

不同的地方管毛豆有不同的叫法。比方在山形县沿海一带的庄内地方，那里管当地产的毛豆叫“老豆”（だだちゃ豆）。“老豆”（だだちゃ）在当地方言里是“爸爸”、“父亲”的意思。这也许是因为做父亲的都爱拿毛豆当酒肴的缘故吧。可是，这个地方的人却会梗着脖子对你说：“老豆跟毛豆可不是一码事儿，口感、味道都不一样哦！”瞧，说话人的自豪劲儿可不是那豆子叫法的轻松劲儿可以比拟的。其实，我母亲就是那儿的人，所以，我见到毛豆时的语言反应也是：“嘿，老豆！”

在北京东直门附近的大众餐馆里要一瓶燕京啤酒，店家便送上一小碟毛豆。“嘿，老豆！”话还没有出口，心里倒纳闷儿了，问道：“这里可是北京，怎么会有老豆呢？”店里的小伙子一咧嘴笑了，反问道：“你是日本人吧？上次就有一个日本人这么问来着。真是少见多怪！”

大豆是一种与提高农作物产量有最直接联系的农产品，这是不难想象的。丰收之后，超计划的产量就拿来做外贸，这也是猜得到的。可是，这端上来的青毛豆也就是毛豆这玩意儿究竟是从哪里来的呢？“肯定是这里的啦。要是进口的，可就贵得了不得了喽。听说这种青毛豆还向日本出口哩！”店家的小伙子如是说。

还是在很久以前，我们公司的报道节目中有一个计划，叫做“一屉荞麦面”（日本的一种煮熟并过过凉水后用木边竹底的笼屉盛装的凉荞麦面条，用餐时在调料里浸蘸之后即可食用）。笼屉荞麦面，一种典型的日本食物。可是追根寻源探访了一番之后却发现，原材料几乎没有国产的，都是从亚洲各国进口的。这使我们不得不在采访原产地的同时思索粮食问题。所以，尽管我对日本的粮食自给率也是知道的，但却怎么也没有想到，这“老豆”，不，不，这“毛豆”，居然也是进口的！

中国的大豆一歉收，日本的黄酱和酱油就会涨价。恩格尔系数上升了，经济增长率就降低。从这个意义上讲，日中两国的关系与其说是一衣带水，不如说是一莲托生、休戚与共更恰当，难道不是吗？！这话在那天夜晚听起来，还真是妙然含有一些现实意味。

也许是因为有了那天夜晚的体验的缘故，有一次，我注意到大豆田里走着一匹马和一个少年。那少年身板儿笔直，一边走一边时不时揪下个豆荚，吸食了豆仁，然后“噗、噗”地吐飞豆壳。我从他背后招呼道：“吃生的，不涩得慌吗？”

“才不呐，长得可好啦，生点儿还带甜味儿呢。我爸肯定会开心的！”

“噢，到哪儿都是‘老豆’哩！”

渋柿のここにもありて蘆溝橋

季语：渋柿（苦涩的柿子）

这里也有苦涩的柿子。卢沟桥。

就是从这里开始的，那场不幸的战争！城墙上日军留下的弹痕历历在目，城墙边有棵古老的柿树——那种在日本遍地都有的柿树。听说前来瞻仰这座被称为马可波罗桥的日本人很多，但绕过来参观城墙的日本人并不多。

正是这再普通不过的柿树，才最有资格成为凝视历史的见证人。遥想当年，有没有“睹柿树，思故乡”的日本兵呢？是不是正因为没有这样的士兵才挑起了那场战争

采访残留着弹痕的卢沟桥畔的宛平城城墙

的呢?

我伫立沉思。一群正在玩耍的孩童不解地盯着我看。其中一个开了腔:“叔叔,那玩意儿涩着呐,可不好吃啦!”

我似乎没有听到一般一动未动。于是一个孩子敏捷地攀上树去。

“柿树枝容易断,危险!”

我的话音未落,那孩子已经摘下了一个柿子,复又灵活地溜下树来,把柿子举到我的眼前。孩子们神情专注地望着我,好像期待着什么。

我回回神儿,咬了一口柿子:真涩!孩子们看到我的表情后,全都大声笑了起来。他们看见我又咬了一口,便笑得更凶。我也大笑起来。我的笑声和孩子们的笑声交汇在一起,在留着伤痕的城墙上形成回音,永远地留在了我的耳畔。

晴雨多次陪同日本人到卢沟桥,给他们当导游

稲妻や二日遅れのニュース読む

季语:稲妻(闪电)

闪电。读迟来两日的新闻。

报纸上的新闻通常都是一天前的,但是日本的报纸是通过班机运来的,所以晚到一天。结果,在报纸上只能读到日本两天前的新闻。速报的价值是有些降低,但结合两天里的事态发展来看,对理清思路倒是很有效。

初次给我这种体验的那个夏季,几乎天天都能透过建国门外外交人员公寓的窗户看到闪电、听到雷鸣。闪电，把整个夜空劈成两半；雷鸣，几秒钟后便隆隆传来。电光闪过后，就会产生一种“来啦！”、“来啦！”的紧张感；听过雷鸣之后，就会产生一种释放感。这简直就像事件与新闻的关系一样。而且，这样的光景也令我实实在在地切身感到“在远方，思故乡”这句话的内涵。

我觉得，我所从事的广播电视和不断以惊人的速度发展起来的因特网，就像这瞬间的闪电一样，如实生动地传达着一种身临其境的现场紧张感；而报纸，则以其整理功能而不容置疑地具有把我们从紧张感中解放出来的作用。在被称为IT时代的现在，难道报纸真的失去了它的作用吗？我看未见得。

在日本，置身信息的洪水之中，会更加怀念这种时间差。如今，通过卫星我可以在日本国千叶县自己的家中收看CCTV（中国中央电视台）的节目，但却依旧阅读空运来的中国报纸，了解同样是迟到两天的新闻。

北戴河のらりくらりの秋思かな

季语：秋思（秋思）

北戴河那漫漫的秋思哟！

満月や渤海湾の波せわし

（本句为晴雨的作品）

季语：满月（满月）

渤海湾，月儿满，细浪你追我赶。

两句作品是在同一个地方——渤海边上的北戴河吟出的。不同的人，即使身处同样的景色之中，感受竟也会如此之悬殊。

渤海之大，足可以完整地容下一个台湾。大海的浪涛想要直接打到渤海深处的北戴河而不衰弱，恐怕是办不到的。散人情志悠闲地望着轻轻拍打过来的细浪，散漫得忘却了疲倦，心里不着边际地猜想着波浪的起处，把眼前的景色用俳句作了写生。

这北戴河，也是中国要人的避暑之地。也许，当时恰巧正在召开“北戴河会议”，要人们都云集在我身边的某处；也许，邓小平先生正在左近某处的海里游泳。

可眼下，没有任何类似的紧张感，四处飘溢着海水煮螃蟹的香味。不知为什么，有许多海鲜餐馆最后都会推荐“刀削面”。

“山西人可多啦，就在隔壁嘛！”

“......？”

打开地图一看，不得不颔首称是，这里的确是河北省。从这里一直向西，过北京，直线距离六百公里处就是山西省。的确是邻省没错，但超越这种距离感，超越这种海边与黄土高原的差异，张口就能说出“隔壁”二字来，给我的印象太鲜明了。这哪里有什么紧张感，让人切实感受到的分明就是大陆的悠远。也正是这种感受导引出了我的那句写生。

而晴雨呢，她的句作写生的却是另一番景色：波浪在满月的映照下不断地拍打过来，一浪接着一浪，使人感觉到了比实际景况更加夸张的动感。

交织在一起的蟹虾鱼贝的叫卖声，满处乱窜的小孩子，摩肩接踵的游人，满载货物的大卡车。这生活的景象与不曾间断的波浪交汇显现，方才使晴雨的写生句作得以成立。瞧，这浪还没来得及回去后浪就又推了上来，全然不像股市行情那样有涨有落。

如此可见，拍照也许可能冲洗出同样景色的照片来，而词语的选择在很大程度上取决于每个人当时的心理印象。于是乎就诞生了如此迥异的两首俳句。

最后，我们没有再去欣赏山海关的绝景，而是在这里不知厌倦地度过了三天的时光，径直返回了北京。

稲刈りの終われば白き乾土かな

季语：稲刈（割稻）

稻子割完，干土泛白。

听说还有“人民公社”，便前去参观采访，看到了一片干燥而泛白的土地。这一带有许多砖瓦房，是比较典型的农家，不时还能见到几幢现代化建筑。听说这片令人难以相信可以种稻的旱地，是在原来的旱田里试种旱稻留下的“遗迹”。

据说北方的主食不是稻米而是麦面。人们之所以试种旱稻，既是为了适应饮食生活的变化，也是为了试种高附加值产品的原料。总之考虑到了种种可能性。农户们拼命地解释说，只是种麦种豆不可能再有更大发展，所以，先试了一下这泛白的旱地究竟蕴藏着多大的潜力。

但是，既然是试验就有可能以“冒险失败”告终。明知可能失败，可这里的人们还是反复讨论了使用哪块土地、风险谁来承担等问题，并选定了一块地。然后，当地老百姓共同出资，种上了旱稻，还对提供试验田的人按原来所种作物的产量给予补偿。事已至此，这一年，在这里，大家不仅共同分担了全年的农活，而且共同投资购买了肥料。当然，也分享了收获。我细一琢磨，没准儿这就是“人民公社”。

在日本，管这叫“农业协同组合”。其他国家也有类似的例子。那么，为什么只有人民公社没有成功呢?

“那当然都是大锅饭的过啦！”大家异口同声地说。

听说这里的人们有一个梦，那就是在当地办一个农产品加工厂，弄成股份公司由大家共同经营，产品出口日本。他们问我，如何才能在日本畅销。本来我是采访他们的，现在反过来被他们“采访”了。于是我告诉他们：在日本的农村，“机械化”和“合理化”搞过了头，出于反省，现在正在提倡“造地”以摆脱化肥、“造人”以肩负农业。

大家你一言我一语地谈论着各自的梦想，不知不觉太阳已经下了山。农家请我们吃饭。因为我吃惯了日本的中粒米，所以试种的旱稻米在我的舌头上感觉特别轻，很不适应。但我们不得不为能在这片旱地上收获这种稻子、为他们敢闯敢干的精神高唱赞歌。

接着就是干杯。端上来的酒是白干儿，杯子也很大。

“嚯，这可成了‘大锅酒’了啊！”

我慢せよ北京秋天あと一日

季语：秋（秋天）

忍忍吧，再过一天北京就到秋天啦。

ひと月の秋連れ往きぬ訪問団

季语：秋（秋天）

访问团带走一月秋。

秋天，从日本来的旅游者和访问团数量骤增。都是冲着北京的秋天来的。这北京的秋天，会在某一天突然降临。我初次体验的那些与“秋老虎”搏斗的日日夜夜刚刚过去，马上就是湛蓝清澄的天空和凉爽宜人的微风。我想起那天在北京东城区一座古刹里细细聆听飘来的“京音乐”的情景。

摩挲着肌肤的秋风送来了一曲古调。奏乐的全是老僧。乐器都是古物，调得易于各自使用。乐谱全是“口传”的。说他们用的符号记谱的本本儿本身就是文物，一点儿也不夸张。

不管是东方还是西方，都苦于无法保存传统艺术，这是现状。“京音乐”也不例外。一位年轻的僧人告诉我们，两位年过八十的最年长的老僧尽管还在修行，但最终还是要圆寂，到时会把古调跟自己的生命一起带走。

木管的音色高亢、尖锐而圆润，与北京的秋天是那么地和谐。我的思绪驰骋到五百年前，想到这个国度的过去和未来，也想到自己的过去和未来。

我感到了夕阳西斜。北京秋天的空气在早晨、中午和傍晚给人带来不同的肤感。从傍晚到夜间，甚至已经使人感到晚秋的味道。后来我们很快便体会到，北京的秋天意外地短，国庆节的夜晚居然会让人感觉到初冬的意味。“北京的秋天”，最好的季节。在严冬来临之前，多么希望她能够再长一些啊！多么希望这“京音乐”的每一天能够再长一些啊！

后来，秋天过去了，来这里访问的人数眼见得减少了许多。

西向けば風まで黒き無月かな

季语：無月（没有月亮。特指中秋夜不见月亮）

西去也，风漆黑，中秋无月夜。

没有月亮——当然不是月亮不存在了，只是天阴看不见月亮，特指阴历八月十五中秋月藏在云中而看不见，甚至有“中秋无月”的说法。可见自古以来就有为中秋赏月的日子担心天气的。

在没有天气预报的时代，人们总是对空气的触感和云彩的情形喜忧参半。记得我们小的时候也是，会因为大人们说了句“明儿个不成了，西面有云了”而心情沉郁，又会因为大人们一句“该没事吧”而突然看到巨大的希望。

要问为什么会有如此的期待，那就是冲着汤圆去的。在中国，中秋节的习俗是吃月饼，而在日本则是吃“赏月汤圆”，而且是在对月许愿之后立刻开禁，大肆饕餮。

其实，那汤圆并没有什么了不起的，没什么特别的味道和特色，但按当时的饮食生活看，吃副食本身就是一种奢侈的习惯。尤其是孩子们能从只有在这一天才吃得到的汤圆中看到最大的价值。这也是情理之中的事。此外，每个家庭都会颇具创意地弄些让人联想到月亮的食品，像当时的高级食品香蕉什么的。

当然，不光是因为这种“次要”因素，更重要的是，只要到了这一天孩子们就会对月亮抱有一种独特的神奇感。中国有句话叫做“月到中秋分外圆”。但是在日本，从小大人们就告诉我们“中秋的月亮最亮”，而且孩子们还会为月亮的样子像“玉兔舂的年糕”还是像“螃蟹”而争论不休，搞不清谁对谁错。

中国有嫦娥奔月、吴刚酿酒、桂树玉兔等许多与月亮有关的美丽传说和动人故事，而在日本则有许多家庭会在中秋这一天向孩子们讲述日本最古老的传说——中世纪平安时代（公元794 192）的《竹取物语》。这也是日本中秋节的一道风景线。“伐竹的老翁养育了从竹子中诞生的美女赫夜姬。长大后有五个贵公子向她求婚，她都出难题一一回绝了。后来连皇帝的敕命她也没有答应，终于在八月十五的晚上回月宫去了。”在这种环境中成长起来的我们这代人至今仍对中秋的月亮怀着莫名的好感。

明天就是中秋节了。风猛烈地刮着。强劲的风使人感到天空和万物都是漆黑一片。我心情烦躁，嘴里嘟囔着：“要是有点儿云才有情趣呢……”中国朋友觉察到我的不安，安慰我说：“要是再多种点儿树，沙尘就会少些，能见度也会好些，月亮就能看清了。”

“现代与古代的较量”，这句话攫住了我的心。

友去りて故郷の出羽と同じ月

季语：月（月亮）

友归故乡出羽兮，异域同月。

每个人都有自己的故乡。而且，还会有心中的故乡，尤其是印象强烈的地方，像度过青春年华的学校等等。与地理上的故乡不同，心中的故乡可能有好几个。

自从我住进北京以后，就有许多人从日本来访，其中最多的是来出差的同事，其次是我和妻子的亲朋好友、熟人知己，甚至有朋友的朋友。这委实让人感到了一张无形的人际关系网。而且挨个儿数一数，总发现他们或多或少都与我心中的故乡有关。

“出羽国”，在今天的日本东北地方，就是山形县。这是一个西面濒临日本海、东面连接内陆的典型的农业县，是母亲的故里，是我心中的故乡之一。出羽三山错落有致，坐落在粮仓地带，怀抱着田园风光。那里的风景、生活在那里的淳朴的人们，以及在都市里已经日益丧失的生活智慧，给我的少年时代以巨大的影响。

东京和北京。我的工作就是在这两个首都之间进行日常联络，而这两座城市都会使我一闪念想起“出羽”。

“出羽”来人了。每天生活在他们那种令人怀想的故乡口音中，时间就像是回到了从前。这是一个秋天。

“国家不同，天上的月亮可是一样的哩。”

“……？”

“那当然喽！”

爆发出一阵笑声。然而，正是在这种谁都不会介意的对话中，包含着至深的真理。四宿五天的紧张行程结束了，老乡们都回去了。

“他们现在该回到同一轮月亮的下面了吧。”五岁的长女突然想了起来，笑着说道。同在一个地球上，共有同样的赏月习俗。还有那种只有在和平环境中才能体验到的感慨。

故乡啊，你总是源源不断地给予我们许多许多。

雨を待つ秋初めてと酒談義

季语：秋（秋天）

把酒闲聊：秋天盼雨头一遭。

不管你怎么说，北京就是少雨。天气预报说，明天也是晴天。不，如果连续起来看，眼下的预报又是晴天。莫非大陆性气候容易预报得准?

在日本，天气预报是“成也八卦，败也八卦”，跟算命一样，没个准头。而在北京，预报说“多云”就一定是“有云”，说“有风”就一定会“刮风”。听说自从接收中国中央气象台提供的信息以来，日本天气预报的准确度大大提高。真是多谢。

“雨水那么少，树怎么也不枯掉呢？”

“那是因为地下水丰富呗。”

“那地下水又是哪儿来的呢？”

整整一个晚上，都是在与中国朋友把酒聊天中度过的，而话题却只有一个——雨。他们遇雨的经历太少。即使下雨也下不长，随便往哪儿一躲，就能避过雨云，所以人们连雨伞都懒得备上一把。

可是在日本，此时正逢台风通过，“秋雨前线”稳扎本土，生出了“秋季长雨”之类的说法。

1964年东京奥林匹克运动会的开幕式是在10月10日举行的。听说把开幕式定在这一天举行的理由之一就是这一天是“特异晴天日”。就是说，根据过去的统计，10月10日这一天在历史上是放晴最多的日子。

可见，日本的秋天是多雨的，而“秋晴”在统计上却不像想象得那么多。也许这种天气规律已经渗入我们的身心，所以北京秋天的日日夜夜还真是奇妙地让人感到恋雨。

満月や乾いて白き鳴沙山

季语：满月（满月）

月满鸣沙山：山亮、沙干。

这首作品是1988年作为随行记者跟随当时的首相竹下登访问中国时在敦煌创作

的，后被收入《名句100选〈月〉》这本书中。该书收集了包括正冈子规、高滨虚子等日本文学史上著名俳人在内的以月亮为季题的著名俳句作品一百首，编排在一起出版。这使我感到莫大的荣幸。这一荣誉的取得完全是恩师辻桃子女士教诲的结果，对我本人而言这个光环则过于耀眼了。

言归正传。在这次随团采访中，我有生以来第一次近在咫尺地见到了邓小平先生，留下了强烈的印象。我记得，他当着一排排文字记者和摄影记者强调："不要把我的健康问题与中国的形势联系起来谈，那样不好！"以此暗示了自己的隐退之意。

后来竹下首相苦笑着对我们讲了这样一件事：

"伊东正义先生（时任日中友好议员联盟会长——引者注）曾经告戒我：'别让痰盂给搞懵了。事情原委是，邓小平先生特爱抽烟，会谈伊始就开始抽烟，一点也不造作，还不时向脚边的痰盂里咳痰。这可是定规的，从不会有例外。我（指伊东先生——引者注）是已经习惯了，每每遇到这种情形都觉得挺够派的，感到佩服。可要是胆小鬼，一准儿会被那咳痰的气势吓个半死。'会见时我就想起了这番话，刚一坐下与邓先生面对就情不自禁地惦着痰盂。不过，这次邓先生可没有咳痰呢。"

凡是在这个时期访问中国的日本首相，都会体会到与访问别国时不一样的持续的紧张。通常在其他国家，首脑会谈只有一次。而在中国，则事实上不得不与"国务院总理"、"中共中央总书记"和"最高实力者" 进行三次首脑会谈。所以，北京的日程结束后飞往敦煌时，包括随团记者在内的所有随行人员一下子全都放松下来。

敦煌落日很晚，可以使人很现实地感觉到向西的移动。当地举行的欢迎宴会结束后，大约是晚上9点吧，薄暮之中，有的人踏着余热尚存的沙子去爬鸣沙山，有的人体验初次骑在骆驼背上的感觉。不知不觉中太阳完全落去。手电筒光束以外的世界竟是漆黑的一片。

鸣沙山的轮廓却明亮了起来，有的地方甚至能够清楚地看到沙子堆积成的棱线。是汽车的灯光吗？可汽车的灯光没有这么强。是专门为日本首相准备的照明车吗？可要是照明车的话，光的方向就不对了。就在谜底揭开的同时响起了一片欢呼声。

出现在我们眼前的原来是月亮！简直就像日出一样，从山背后一点一点地露出身影。月光，竟是如此明亮！所有在场的人都屏住呼吸，惊赏奇观。月亮，似乎感觉到自己就是主角一般，用了足够的时间才展现出自己的全貌。在月光的照耀下，"月牙泉"在漆黑的暗夜中清晰地浮现出了美丽的身姿。

金山岭长城，蛇的山顶！

長城は三方にありそぞろ寒

季语：そぞろ寒（无端的寒意；景仰的战栗）

长城三面环，景仰，战栗。

“这家伙，还真造出来了！”这是著名演员绪方拳在为我们与中国中央电视台联合制作的大型专题纪录片《长城》担任特邀解说嘉宾、徜徉在长城上的时候发自肺腑的感慨。

万里长城。恐怕人们为形容这座在宇宙飞船上都能观看得到的建筑用尽了自己的语言。然而，使我最有同感的就是绪方拳的这句话了。历经了多少朝多少代、承蒙了几多民众的辛劳才成就了如今的规模啊！究竟是什么原因使然呢？其动机、其延续性，就算可以依照历史学说去理解，也无法在生理上找出满意的答案，更不能用辞藻形容。我自己曾多次登过长城，每次都会感叹：“这家伙，还真造出来了！”

陪同从日本来的客人，基本上是去八达岭、慕田峪，但只要时间富余也去金山岭。峻峰壁立，蜿蜒奔走如龙之脊，这景色本身就足可以耐得人们十二分的鉴赏。而在峰脊之上，长城绵延不断，宛如龙之背鳍，绝难想象那居然是出自人类之手的创造之物！

在晴空万里、能见度好的日子，我则会经常登上北京市内的高层建筑，远眺长城，尤其是金山岭长城。我非常喜欢这样，称之为“逆赏长城”。日本战国时代的武将武田信玄曾宣称“人即为墙，人即为城”而未建设兼作要塞的居城。由此我想到，与其说长城本身，不如说长城建设者的队伍才是当时最大的长城，难道不是吗？

曾经为防止外族侵略而建造的长城内外，而今已是五十六个民族和外国人的共同居住之地了。向三个方向同时放开去的视野无比广阔。风，越过长城刮过来，已经带着明显的凉意。最适于“逆赏长城”的季节就要来临了。

九龍凧行けるだけ行け九月尽

季语：九月尽（九月的最后一天；九月某天尽其一日）

九月底，放风筝，九龙尽情翱苍穹。

日中刚刚恢复邦交不久的时候，中国的一切东西都很稀罕。中国的风筝，尤其“连环风筝”，单凭那股子新鲜劲儿就成了常驻记者们报道的话题。在首届日中风筝节上，日本的武士绘大风筝和中国的连环风筝给人以竞相争霸的感觉。

春节、国庆节……一到节假日，放风筝的景象随处可见。在天安门广场看到的连环风筝呈现出龙的英姿，不愧为“九龙连环筝”。秋天清澈如洗的天空。无极无限、不知尽头的天空。我真想喊出自己的感受：九龙连环风筝哟，你尽情地翱翔吧！

毛泽东主席曾经对年轻人说：世界“归根结底是你们的”。记得孩提时代，人们也都对我们说：“你们身上蕴藏着无限的可能性。”一直到后来我才知道：随着年龄的增长，无限会变成有限，有限又将近极限。但我想，最起码要像连环风筝那样，虽然身体会因受到风力而摇摆，但却始终保持着整体的平衡。

建国门立交桥雪景（摄于1991年12月22日。当时高楼还很少）

初雪や蘭州麺の湯気短か

季语：初雪（初雪，新年第一次下雪）

初雪降新年，兰州拉面，蒸汽短。

以前听说北京不常下雪。所以看到窗外雪花纷飞时，就条件反射地绰起照相机奔到室外雪地里。

气温毫无疑问在零度以下。薄薄的积雪还没融化就结成了冰，足可以证明这一点。在积雪上踏行会吱吱作响，留下足迹，凸现自我。

鉴赏也罢，感伤也罢，总之身体会在瞬间从里凉到外。东京的冬天气温低于零度的情况几乎没有，而且零度上下差别虽小，但感觉上却大相径庭。

雪天里，小摊儿上面条、肉包子的热气儿格外引人注目。煮面锅的蒸汽、蒸包子

1991年12月22日——北京初雪纪念日

的笼屉的蒸汽，都会很快就被冷空气吸收殆尽，根本冒不了多长。蒸汽的长短似乎与气温有关。我观察的结论是：气温在零度以上时蒸汽长而从容，低于零度时短而早逝。不知诸位意下如何？

说到摊儿面，许多摊儿店都打着“兰州拉面”的招牌。兰州的拉面真的就那么正宗、诱人吗？哪怕在北京以外的各个地方也的确可以看到无数“兰州拉面”的招牌。总之，这究竟是为什么，我至今也没闹明白。

再跟大家聊一聊第一次吃肉包子时的失败之谈。我对店家说“来一个”，并递上一张十元纸币，结果店家给上了一笼屉，里面竟有十个包子。通过这件事，我现实地体会到了易被忽视的数量词的原义这一语言学课题和何为物价这一经济学的基本命题。

言归正传。尽管此地的雪饱含着丰富的季节感，也还有一个令人棘手无奈的地方。积雪虽然很薄，但在背阴的地方，再薄的积雪也会持久不化。于是，薄雪上面自然会覆盖尘土，没多久就分辨不出哪里是路面哪里是积雪了。不知有多少次，我以为是路面而漫不经心地迈出脚去，不料却被积雪滑了个仰八叉。

郷に入りて水餃炊きし年の宿

季语：年の宿（大年夜）

入乡宜随俗，年根儿煮水饺。

按日本的习惯，大年夜要吃荞麦面条。旧年的最后一天了，又要准备过新年又要“大扫除”，十分忙碌，晚饭为了简单一些，就吃荞麦面条。这面条叫做“过年面”。家务繁多，一年的最后一天也逼得人不得闲，“哎呀呀，总算干完了！”该喘口气的时候吃得是荞麦面条；“就要干完了，吃了过年面再加把油吧！”这时吃的还是荞麦面条。尽管每家的事情、每年的情况各有不同，但主角总是荞麦面条。

用水饺过年

习惯这东西，会随着年头不断形式化的。曾几何时，每家每户都是白天“手工揉面”做好面条，到了晚上煮了来吃。后来就有了“外卖”的习惯，而且很普及：荞麦面条店在指定的时间把过年面送到客户家中。现如今，不论你是在家忙家务还是出门旅行，总还保留着大年夜有意无意地吃荞麦面条的习惯。有时，年轻夫妇虽然连含义都闹不懂，却也会跑到连锁店买些袋装的荞麦面条，回到家里喜气洋洋地煮了吃。其实这种情景已经不是什么稀罕事了。

闲话且住。我们总算搞明白了，在中国迎新年要吃饺子。“入乡随俗”嘛。到了大年三十，我们也就现学现卖地挑战“自家手工”饺子。为什么叫“自家手工”饺子呢？在日本，几乎没有在家包饺子的习惯。即使自己包，也只是和和馅儿，皮儿都是买现成的。而自个儿和面擀皮儿，很像手工揉面做荞麦面条，所以我就管自己在家和面擀皮儿剁馅儿包的饺子叫做“自家手工”饺子。

经过一番鏖战饺子做出来了，甭管形儿咋样，味儿还真不赖。也是应该，完全是按学来的方法如法炮制的嘛。可问题是耗在这上面的时间。本来这个大年三十除了包饺子外别无他事，应该是极清闲的，可就是为了包这个饺子，从买材料开始，一会儿这一会儿那的，半天时间很快就耗去了，结果，真成了忙碌的大年三十了。

听说，饺子传到日本主要是在1945年之后。结果，甚至有些地方像福冈、栃木县的宇都宫等地都以饺子为土特产名扬全日本。不过，只要说到饺子，不光是这些地方，在整个日本一般都是指煎饺（锅贴），而且馅儿里要放擦碎的大蒜头。

在饺子的娘家中国，一般都是水饺，馅儿里也不放大蒜。为什么到了日本会发生这样的变化呢？而且，饺子在日本不管扎根在什么地方都发生了同样的变化。这些究竟是为什么，我至今没有找到答案。

長城の初日割れたる鋭角に

季语：初日（新年第一次日出；新年第一次出现的太阳或其光芒）

新年旭日照长城，棱角锐利如锋。

元旦——1月1日的日出，又叫“新年初次日出”或“来光”。在日本，人们观瞻膜拜她，祈祷新的一年里全家安康、无病无灾。这种做法可能起源于敬畏太阳的朴素信仰，但现在作为一年之中全家人的第一次集体活动，或作为恋人们起誓未来的一种形式，也许它的重点已经被放到地点的选择上了。

我约中国朋友：“去不去观赏新年的第一次日出？”还建议说，地点最好选在万里长城。他的反应是：“有什么必要在最冷的季节最冷的时候到最冷的地方去？！”的确，这种说法也有一定道理。我的家属也持同样意见。结果，根据民主原理，决定新年第一天睡个大懒觉。

可是，有一位日本人跟我想的一样但却没有像我一样半途而废，而是付诸了实践。他回来后告诉我说：“太棒了！太阳一出，阳光可着长城古墙的凹凸照耀着，看上去锐利得很咧。你瞧！”说着，他拿出照片来给我看。“还去了不少日本人呢。”他补充说。

于是我豪言道：“明年一定去！”结果遭到全家的白眼。所以，尽管我宣布了一定要去的计划，最终还是夭折了，未能实现。因此这一句是看了照片以后创作的。

这并不是自始至终贯彻民主原理的结果。暂且可以说这是我赞同了中国式合理主义的结果。前面提到的那位日本人，得了重感冒。为了等待日出，在长城度过了漫长的凌晨，不感冒那才叫怪呢。本来是去祈求无灾无病的，却因此得了病，岂非事与愿违？！

春節の夜は空襲の如くなり
季语：春節（春节）
春节之夜，有如空袭。

说实在的，要说这是一个不够谨慎的感想，我也无话可说。不过，我真的没有想出其他更合适的表达方式。在北京迎来了第一个春节。满天耀眼的焰火、震耳欲聋的爆竹声和着零点报时的钟声一齐传来，火药的气味立刻弥漫了大街小巷。看上去、听上去，那情景简直就像空袭时的地对空炮火一般。

过去曾在横滨中华街见识过华侨们放焰火点爆竹庆贺春节的景象。但横滨的中华街与中国的首都，在规模上是不可同日而语的。如果你再想象一下全中国遍地都是如此，还能找到中意的表达方式吗?

现在说起来，当时能亲眼看到这番光景还真是幸运。因为从第二年开始许多城市就禁止燃放烟花爆竹了。而现在，想必原则上所有城市都一律禁止了吧。

不过，实施市区内禁放条例的当年，人们都跑到郊区去买烟花爆竹。所以，那年市区仍旧星星点点地有烟花升空爆竹飞响，虽然谈不上像是空袭了，看上去却也与曳光弹相差无几。诚可谓“上有政策，下有对策”。这句话想起来还真贴切，有说服力。然而，关于燃放烟花爆竹的禁令后来似乎迅速地贯彻了下去，颇让人感到意外。这也说明了当时因爆竹而起的事故的严重。

第三年的春节，我们全家去云南旅行。当时少数民族地区还没有完全禁止烟花爆竹。与我们同行的中国朋友们甭提有多开心了。汉族的传统只能跑到少数民族地区来看来听，讲起来多少有点讽刺意味。不过，这只是过渡期现象。想想烟花爆竹引起的事故屡屡不绝，连我们异民族（外国人）也都是抱着下不为例的心态来观赏这种“小爆炸”的。回到昆明城区，市内公园飞来了无数的鸥。听说往年这些鸥一听到春节的爆竹声就

统治昆明公园的海鸥，
由不得你不低头

像听到口令一样一转眼就飞往他方，而今年禁止燃放烟花爆竹了，这些鸥居然也就乐不思蜀了，低旋在公园的上空，就与阿尔弗雷德·希区柯克导演的电影《鸟》如出一辙。

说穿了，我压根儿就没想到在地处内陆的昆明能见到鸥，可昆明的市民们却对此“异常情况”习以为常，争相拿出饵食放在手掌上，开心地看着鸥啄了去。

禁止燃放烟花爆竹令的意义实在太深远了。

スニーカーのラマ僧居たり初詣

季语：初詣（新年第一次参拜寺庙或神社祈福）

新年初拜佛，喇嘛穿鞋也休闲。

元旦参拜神社佛寺的习惯究竟是什么时候从什么地方传到日本的呢？说起来，把前来参拜的人们称做“善男信女”的习惯也真是不可思议。

穿旅游鞋的喇嘛僧

一个人的愿望在别人看来未必就不是“恶的祈祷”，何况谁也不能断言所谓“善男信女”中就没有恶人在内鱼目混珠。当然，这会因人的本性是善是恶，亦即因支持孟子还是荀子而异。我来到了一座喇嘛寺，这些思绪在我的脑子里堂而皇之地转着圈圈。

门前店铺鳞次栉比，一派热闹景象。这一点日中两国没有分别。有僧走过，僧衣下的脚引起了我的注意。那不是“李宁”牌吗？轻快的休闲运动鞋迈着颇有节律的步伐行进着。

日本僧侣的服装是极其程式化的。僧衣上些微的差别是表示地位和宗派的象征，而脚下则清一色，不是木屐就是草履，仅限于日本的传统鞋类。

现代与传统的融合、共存。不，不！我的脑子里又翻滚起剪不断理还乱的思绪——宗教究竟为何物？！长女的感想是：“日本和中国的和尚开个运动会，好像中国的和尚厉害耶！”

我坦率地同意了这个说法。这也许是一个佐证，证明所有的人一进到寺院内都会无条件地变成善男信女，连我也不能例外。

我看，在这里，还是先举孟子的军牌吧。

節分の夜は水槽の如くあり

季语：節分（季节转换期，特指立春、立夏、立秋、立冬的前一天）

季节变换时，夜景似水池。

上世纪80年代访问北京时，“街上很黑”、“照明很暗”的印象在我对北京的感受中占有很大的比例。主要街道长安街两旁排列的橘黄色路灯放出的光芒细微昏暗，与其高大的外形不成比例。记得听到过“引进了东欧技术”的解释，但电力形势恐怕更严峻。实际上，我在短暂的逗留中就遭遇到好几次停电。

1992年以后从室内到街道的照明迅速地亮了起来。这一点在我的记忆中留下了明晰的烙印。要说这是邓小平先生南巡讲话的成果未免有些牵强附会，但我推测，随着改革开放的深入电力建设加快了速度则是毫无疑问的。

不光是路灯，我们还看到许多颇具匠心的照明设计：可着建筑物的轮廓装上霓虹灯、做成形形色色的下垂的灯帘、给绿化树挂上灯饰……不一而足。企业广告牌的增加，似乎也加快了室外照明需求发展的步伐。而且，照明的进步直接改变了街道的形象，什么香港风格啦，什么台湾风格啦，一时间议论四起，然而最终的结论却是更大意义上的“中国风格”。

过去曾用“百万美元的夜景”来形容香港夜晚的景观，但今天的北京大概远远超出了“百万元的夜景”的范畴。不过总有一件事让我担心，那就是色彩。90年代照明发展的主色调是绿和蓝，尤其是装饰照明这种倾向更明显。所以，整个北京的夜景给人的印象是蓝色的，看上去就像一个巨大的水池。按我个人的见解，在原本只有白炽灯的地方要加进某种色调去对抗那种橘黄色的光，那种光必然是蓝色。尤其到了节假日比较安静的夜晚，绿和蓝的色调冷冷的，看上去更像大水池。

街道的色彩，进而言之，首都的色彩，直接反映了那个城市、那个国家的风貌。21世纪，北京街道的色彩会发生什么样的变化呢?

フラフープ買う列長き二月尽

季语：二月尽（二月的最后一天；二月某天尽其一日）

二月底，排长队，争购呼啦圈。

记得是1992年。春节前突然流行起呼啦圈来，而且一下子就扩散开去。这不起眼的圈儿是塑料做的，直径有半米到一米左右，玩起来很简单，扭动腰肢让它围着腰旋转就可以了。这种游戏20世纪60年代曾风靡日本。

不光是北京，在各地的街头巷尾和公园广场都能见到人们在玩这玩意儿，想必是全国性的热潮。地坛公园、龙潭湖公园……为了买呼啦圈，父母、孩子和年轻情侣排长队的景象屡见不鲜。于是原本只值五块钱的简单玩具身价倍增，涨到了十五、二十元，当然，这个价码似乎也无法再往上涨了。

呼啦圈在流行的同时也招来了种种议论。起初是“对减肥很有效”、“不，对腰有不良影响”之类的争议，后来又传言国家体委可能要把这种游戏当作正式的体育项目管起来。

然而，这个游戏的衰退也很快。我记得，当年夏天热潮就开始降温，到了年底几乎就已经销声匿迹了。更有甚者，还出现了一些论客板面蹙额地说：“这种毫无意义的游戏突然流行又被迅速厌弃，这本身就证明人民的精神空虚。”

是谁点火掀起的热潮？如此流行为什么却不能长久？这的确是一个令人不可思议的现象。不过，如果想象一下，偌大中国，众多人口，究竟消费了多少呼啦圈？这些呼啦圈现在又到哪里去了？是不是已经被当成晾衣竿了？这样，与其板面蹙额一本正经地高谈阔论，倒不如一笑了之来得潇洒。

黄塵の中静かなり太極拳

季语：黄塵（黄尘；尘土）

黄色沙尘暴中取静。太极拳。

黄土高原的尘土，每年都乘着春天的季风飘扬到日本来。从“黄尘”一词已然成了俳句季语的事实看，想必在江户时代这种现象就已经司空见惯了。

在春风强劲的日子里，稍加注意，就会看到积在窗框上的黄色沙土。于是就会有人一边用手指揩拭一边感慨起来：“真的，不远万里漂洋过海，跑到这儿来了耶！”当然更多的人会痛苦地觉得：“打扫起来可真费劲哟！”然而，如今我家却经常劝导别人：“就这么点儿，算什么呀！”

事情发生在北京，是一天夜里突如其来的事。夜深人静，全家已经熟睡。突然，地裂山崩般的轰鸣由远及近地响起，把我们惊醒。窗户玻璃被撞得哐当山响。随后轰鸣就化做阵阵强风袭来，毫不给人以喘息的机会，远比季风一词所能形容的来得剧烈。就在这一瞬间，我们体验到了天气预报所说的“六到七级大风”的实际威力。

第二天早上，满目一片黄色的世界！大风卷着黄色的沙土扑面而来，让人睁不开眼。我饱受折磨才从家走到近处的某国大使馆，可是，就在我拼命前行时，蓦然看到日坛公园里有人影晃动。走近了一看，居然是一群老人在打太极拳。我心里正寻思他们怎么敢在这种时候出来打什么太极拳，忽然发现这里既安静又没有尘土，颇显奇妙。

“有这么多树哩，不碍事的！”一位老人开了腔。看上去，你甚至会以为从中国的清朝也就是日本的江户时代起，他就住在这里似的。这实际的感受使我想起了“防风林”的意义。

每年我都会把中国国家领导人参加植树的新闻发回日本。东京的新闻导播很惊

内蒙古恩格贝沙漠：鸟取大学远山正瑛教授曾为这里的植树而尽力

讶："这家伙怎么每年都往家里发这种'新闻'呀？"也有人说："这是政治运动吧！"也许从某个侧面看的确如此，但不论是谁到沙尘暴的娘家——中国——来体验一下在日本所谓的"黄尘"，恐怕都会有分外的感受。

日本四面环海，对"国境"的意识怎么说都是淡漠的，进而，对原本就是全球规模的环境问题的意识也容易变得淡薄。中国的植树造林事业日本也是应该大加欢迎的。我认为，日本在这方面的合作不应只停留在依赖志愿者的现状上，而应该更进一步。

不管怎样，在日坛公园看到的那些人的智慧和强悍，似乎用不着更多古板乏味的探讨，就已经体现出了人类在面对大自然时的本质。

畑打や馬それぞれに遊びおり

季语：畑打（耕田，犁地，翻土）

耕地啦。马儿各玩各的。

田园景色中的马，实在是太自然了。牛马被当成耕田犁地干农活的劳动力的时代即将成为过去。以草为食，并肩比背，日出而作，日落而息。农历好像就是以这样的时间流程为单位的。

日本有一个地方叫“游马”，令人油然怀想起古时的景象。彼时的农村，有不少地方把马养在上房里。可见马与人的生活有多么密切的关系，也许被当成了家庭的一员也说不定。听说这马，就是封了它的视野它也决不会走不好道。它既是劳动力，又是重要的运输工具。

在北京陪中国朋友去日本料理店（餐厅）吃饭，点到生马肉时他们都很惊讶：“日本人吃马肉嘿，还吃生的！”人称中国人是“带翅膀的不吃飞机，带腿儿的不吃板凳”。现在连他都作出这样的反应，我觉得很有趣。不妨猜猜看：是不是觉得马一向是重要的劳动力，吃它的肉太不近情理，不太“常见”呢?

话说回来，在日本也只是熊本县和长野县的人特别好吃马肉，直到最近人们才对拿马肉做食料见怪不怪。从本质上讲，跟中国的情形是一样的。

就是说，对马来说“常见”的仍旧是待在田野里，而一旦作为劳动力和运输力的地位被动摇了，那就意味着将要失去“常见”的情形了。

我望着“一位马”在马群中玩耍。“一位马”指的是午年（马年）出生的我家大女儿。等她长大了，马儿们是不是只能在“动物园”里才能“常见”了呢?

鉄路端そこだけ青き麦畑

季语：麦（麦子）

铁路边上几片片，绿色的麦田。

那是没有收割完的吗？可也不该是绿色的呀！莫非是收割时掉下的种子又自然而然地发芽成长了？麦子随风摇曳，沿着铁路，引导着列车飞驰在华北平原上。

火车之旅——大陆移动的醍醐妙味

火车旅行，不论走到哪里，都会勾起独特的旅情，何况这里的火车旅行，尤其给人以在大陆上移动的真实感受。车轮撞击铁轨发出有节律的声音，速度绝对不快，却载着你踏踏实实地朝着目的地赶去。

同座的人们无拘无束，大体都能成为朋友。车上叫卖的、餐车、总能让人喝上热茶的锅炉……哪一样都不会叫你感到矫揉造作，全都洋溢着生活的气息。在火车上隔着车窗看到日落、日出的时候，还可以跟同座的旅客们聊聊感想。只有一件事让我难以释怀，感到无奈，那就是总有乘客从车窗里向外扔垃圾。不光是乘客，就连打扫车内卫生的女乘务员，在列车临近终点时也会打开车窗毫不犹豫地把收集来的垃圾扔出去。

茶叶之类的有机物经过一定的时间可能会回归土壤。可是，中国人太多了，恐怕还没等它们回归土壤，垃圾就已经堆成山了吧！更何况还尽是些现代垃圾，什么泡沫塑料饭盒、塑料饮料瓶、纸巾之类的，根本无法回归土壤，会永久地残留下去。但愿下次在中国乘火车旅行时不会变成“满目白色铁路边”。

清明やこのバスもまた里帰り

季语：清明（清明）

清明，巴士也回乡。

为什么中国人的祖先要在二十四气节之一、太阳在黄经十五度的这一天去上坟呢？在日本，黄经零度的春分和黄经一百八十度的秋分才是上坟的日子。从大陆进口的种种文化、习俗要变成日本式的，都会有一个过程，但似乎是变得复杂的要比变得简单的来得多。

清明节出行去扫墓的人虽说比不上春节回老家的多，但也十分可观。因为客流并不太大，所以最拥挤的交通工具看上去好像是公共汽车。想必客流主要集中在比较近的区域之内。

然而，我们在福建省东山县铜钵村见到的清明节却是另一番景象。人们手拿锄头、铁锹或扫帚什么的从四面八方汇集到面向大海、坟茔集中的山丘上来，其中一半是当地人，而另外的近一半人则是经香港或厦门随着巴士车队远道而来的。从哪儿来的？台湾！

1949年，国民党军败走台湾时把这个村子的多半男人抓去当了壮丁，使他们一下子变成了把枪口对准故乡的人，而另一半就成了被扔下的“寡妇”。真是天不遂人愿！事隔半个世纪，他们又团圆在一个屋檐下了，但四处却是一片寂静。

一位二十岁时被抓去当兵、一直驻守金门和台湾本岛的老人至今还是孤身一人，形影相吊。这个家原本应该是自己做家长的，现在却成了弟弟的大家族。然而，老人说，他惟一的幸福就是在这个“老家”住上几天，因为自己终究还是要回台湾去的，那里还有一个当年跟自己一起被抓去当了壮丁的弟弟割舍不下！

清明节，回老家，这巴士里凝聚着意想不到的悲欢离合！

柳絮ゆく行商人のすき間かな

季语：柳絮（柳絮）

小贩摩肩接踵，柳絮飞飘人缝中。

银座，足以代表东京的繁华街道。银座的著名景观之一，就是马路两旁的柳树。然而却不见树上飘出这么多的柳絮。可以毫无疑问地说，这似雪飘落的柳絮，是北京的一个特色风景。

柳絮忽而在头顶上翩翩飘舞，好像在告诉人们：“春来啦！春来啦！”忽而又朝着一个方向飞快地奔腾，似乎想证明风的存在。孩童们点燃成堆的柳絮玩耍，平添了画外的余兴。

小贩们身背箩筐，里面装满了各色日用杂货，行色匆匆地赶路。这也是严冬已经过去、春天已经来临的景证。柳絮从他们的缝隙中轻轻飞过。小贩们在路旁小憩，从箩筐里捡出落进去的柳絮。这作为北京春天的风景再典型不过了，至今烙在我的脑海里。

也许，这正是我想实现永远像柳絮那样得天之利时之利且轻松自在的愿望的思绪吧。

菜種梅雨どこまでもなお華南かな

季语：菜種梅雨（油菜花开时节的绵绵淫雨）

油菜花开雨连天，处处是华南。

油菜花开，淫雨绵绵。早春时节，乍暖还寒，天气没个准头。我第一次踏上以广东省为中心的华南大地。邓小平先生南巡刚完，细雨仍旧下个不停。

巨型现代化高楼引人注目，兴许是经济发展的佐证吧。不过，形成风景基调的仍

那个时代，邓小平的大幅画像立满大街小巷

旧是传统的白墙房屋。而在华北，风景则是以红色砖墙为基调的。也许就是这种色彩的差异营造出了根本不同的氛围。

确实，这华南的景色如同绘画中所见的一般。连北京都已经不再稀罕海鲜料理了，这广东料理也就没什么新鲜劲儿了。偶尔用普通话讲不通也在情理之中。就是说，没有太大的不协调感。可是，总觉得“不爽”。

当时，我们外国人有义务使用“外币兑换券”，可这里愣是不收，非得付人民币或港币不可。没辙，只好去银行换钱。可这换钱也不能一步到位：人民币不能换给外国人，港币又不算外币，只能先把兑换券兑成美元，再换成港币。

如果在街上买东西时讲普通话，对方就会露出诧异的表情，问：“你从哪里来？”你要是回答“北京”，对方就会把脸扭向一边，或者反问一句：“你有钱吗？”有人告诫我，在交涉事情时一定要记住一句话：“这儿不是北京！”

菜花开了，华南的景色朦胧在细雨中了。不管当地人怎么样，远道而来的人们看到这样的风景，一定会生出不同的感慨。此时此刻我想到的岂止是大陆的辽阔！还有“距离感”一词的深刻含义。

此次旅行明明是循着邓小平先生南巡足迹而来的，可令我思绪驰骋的名字不知道为什么却不是邓先生，而是林则徐。

古要塞ただそこにあり西日中

季语：西日中（夕阳下）

旧要塞，孑立夕阳中。

穿过福建省厦门市的市区，我们来到海边眺望金门诸岛。通过望远镜我们终于得以确认：这里是海峡两岸最为接近的“前线”。在望远镜圆形的视野里看得见三民主义的标语和“青天白日旗”；而这边的海岸上却矗立着“一国两制”的标语牌。

地堡，两岸关系最为紧张的时代的遗迹，现在，不是在茂盛的草木丛中行将坍塌，就是被海水冲刷，与垃圾箱无二。在夕阳映照下，昔日的旧要塞在那里一动不动，如实地叙说着时间的流逝和现如今的情形。

住在附近的孩子们在海边玩耍，年轻的情侣们徜徉游玩……他们并不思虑什么政治，也没有什么紧张感。在海滩上卖土特产的渔民告诉我们，他还曾给金门过来的渔民上过茶。“照理是不行的，不过都是老早就认得的。”说完，他淡然一笑。

遥望金门岛——听说那边常有人过来喝喝茶……

我深深地感觉到，不论事情的真伪如何，有一点是千真万确的：在这些人的意识中旧要塞不过是那里的一堆败废之物而已。而且，今后炮弹还会打到这里来吗？与任何军事力量相比，不正是人们和平的日常生活，才是真正最有效的防御吗？！“最有中国特色的防御”，不正是人民的铜墙铁壁吗？！

草いきれ吸い吐き緩き食堂車

季语：草いきれ（夏天草丛被骄阳晒后散发出的热气）

草丛热气呼吸慢，餐车行驶缓。

在内蒙古自治区观看了蒙古族的盛典“那达慕”。归途，我们坐上了呼和浩特始发的夜行列车。列车缓缓而行，静得好像把声音都藏了起来。

8月中旬刚过，秋天就掠过草原，甚至开始荡漾出初冬的意味。然而，此时此刻“下界”却还在继续与“秋老虎”较劲。夜风卷足了草丛里闷出的热气，从车窗开启的细缝中进进出出，宛如呼吸。

深夜的餐车，营业时间已然结束。但值班的乘务员还是为我上了内蒙古的“赤峰啤酒”和下酒的豆儿。

“中国在世界上啤酒品牌最多了，每个地方都有自己当地的啤酒。赤峰啤酒算是高档的，水好嘛。”呼和浩特铁路局的乘务员对我说。列车通过脚下铁轨接缝时发出的“哐哐、哐哐”的声音每隔十秒响一次，想必时速也就是四十公里上下。虽然给人以摇篮曲般的感受，但与“特快”之名却不相符。

“问题不在速度，特快的关键在于停靠站的多少。而且，朝北京方向走的是下坡，开得太快的话，在八达岭附近忒爱出事了。”乘务员的解释挺合逻辑的。

第二天早晨，从车窗里可以看得到长城：八达岭到了。果不其然，这么陡的坡没法一口气下去，得换方向换车头，顺着弓字形线路慢慢地往下走。这里的实际地形平日里坐汽车来回跑的时候从来没有注意到，而今天却通过身体靠在火车坐椅背上的倾斜实地感受到了。

昔日有人要骑马从这里入关，有人要靠长城防止他们入关。如今，火车连接了双方的大本营，穿越了古战场。本次列车车速跟马差不了多少，每天定时从这里通过，就像时钟一样。但车里却不是吴越“同舟”，而是汉蒙“同舟”。不，港澳台胞和外国人也来“同舟”了。

车内卖的已经不是“赤峰啤酒”，换成了“燕京啤酒”。昨晚的乘务员正在擦脸。“通宵都没合眼，怕车上有人抢劫。噢，对了，咱得在北京东站待命，不知要等多长时间，北京站超容了。”

由关外入得关内，风变得更热了。

白菜七句

季语：白菜、山東菜（白菜）

白菜や信号の度ひとつ落つ
白菜，过一处信号掉一棵。

白菜の馬車に従う車列かな
白菜。车队跟在马车后。

「爱国」というバス運ぶ山東菜
“爱国”大巴士，运送山东菜。

白菜を五十は積みしサイドカー
摩托车斗拉白菜，能装五十棵。

白菜の壁見て過ぎし胡同かな
穿胡同，满眼白菜垛成墙。

白菜を井桁に積みし赤き顔
在井畔，码白菜的红脸蛋。

親も子も白菜抱え夕餉時
晚饭时分到，母子白菜抱。

我不知写过多少以白菜为季题的俳句，这里所选的只是其中描写“最近的过去”的句子，句中景象可能会渐渐成为人们津津乐道的谈资。

偶尔会在街上看到满载白菜的卡车。在以后几乎两周的时间里，极具艺术性地装载着白菜的卡车源源不断地奔驰在郊区通往市区的公路上。我不会说“超载”之类的傻话。不过这些卡车的确像在比谁装得更多似的，遇到交通信号灯停车或启动时，白菜就会掉下来，令人觉得像“冬天来啦！”的广告一样。

那么，马车与卡车相比，哪个装载量更大、效率更高呢？现在已经禁止马车进城，而且马车本身也在渐渐地消失，没法确认这个问题。但在想象中，我却私下里认为马车更强。而且，马车以无限接近人类生理极限的速度行走时，经济发展的象征之一——汽车——也不得不随后而行。

我曾经在一个甚至记不起地名的地方看到过这样的情景：当地称白菜为“爱国菜”，在大巴上写上“爱国号”，把爱国菜放到车顶上来运输。同时在我脑海中记忆犹新的情形还有，在这个时期三轮摩托车的车斗时不时也会成为重要的运输工具。至于三轮板车、自行车等等，就更甭说了。虽然只是短暂的一小段时间，但能像这样占有几乎所有交通工具的恐怕只有白菜了吧。

为什么叫白菜是“爱国菜”呢？知情人确实在一代一代地减少。现在冬季能够吃到的蔬菜种类实在是丰富多彩，已经没有必要再“囤积”过冬的食物了。所以，即使进到北京胡同的深处也看不到码放有致的“白菜墙”了，冬天晚饭的主角也不再是白菜了。讲起来，胡同本身也逃不出销声匿迹的命运。

不，白菜绝对没有消失，但地位却发生了根本变化。这中间既有象征中国发展的一面，也有反映生活的智慧不断丧失的一面。我一边为此大感惋惜，一边仍在经常挑战东北菜里的“酸菜”，至今未辍。原来就是“北京的东京人”嘛。但不知是气温和气候的差异还是其他什么原因，总是不能尽遂人意。看来，还是得扎根生活才行啊！

中国的白菜个儿大，菜芯微绿，菜叶白色。也能见到不少比较绿的白菜种类。在日本这种白菜被称作“山东菜”。这倒不是山东风味菜肴的意思，而是指山东出产的白菜。从前在日本特意把这种白菜叫作“山东菜”拿出来卖，原因是日本人腌咸菜时特别爱用这种白菜。

现如今，在日本经过品种“改良”，白菜的个头变得极小，还要切成两瓣或四瓣来卖。在日本的餐桌上白菜也不是主角，家庭里也不太自制腌白菜了，买这么一点就足矣了。而且，不，应该说所以，白菜价格昂贵，成了奢侈品。根据当年的收成来定价，有时半棵就要三百日元（约二十元人民币）。怪怪的，说也说不清楚。

真希望经济的发展能够使老百姓享受生活。有些东西的消失是很自然的事情。但有不少东西更应该在扎根于生活智慧和生活原型的基础上，一代一代地流传下去。白菜就是其中之一。我不希望中国白菜的命运重蹈日本白菜的覆辙。

大陸の冬実力を出し来たる

季语：冬（冬天，冬季）

大陆的冬季，显出了实力。

第一次在北京过冬。起初的印象是：“哪里呀，没什么了不起的嘛！”这里的气温的确比东京低，但却感觉不到多么强烈的寒意。连北京人都说，现在的冬天不像过去那么冷了。我甚至觉得没准儿真没机会穿专门为这个冬天订做的羊毛大衣了。

12月下旬，跟在办公室和住宅工作的职员们开“忘年会”，地点就在支局附近的四川餐馆，只有几百米远，也是走熟了的老路。然而，这天我们却寸步难行——被五级风给刮的。不仅仅是风大而已，在温度已经降到零下十七度以下的空气中，这风简直就像抽打在身上一样。

集合到餐厅时，大家的鼻尖都冻得通红通红的。至于我，已是上气不接下气了。反正，在凛冽的大风中连呼吸都不是一件容易的事。

“你得把脸冲下走才行！”

“那太危险啦！”

“你得不时朝前看看道儿，喘气的时候再把脸冲下。这种天气，今年冬天还会来几回呢。”

这回明白了，这才是大陆的冬天！这里的残风也会刮到日本列岛，但与这里的相比，那吹到日本的风就太温柔了。各人想法不一样。托这风的福，飞东京的航班还能早到呢。我一边驰骋着自己的种种想象，一边切身体验着大陆冬天的实力。这天的四川火锅格外暖人。

冬ざれや二字しか読めぬ乾隆碑

季语：冬ざれ（冬季的荒芜）

荒冬。只识得两个字的乾隆碑。

尽管天冷不是用嘴说出来的，可这里的冬天真的叫我情不自禁地脱口而出：“冷！”虽然明知说这话毫无价值。威力尽显的冬日没个尽头，世界冻结了，甚至给人以连风景都凝固了的印象。

乾隆皇帝的御碑就矗立在桥头。“卢沟晓月”自然是懂得的，但我从未仔细读过背面的碑文，今天决心一读。虽然自己也在诅

我家收集的拓本和书法作品

咒自己："凭什么下决心隆冬季节到这儿来读碑嘛！"结果只读了两个字就泄气打了退堂鼓——"看不懂草书吧！"同伴嘲笑我。回头再慢慢认吧，反正我买了拓片。

黑龙江省黑河六句

凍港や鉄路確かに途切れおり
季语：凍港（冻港）
冻港。铁路断在半道上。

雪暗や市皆閉じる午後二時半
季语：雪暗（雪天的阴霾）
昏暗雪天市场关，方是午后两点半。

子ら滑る馬橇も滑る国境
季语：橇（雪橇）
国境线：孩童脚滑，马橇蹄滑。

凍玻璃のパチパチ鳴りし目覚めかな
季语：凍（冻，冻冰）
玻璃窗上冻冰花，嘭嘭作响搅梦乡。

冬の影吾が足許に籠もりおり
季语：冬（冬天，冬季）
冬天的影儿，在我的脚下——藏身。

動くもの建物もみな息白し
季语：息白し（呼出的气息泛白色）
动物建筑物，都吐白哈气。

对从未见到过国界的我来说，黑河给人的印象是鲜烈的。时间是12月，俄罗斯总统叶利钦访华前夕。

我们在哈尔滨转机直飞黑河。螺旋桨飞机渐渐接近藏在雪中的隐隐约约的跑道。“滑！”大脑还没反应过来，制动装置就实实在在地动作起来，飞机已经停在了指定位置。

皮肤白皙、蓄着胡子的地方政府的主任前来迎接我们，而且亲自为我们把方向盘。他那容貌实在是惹人注意。他也许是察觉到了某种氛围，讪讪道：“我是汉族人，不是乌克兰人。”轰堂爆笑。

我告诉他想实地感受一下边境线上的气氛，他便首先领我们去了黑河火车站。我们来到停靠着吐着白烟的蒸汽机车的站台上眺望。千真万确，这里就是铁路的终点。往前，黑龙江边有一个码头，再往前，隔着一条结冰的河就能看见布拉戈维申斯克的街景了。对面的俄语招牌一目了然：这里就是国界！

零下二十度，当地人居然说不冷！据说最冷的时候白天的气温都在零下三十度

（上）黑河车站：铁路的终点

（下）黑河：冻结的黑龙江（对岸是俄罗斯的布拉戈维申斯克）

黑河的街道：下午3点，日头已落

以下。室外的边贸市场就在这严寒之中照旧开市。俄罗斯钟表、大衣等被淘汰的军用品惹人注目。

突然，边贸市场开始收摊。才下午两点半。在这北国城镇，白昼奇短，夜幕降临得格外早。加上正在下雪，天本来就不太亮,现在，眼见得这丁点儿贫乏的光亮从眼前迅速消失，没等市场全部收拾完，天就已经变得一片漆黑。

夜幕笼罩黑龙江，江两岸开始星星点点地浮现出晚饭时分的窗灯。冰冻的江面上，马拉雪橇满载而行。马蹄不时打滑，看上去好像有周期性。听说过了年冰会更厚，拉边贸的卡车就能来往了。

街上到处都能很自然地收看到俄罗斯的电视节目。对此当然只有我一个人感到惊讶。别的人轻描淡写地告诉我，中苏冲突时只是军人多些，如此而已。政治归政治，生活在那里的人们自有在那里生存的智慧。大概这也是边境现实的一个侧面吧。

孩子们把自行车轮卸下来，剥去胶皮胎，推滚轮毂玩耍。边玩边往家走，时不时脚下打打滑。

夜里，气温降到了零下二十七度。饭馆里煮着大锅，气温也就是零度上下。放在屋里的啤酒冻得正好适合饮用，但如果拿到室外去，啤酒就会结冰，瓶子也会爆裂。我们穿着军大衣，五个男人喝了七瓶白酒，却毫无醉意。

到外面去，很抱歉，撒泡尿。有些日本人说，隆冬在这里撒尿，尿还没落地就会冻成冰的。然而，我这次亲身作了确认：那不是事实。

等我回到餐桌上的时候，发现新来了一位中年妇女和一位年轻姑娘。他们告诉我，那是主任的夫人和女儿。

“我说他又在狂喝吧，果不其然，还蒙我说接待外宾呢！你们哪里是外宾嘛，明明是北京来的人。”夫人抱怨道。

“不，不，我是日本人呀。”然而，不管我怎么说，夫人就是不相信。我索性开练日语。夫人却说：“我不懂日语！别拿鸟语蒙人了，我不会信的。”根本不睬我。

费了半天劲才让她相信了我。于是夫人说：“既然如此，那我也诚心诚意地敬你一杯！”结果大家又在夫人的带领下继续喝酒。夫人真能喝，绝对是海量。最后究竟喝了多少瓶，谁也搞不清。我只记得回到了宾馆，然后倒头便睡，连军大衣都没脱。

早晨，不知什么东西“嘭、嘭”地敲打着窗户，把我惊醒。定睛一看，原来是屋顶上落下来的冰雪砸在窗户上发出的声音。窗户玻璃上结着冰花。自己呼出的气息也化做白色雾气在刚刚睁开的眼前飘散。看来穿着军大衣睡还对了，既没有出汗，也没有着凉。

在懒散的朝阳照耀下我起得床来，全身瑟缩着。连脚下自己的身影看上去都在颤抖。马、狗、人、车，所有能动的东西都在吐气儿，那雾气断断续续地飘散。连建筑物都在冒蒸汽，可能是人家在准备早餐或早茶什么的吧。

听说当地的告别宴得用饺子来办。餐厅的外形是俄罗斯风格的，里面却完全是中国式的，而且弥漫着从火红的煤炉中散出的强烈的热气。当地人用饺子招待了我们，并推荐我们吃“黑河2号”。那是一种刚刚发芽但还没长长的豆芽儿，吃时下锅一炒就得。主任说这是自己半年多来头一回隔日醉。看上去他在不停地流鼻涕。

北国的人们无论在生活中还是在情感上都是表里如一，与他们相处的三天一眨眼就过去了。清晨，蒸汽升上了天空，又结成晶体落下来，在朝阳的映照下，带来了一片耀眼的光芒。

这些天想做笔记都不是件容易的事情。手套刚摘下来一会儿就会冻成硬块儿，圆珠笔刚写一行就会上冻，再也不出油了。不过，也许原本就不须要做什么笔记之类。在这儿的时间虽然短暂，但这里的光景和人们的音容笑貌却已经在我的眼底留下了深深的烙印。从这里回到北京以后，我再也没有觉得北京冷过。

三峡四句

長江や初荷の子豚列長し
季语：初荷（初运货，即新年以来第一次运送货物或其货物）
长江。新年首运的猪崽，队儿排得长长。

白帝城蜜柑の葉のみ青きかな
季语：蜜柑（桔子，柑桔）
白帝城，桔叶独绿。

三峡のそこより降りし時雨かな
季语：時雨（忽降忽停的雨；秋冬时节的阵雨）
三峡。从那里飘落的阵雨。

屈原の墓守りたる鳥乳む
季语：鳥乳む（鸟类交尾）
鸟儿，守着屈原墓交尾。

“这次人大将要通过三峡工程的议案。再不去，以后恐怕就没有机会看到三峡咯。”记得是1992年底传出的风声，像个轻松的陷阱，闹得我进退两难。我决心无论如何也得抢在人大召开之前去一趟三峡，于是便在1993年春节刚过的时候，来到了重庆。

根本不用看工程计划，明摆着大坝得多少年后才能完成，所以此行压根儿就是被传言撺掇的。来到这里首先看到的就是“三峡热”现象。所有商品都被冠以“三峡”之名来卖；旅行社也打出“赶快来游三峡”的口号拼命招徕游客。

万县的“大笨钟”

离开重庆，穿越四川省，我们乘坐的是大型游轮。打鱼人、濯衣女、戏水童……随着游轮的航行，我们饱览了沿江闲适的风情。船上的娱乐室里，香港游客兴致勃勃地打着麻将。我们在后甲板的餐厅里享受着地道的回锅肉。此时此刻，我早已把思绪送到了遥远的三国时代，沉湎到超越现实的感慨之中去了。

上岸的第一站是万县港，移民办公室的官员前来迎接我们。矗立在港口正面的钟塔是这个城镇的象征。询问这座与伦敦大笨钟依稀相像的钟塔的由来时，我蓦然回到了暂已忘却的现实当中。

“三峡大坝完成后，水就会淹到塔上来。”

官员所在的移民办公室是主管库区居民搬迁事务的机构。这位官员原来是位人民解放军，为了跟年迈的双亲一同生活，转业回到了这座故乡城镇。他说，自己的家也将被水淹没，自己“回到家乡所从事的事业就是把自己的故乡从地图上抹掉”。

三峡还在很远的下游，到这里为止根本看不到三峡的任何景观，甚至连一点让人联想到大坝完成后情形的东西都没有。这时我才实实在在地感受到了三峡工程的规模和影响。城里到处都标着表示大坝完成后的水位的红线。我们一边吃着地方名菜瓦

172米标高线，这里将成为三峡湖面（于万县）

罐，一边听官员的介绍。总之，这家餐馆也将被淹没。也许是来这里的外国人很稀罕的缘故，餐馆老板一定让我“在墙上签上名字再走”，于是我便用油性笔写下了“到此一游”之类的话。

离开万县，我们坐上小型班轮。这全然就是沿江居民日常生活中不可或缺的“腿脚”。船有两层，一层装满了蔬菜和生活必需品，只留了一块长方形的空间。一群猪崽排成队从岸上顺着跳板上得船来，在一位年迈老农的吆喝下秩序井然地挤满了这块空间。猪崽们的就位就像号令一样，让船离开了万县。

大年初一后新年里头一次运送货物叫做“初运”。过去在日本，参加初运的卡车都要红红火火地插上彩旗穿梭往来。这里虽然没有彩旗装饰，却是名副其实的“初运船”，而且，人畜同船的热闹劲儿正与正月合拍。

日暮时分，沿江星罗棋布的微弱照明延绵不断。船上的照明灯在行船时一直照着江岸。这里是交通动脉。江水越来越急。我意识到离三峡越来越近了，但还是熬不住进入了梦乡。

三峡是突然展现在我眼前的。瞿塘峡的绝壁高耸在低垂的云上，深没在长江涌动

在奉节与“王昭君”和旅行社的人邂逅

的水下，构成一幅绝妙的山水画。

白帝城，陡峭的登城道甚至没有扶手，但看过去桔树葱茏，绿叶醒目。兴许是收获期刚过吧，整个路边到处都有人把桔子满满地装在篓子里叫卖。

在冬天色彩凋零无常的景色中，桔树的绿色非常惹眼，与低垂的云形成绝佳的搭配，还不时地沐浴着那云中飘落的细雨。在这里，雨不是从天上下来的，而是从三峡群峰中飘飞而来的。

以瞿塘峡的绝壁为参照物，从江面向上取高七十或一百米，用手指定位后等高旋转身体，环视周围的景物，可知三峡大坝建成后白帝城将变成一座漂浮在江面上的孤岛。那情形委实令人难以想象。

这就是几千年、几万年来让人那么魂牵梦绕的景色吗？我想象着刘备和诸葛孔明徒步来到这里的情景，缅怀着王昭君出塞的事迹。

跟我们前后脚离开重庆的那个由旅行社组织的旅游团在这里又与我们相遇，我问他们，三峡大坝建成后，三峡作为旅游资源会不会降低价值。

“不。三峡的风景本身是不会消失的，当然，规模可能会小点。不过，过去进不去船的支流到时候就可以进船了，应该说价值提高了。只是现在还不能这样宣传哟，因为那是以后的事。眼下还得大造声势，说三峡就要没了，要看现在就得来看，这才能拉来更多的游客嘛。”

我们跟着现实得有点狡诈的旅行社一前一后地继续旅行，每到一个景点都能蹭上他们的导游讲解，不用花钱。进入湖北省，我们上岸参观屈原庙。屈原失意自尽后化作鱼形逆水游江回到故乡的故事，在鱼腹中找到屈原的衣裳并加以祭祀的历史，因为水灾屈原庙几次三番地搬迁后落脚此地的经过……我们大饱耳福。三峡大坝建成前这庙又得迁到更高的地方去。真是，屈原也不得安眠。

中堡岛，能够远远望见宜昌的地方。这里在丰水期是一座孤岛，但在枯水期的现在却呈现出半岛的形状，后面还有农田。这里就是建设大坝的坝址预选地点。钻探调查的钻孔洞开，像巨大的水井。附近展出着毛泽东、周恩来以来历代领导人到此视察的照片。

岛上的菜花早已开放。小卖部里把钻探调查时采集的圆柱形花岗岩拿来当纪念品出售。“中堡岛”牌香烟没准儿还是限期商品呢。三峡工程的议案还没通过，对岸的施工便道建设工程就已经动工了。

我此次所走过的地方将来恐怕都要被淹没，但我在与三国人物和李白、杜甫他们同样的风景中漫步的记忆，却永远不会消失。

指示三峡大坝中线（坝轴线）的测量点。周恩来总理等许多领导人访问过的地方，现在已经埋在了混凝土下，淹没在了水中（于湖北宜昌市）

福建省六句

空海の井戸にてつるむ蛙かな
季语：蛙（青蛙）
空海的井里，交欢的青蛙。

貝寄風に台湾の鶏鳴くを聞く
季语：貝寄風（把贝壳吹到岸上的春风）
春风吹来贝壳，我在风中听到，台湾的鸡儿在叫。

大王という茶売りおる老舗かな
季语：茶（茶，茶叶）
老字号卖“大王”茶。

温州でついぞ見かけぬ蜜柑かな
季语：蜜柑（桔子）
桔子温州终不见。

屋台にて貽貝と遊ぶ夜更けかな
季语：屋台（摊位，大排档）
排档里，与贻贝相嬉戏。夜，已深。

爆竹の葬列行きし桃の街
季语：桃（桃子）
送葬队列放炮仗，行进在桃花街上。

福州，唐代日本学问僧空海上人西渡大唐时的登陆之地。据说当时由于海流和风向等的关系，西渡大唐的日本船多漂流到这里。在一座立着“空海入唐之地”石碑的古刹里，有一眼唐代的古井至今涌水不歇。

新华社一篇关于“专门从事对台湾和华侨广播的节目开播”的报道把我们从北京引到了这里。该电台很小，在市内广播大楼的一角。

正好白天的综合报道节目现场直播马上就要开始，播音员正在练声，不，是在练汉字发音——专心致志地练习“卷舌音”。我开始学习汉语的时候最吃苦头的也是卷舌音，所以非常理解。但这对中国人来说也很困难吗？后来听说，对经常使用当地方言“闽南话”的人来讲，普通话的卷舌音的确很难。我搞明白了。他们还顺便向我们说道：闽南话的发音跟日语很相似，中国人中福建人的日语发音最好，尽管这也许与空海等日本遣唐使的影响毫无关系……

当然，这里的播音员不是用闽南话而是用普通话播音的。节目内容既有歌曲，又有听众参与的栏目，是中国最常见的广播电台节目。新闻采用的是新华社和中央台的稿子，并没有专门进行政治宣传的色彩。听说还有专门介绍台湾信件的节目。

大陆和台湾的偶像联袂出演中央电视台的春节节目

“从各个意义上说，这里都是离台湾最近的地方。如果顺风，台湾的鸡叫声能给我们叫早，这边的鸡也会给台湾人民打鸣儿。一切都很自然的。”

我看也是，电台收到的信件无数，已然成为现代的“鸡叫”了。对台广播的这种变化，最如实地反映出了海峡两岸关系的现状。

日本有一些政治家认为大陆和台湾之间经常处于一触即发的紧张关系之中，真是徒然煽动危机感。我建议他们一定要作为现代的“遣唐使”到福建省来学习学习。

在大街上，我买了一种茶叶，叫做“大王”，是极上品的新茶，一斤二百五十元。名副其实的价格和明了易懂的品牌直接形成了一句俳句作品。这家连何时创业都已经搞不清的老字号吸引了不少从台湾来的客人。

我感到一阵尿意。为了解决问题，我们顺道来到一家宾馆。宾馆门口有许多人整齐地一排排列队站立。第一排坐者的中间有一位身着中山装的人物看上去很眼熟，原来是当时的中共中央政治局常委宋平先生。好像是实地视察当地工作后的座谈会。如果在日本，这样的大人物身边是一定要布满警卫人员，不让行人靠近的。然而今天我们就在边上看着他（们）也没有人赶我们走。这也许佐证了中国没有针对要员的恐怖活动的危险。宋先生注意到我们，还向我的长女招了招手，使我们感到诚惶诚恐。

在大排档砍价（在福建省。左为田建国）

在福建旅行一个星期，我们天天晚上光顾大排档。因为我们的行程是沿海边展开的，所以无论哪个城镇，大排档里的海鲜都是琳琅满目，还能很便宜地享受到在日本售价昂贵的贝类。请店家用盐水一煮就上桌，不须要特别烹制。

在吃玄蛤和文蛤的时候总有一件事使我不安，那就是小小的贝柱老是长在贝壳上，任你怎么弄它也不下来，很浪费。无奈，我用指甲在贝壳的外侧挠它的根，才能把它弄下来。也许是这样的吃法很逗，大排档——一般都是夫妻店——的老板都会来问个所以然。

“这是贝这玩意儿最后一次任性啦，拼命不让人们把它的贝柱抠去吃。所以啊，我们就呵它痒痒，让它笑着成佛。”

其实，这是从一位老记者那里现学现卖的吃法。他说，他在采访越南战争的时候，越南人就是这么吃的。照他的理解，那是为了不浪费宝贵的蛋白质资源。

在路上，我们遇到了送葬的队伍，一边走一边放爆竹。这是我在中国第一次看到送葬，所以没有任何意图地直接照了相，并写了一句俳句。现在，豪华的葬礼和爆竹的燃放都已经被禁止，这样的光景可能再也看不到了。

就这样我们进入了厦门的地界。厦门和金门诸岛近在咫尺，未炸的炮弹残留在村子里，两岸争端最为紧张时的这些景物并没有唤起我特别的感慨，因为我在相当的程度上对两岸关系的实际情况有切肤之感，压根儿就没指望这种光景会从此消失。

2000年春我重访此地，当年炮弹残存的静寂的渔村风景已经销声匿迹，出现在那里的是大片的旅游休闲胜地。这既是和平的信号，也可以说是强有力的“人民之城”。写有政治口号的标语牌两岸各只立了一块。既不过分地沉默也无须更多地饶舌，海峡两岸的智慧、现实和出发点都囊括其间了。我觉得，倒是那些饶舌最过分的日本人没有搞清楚这一点。

政治口号牌并不多见

新疆五句

天山に至ればそこは雪の果て
季语：雪（雪）
到天山。那是雪界的尽头。

凍解にぽこりぽこりと羊かな
季语：凍解（化冻）
冰冻在消融，羊儿星星点点。

陽炎や駱駝の背よりのぼりたり
季语：陽炎（阳炎）
阳炎，从骆驼背上升腾。

龍天や炎ためたる山の音
季语：龍天（火龙天）
火龙天，大山蓄火焰，在轰鸣。

バザールの刀剣多き日永かな
季语：日永（昼长，天长）
集市上，刀剑多多，白昼长长。

我们乘坐的飞机终于起飞了，原本预定下午两点半离开北京机场的，却大幅度推迟了。班机是“新疆航空”的，是从乌兹别克斯坦航空公司连飞机带机组人员一同租赁来与中国机组人员混编运营的。头天晚上吃宴会时酒喝多了，有点“二日醉”的感觉，所以刚刚确认起飞后睡意便无情地袭来。

一觉醒来，已经过了二十分钟。可是朝机窗外望去，看到的仍是熟悉的北京郊区景色。飞行高度也没多高。发动机不时传来加大推力的声音，但机身只是一瞬间有那么点儿上升的意思，转眼就又恢复水平状态。乌兹别克斯坦的乘务员沉不住气，在机舱里来回走动，于是中国的机组人员上前制止并让他们回到乘务员的位子上坐下。不一会儿，喇叭传来了广播声，说：“本次航班将要返回北京机场。”

机身一会儿左一会儿右地不断摆动着在北京机场的跑道上着陆了。于是一位像是美国人的乘客率先拍起手来。乌兹别克斯坦的空姐双眼满含泪花。跑道上可以清楚地看到在两边待命的消防车和救护车。有个同事的隔日醉比较厉害，这时才刚刚醒来，见到这般光景，大惑不解。

方才那架班机的机组人员回到了原先飞机晚点时乘客休息等待的机场附近的饭店。机长简单明了地解释了空中事态。

“四台发动机中有一台着了火。原苏联造的旧式机型机身太重，所以很难处理。不过，就是所有发动机都出了故障我也有自信控制住，没问题。”

“有的乌兹别克斯坦的机组人员都哭了......”

“他们缺乏经验嘛。”

晚上9点多替飞的飞机才起飞。四个小时，比北京到东京的飞行时间还要长。到达乌鲁木齐时已经凌晨两点多。前来迎接我们的当地人没一个不说：“还活着，真走运哪！”

实际上事态也许更为严重，否则乌兹别克斯坦的机组人员怎么会哭呢？如果真是这样的话，我就不得不对丝毫没有让乘客察觉到空难危险的中国机组人员的处置充满感激。其实我有“恐高症”，每次坐飞机都要下很大的决心，何况历尽惊险方才到达的乌鲁木齐又是这样地遥远。

早晨8点起床，外头还有点黑。虽然采用北京时间来统一时制，但这里地处“西域”，自有时差，所以人们一天的活动要在钟表时间中午时分之后方才正式开始。这天，我们的目的地直指天山山脉北侧。

早春时节，化冻的冰水已经渗出地面。蜿蜒的道路两旁看得见一群正在离去的游牧民。大地上的草还很薄，走动的羊就像碎棉絮一样飘散各处，看上去星星点点。巨大的阳炎隔着“生意用”而不是观光用的骆驼升腾，好像要给它们温暖。

天山群峰渐渐出现在眼前，只有那里还覆盖着厚厚的白雪。白雪的尽头，大山挡住了去路。披荆斩棘进入山麓，来到一座久已废弃的煤矿。这里，就是我们此次新疆之行的目的地。

踏着雪道继续行进，眼前突然出现了一片毫无积雪的所在。“地表温度和别的地

走在新疆地下煤层自燃地带，有些地方不积雪

儿不一样。”我一边听着说明，一边登上一个高台。脚下十分干燥。这里是典型的煤矿，曾经跑过矿车和卡车。矿区内到处都能看见空气扭曲上升的情形，既像阳炎又像蒸汽上升一样。

这里好像也不太长草。当地的陪同收集了些许枯草送进岩缝，于是枯草噗地一声就点着了，转眼工夫烧了个精光。

行走在四处冒着微紫色烟缕的谷间小道上。拳头大的石块贴满两侧低矮的山脊，就像铺就的一般，一直伸向山谷深处。陪同提醒我，千万不要走到狭窄的小道外边去。

小道在一处戛然而止。我把耳朵贴近陪同所指的岩缝，只听得地鸣般的轰鸣声。

“到了晚上，你就会明白是怎么回事了。”在陪同催促下，我们一行在矿区内找到一家小饭铺，一边吃开了“牛肉面”，一边等待夜幕的降临。在维吾尔自治区吃汉族的面条，碗儿特大，味儿特美。三国英雄张飞大碗饮酒不会就是在这种店里吧。小铺白墙四围，没有任何装饰，只有一盏赤裸的白炽灯亮着，用它昏暗的光线告诉我们，太阳已经落山。

月满若镜，高悬天际。我们借着她奶白色的光芒沿着方才的谷间小道向山谷纵深走去。出现了一些小火苗，就像煤炉里冒出来的一样，随着我们走近，眼见得火苗扩散开去。不久，展现在眼前的光景就像是铺上了黑红蓝交织的大地毯一般。走近前一看，所有的石头缝儿里都在向外一伸一缩地冒着火苗。简直不敢相信！然而，当我脚下失去平衡手撑到地面上的时候，我切切实实地感到，那真的是火！

白天发出轰鸣声的岩缝就像焊枪嘴一样喷射着火焰。我身体的前面被烤得发烫，背上却感到有些冷，不由得尿意骤生。尿液只是让烧红的石头瞬间发黑了一下，然后就从这片风景里消失得无影无踪。

这座煤矿清朝的时候就有，当时就已经自然起火，至今地下的煤层还在燃烧，人们称之为“火龙”。听说在地下数百米燃烧着的是乾隆皇帝时代的火。

翌日早晨，走了更远的山道，越过了更远的山坡。我用手触了触地面，没有什

在冒烟的地下，火一直在燃烧，到了晚上，可以看到蹿出的火焰

么感觉，但可能还是受到地下火灾影响，视野之内积雪的地方和不积雪的地方泾渭分明。

大约走了一个小时。一个像火山口一样的旧矿坑冒着缕缕薄烟。突然，我眼前浮现出了昨晚的情形，无论如何再也不想愚昧地向前冒进了。这里的地下究竟损失了多少煤炭资源，听说连当地村里的有关人士都说不清。新疆维吾尔自治区的好几个地方都有同样的地下煤层自燃。听说为了灭火也付出了相当的努力，但掌握地下火情十分困难，完全把火灭掉还遥遥无期。

虽然也有资源自然灭失的现象，但我在这里却联想起地下火灾带来的对气温的影响、大气中二氧化碳浓度的变化等种种问题。能否通过谋求国际合作的途径来灭火呢？当然，我从未听说过在世界其他地方有过先例，所以，也许没有任何国家具有消灭这种地下煤层火灾的成功经验。

下山时我的心情很复杂。半道上为了歇歇脚随地坐了下来。这时发现脚下落着一枚硬币，是清朝的流通货币。据介绍，乾隆皇帝亲征后曾在这一带铸造过货币，所以到现在还能常常捡到那时的古钱。“你的运气不错！好好地保存着吧。你可是到这儿来的第一个外国人。”当地村里的副书记说着，把古钱当作礼物送给了我。

莫非乾隆皇帝也曾到过这座煤矿？如果他看到这条“火龙”，会作何感想？当地人是不是感到了皇帝的“灵验”？我想，不论是皇帝还是百姓，一定都没有把这地下火灾当作“管理不善”或“治国无方”的结果。而这位相传文武双全的乾隆皇帝也一定没有足够的智慧想出什么灭火的好主意。

回到乌鲁木齐，信步市场，看到许多古董和作为装饰品的刀剑。这是我第一次接触维吾尔族人和他们的生活。都晚上9点了，日头却还很高。蓝眼睛的人们、繁多的羊肉餐、穆斯林的清真寺院……想起来，此次新疆之旅的所见所闻件件都超越了我过去的理解。

不过，回想一下，《西游记》中并没有三藏法师一行西天取经时因惊恐和困惑而畏缩不前的描写。也就是说，我虽然生活在比唐僧、孙悟空、猪八戒、沙和尚远为“现代化”、“国际化”的时代，而实际上作为“国际人”却远远不如他们！

紺色の人群がりて田植えかな
季语：田植え（插秧）
藏青色的人们，扎成堆儿插秧。

北京友谊商店食品部进了“延边米”啦！我家厨师兴奋地对我说。他还说，早就听说那是中国最好吃的大米了，就是没见过，今儿个还是头一回见到实物，贵是贵了点儿，可怎么也得买上一点儿回来。于是我下定决心：也好，不管三七二十一，先尝尝这“只闻其名未见其人”的“延边米”再说。

把“延边米”放在普通的电饭煲里煮成了饭，打开盖一看，“米粒儿全立着”，喷香扑鼻。明摆着，就冲这些个，也是上好的大米。当时正好是插秧的季节，这米一定是去年秋天收获的，绝对算不上是新米，然而其味之美绝不亚于传说。

过去，我们总是吃天津米，那味道还真不如延边米，尽管它们都是日本人爱吃的北方中粒米。当然，这并不意味着讨厌南方的长粒米。有的时候就得一是一二是二嘛。

一天，跟我们同住建国门外外交人员公寓的一家联合国机构的办事处打来电话，说是有人从印度出差回来，做了一餐地道的印度咖喱饭，约我们去品尝。

这家办事处里有亚洲、欧美、中东等地许多国家的人。刚刚做好的咖喱鸡饭正是他们的长项。可是我发现，延边朝鲜族自治州驻北京办事处的代表表情有点怪怪的。他对我悄声耳语道：“咖喱归咖喱，可这米是什么玩意儿呀！你觉得好吃吗？”

这米是长粒的。“东南亚的米都这样。我觉得这米跟咖喱挺配的。”我回答说。可他看上去好像还是一副难以理解的样子，对我说：“下回我让你领教一下什么是真正好吃的大米！”

跟他聊完了，又回到全屋人的话题上去。大家已经谈到“中国的农民为什么爱穿藏青色衣服”的话题。当然大家聊的都是印象，不是什么正儿八经的讨论。有人说穿军人绿的也很多；有的便反唇相讥说，不，还是穿藏青的多。正当争论有来有往没完没了时，突然冒出了一种高见：“这难道不是一个非常文化人类学的题目吗？！”

打那以后，我还真的有机会在路上看到过一次天津米插秧的情景。那些农民看上去的确是穿藏青色的多。再往后我注意到，描写农村的中国画里，农民的服装很多也是用藏青色来描绘的。

在印度，恐怕没有农民穿藏青色衣服的。在欧美，这种颜色也是用在很拘谨的正式场合的礼服上的。也许正因如此，他们才对中国农民爱穿藏青色感到新鲜。

就在那年秋天，延边朝鲜族自治州驻北京办事处的代表给我送来了“延边米”的新米。他充满自信地说：“就算你吃咖喱饭，也得用这米！这不，我还要去给上次那帮人送米去，得纠正一下他们的‘国际错误’！”

不过在临走时他说：“关于中国农民爱穿藏青色的事，我倒是同意国际意见的。不过为什么爱穿藏青色，我也搞不懂。”

我也不懂。不过，直到今天，在我的记忆里，中国农村风景中的农民还都是穿着藏青色的。

西瓜売り西瓜枕に熟睡す
季语：西瓜（西瓜）
卖西瓜的枕西瓜——睡熟了！

也许可以说是“一箭三雕”吧，眼前的情景简直就是实利的极致！西瓜既是商品，又当枕头，还是卖家自己的水分补给源。

搭个简单的凉棚遮住夏日的阳光，就在露天里卖开西瓜。还有卡车或者马车装满了西瓜运来卖。总有人把西瓜当枕头舒舒服服地枕在上面睡午觉，在那球形的弧线上，平衡还把握得倍儿好。

听说这里没有喝生水的习惯，所以西瓜还是水的替代物。于是夏天里我也常常买来西瓜大吃一通，反正比日本便宜得多。

在我的孩提时代，西瓜是老百姓最最喜闻乐见的水果之一，也是夏天的乐趣，每天都用井水或自来水镇了吃。

到了北京，这个习惯也延续下来。记得第一次买来西瓜切好放进了冰箱，可到了吃的时候，办公室的中国职员都不伸手，说是：“夏天吃凉的东西对身体不好！”

所以，刚到北京那会儿只能是在家吃冰镇西瓜，在办公室吃常温西瓜。可是后来竟不知不觉地吃起不冰镇的常温西瓜了，因为，西瓜在夏天以外的其他季节也能吃到，餐厅把西瓜作为冬天的水果端上桌的现象今天也已经司空见惯了。

于是乎北京市内的超市就把西瓜切成瓣冰镇了出售，价格自然不菲。对这类东西

“正点”西瓜

我总是不屑一顾，专等夏天来临后到郊外去访求“正点西瓜”。毋庸赘言，所谓正点西瓜，就是那种可以当枕头让卖瓜人熟睡其上的、被夏天的阳光充分照射的、不用冰镇而用常温吃的西瓜。

青葉にてトロリーバスの立ち往生

季语：青葉（嫩叶、新绿、绿叶）

绿叶新枝纠缠，无轨电车进退难。

两连挂的无轨电车，可以说是北京的名物之一，它们拐十字路口的样子实在是灵巧。接电线的辫子偶尔也会脱线而导致停车，但每次司机都会用专门的绳子去巧妙地拉拽，只需一声号子的时间就复原无事了。功夫实在到家。

这种无轨电车的最大强敌好像就是新绿的枝叶，是那些随着春天的来临不约而同地一齐发出嫩芽的树木。那些个树枝一天天任着性子疯长，又肆无忌惮地挤压无轨电车的供电线路，把它们弄得歪七扭八。一星期前还没事的地方，这会儿一个接一个地都成了问题的所在。在有些地方，光是电车辫子脱了线那还算好的，经常都是辫子直接挂到树枝上又纠缠到一起。

乘客们对此早已经司空见惯，没一个叫喊什么“市府当局绿化事业与交通行政的协调有问题”之类，纷纷在一瞬之间作出自己的判断，下车换乘其他的替代交通工具。常言道“上有政策，下有对策”，可眼前的情形整个就是“眼前有现实，立马儿有对策”，这种通融性不免令人会心而笑。

冬天里，树木都要进行剪枝修理，但那时谁都很难预料开春以后树枝怎么个长法。如果把这算成反映人类在自然面前无能为力的一个小风景的话，那么它当然也就是一种春天的风物诗了。可是在日本人的社会里，这种心理上的余裕根本就不能指望，一遇到这种情况，马上就会当作社会问题弄成新闻的。

这种小风景的另一个主人公是无轨电车。它们曾经在日本和其他各国的城市里跑过，噪声很低，没有尾气排放的问题，是无公害的优等生。当今，世界上的汽车生产厂家一窝蜂地竞争开发电动汽车、无公害汽车，也不想想，无轨电车早已存在，在北京还使得挺好。

当然，无轨电车的寿命也许不会太长了。它们只能沿着规定好的路线跑，圈子太小了，恐怕不能适应今后的城市规划。而且，电线轨道所用的铜价格也很昂贵。

我深深地感到，在无轨电车还在运营的年代常驻过北京，实在是幸运！因为毫无疑问，再过上若干年，我就能肩起“证人”头衔了。

『小蜜』は『情人』なりと夏の儒者

季语：夏（夏天、夏季、夏日）

夏日儒者有感：“小蜜”乎“情人”。

就算是儒者，夏天也会热的，照样会出汗，照样会叹息。只不过这儒者的叹息不光是因为热，还是双手抱胸面对报刊杂志、新版书籍时发出的叹息。那会儿正流行“大款”、“小蜜”之类的说法。

儒者说：“大款嘛，勉强还能过关啦，这‘大款找小蜜’就不能接受咯！”“小蜜呀，就是情人的意思咯，情人！改革开放的成果变得这样可不成。这里讲的情人啊，哦，与其说是情人，倒不如说是，嗯，贱货，这个，啊，反正就是不行。”儒者夫子嘟囔着，特意重复着“情人”一词。

“您说的，就是对这种潮流的危机感，我是理解的。不过，在孔子的时代，‘大款找小蜜’是很正常的事。现代的儒学究竟是怎么淘汰这种现象的呢？”

“你呀你，现如今是一夫一妻的时代咯，所以，情人是要不得的，情人。这可是道德问题哟。儒学的基础就是道德。所以，情人是不行的。”儒者依然重复着“情人”一词。

夏日儒者

“不过，在日语里，‘爱人’才是小蜜的意思，真正的‘情人’就是用情人二字表示的。我认为这些都是从中国传到日本去的语言，如果说小蜜就是情人，那为什么现代汉语里爱人倒成了妻子，而不是小蜜了呢？”

“这个嘛，啊，妻子是最爱的人嘛，所以就是爱人了嘛。情人嘛，只是通情嘛，所以叫情人。完全是两码事。这会儿又冒出个小蜜来，真真是只能用一个词来形容了，那就是胡闹。欸，倒是爱人到了日语里怎么就成了小蜜的意思了呢？咳，太乱了。”

“以后，搞语言进出口时说不定得要出口证明、原产地证书了，还得注明进出口词语的意思。”

“这个嘛，啊，可是语言学家的事咯。我们哪，得刻不容缓地确立一整套现代中国的家庭道德体系。无论如何情人是不可以的。欸，是小蜜来着？嗯，嗯，两个都不行！”

看来，精神文明建设的道路还很艰难。

娃哈哈なる薬買い込み秋深し

季语：秋（秋天，秋季）

娃哈哈，当成药，买进门，秋已深。

实在是一个明快而且世界通用的命名！只要看到过一眼它的电视广告，就是想忘掉这个名字也忘不掉，害得我被女儿逼着不得不去买这种商品。叫这名儿的东西应该是健康饮料，可是对我女儿来说似乎有药效。每次她感冒生病的时候都讨厌吃药，只喝这种饮料，而且每喝一次，就会模仿电视广告的口气大叫“娃哈哈”，于是病便痊愈了。

不知是因为它最初是在秋天销售的，还是因为女儿总在日渐寒冷的晚秋不停地叫着“娃哈哈”、“娃哈哈”逼着我喝这种健康饮料而给我留下强烈印象，“娃哈哈”一词至今仍旧是最能表达我对秋天印象的词语之一。

可见，电视的影响是多么地令人生畏。不过，大陆的晚秋实在是令人切身感受到日甚一日的寒冷。这时，大喊几声“娃哈哈”来驱驱寒倒也的确不赖。当然，更令我佩服的是，先人们在这种商品出现以前就用这三个字来表示笑声的那种感觉。你看，连字的形状不都像是在放声大笑的样子吗！？

说起来，在农村遇上丰收时节人们就会开怀大笑，于是就有“笑来福”的说法。这饮料居然对女儿感冒生病产生药效，恐怕就是因为补充水分和笑的功劳。当然，这样说也许对不住“娃哈哈”公司的人。

孩提时代，我们受的教育是“越是艰难困苦越要笑着挺过”。随着年龄的增长，

在我家举行的童子北京“句会”（右一为门师辻桃子先生）

越发不能坦然做到这一点，实在令人悲哀。

顺便说一句，门师辻桃子女士一行访华时在我家举行过“句会”。这句就是我在那次“句会”上吟出的作品，不仅获得了与会者的好评，后来还被选为《童子》的月刊秀句之一。这一殊荣在相当程度上应当归功于命名“娃哈哈”的人。

落葉の暴走したる高速道

季语：落葉（落叶）

落叶狂奔高速路。

那风，深夜骤起。老远就听得见地鸣般的呼啸声。不是我睡眠太浅，意识中枢原本就觉醒着。呼啸声眼见得由远及近，“哐”的一声猛砸在公寓的窗户上。

紧接着狂风把公寓楼层层叠叠团团围裹，然后拼命摇动。隔窗向外望去，天空没有一丝的云，竟不知风是从哪个方向刮来。

朝阳射来，也丝毫不能让狂暴的风温和些许。就在踏出室外的一刹那，呼啸声就会像被扩了音一样以多少倍的轰响，当然还伴随着同样的风压，从四面八方袭来。是七级风。不用说站着，就是睁开眼睛都非易事。

我送家属临时回国去机场，道路、行人、车辆，所有动的东西看上去都静止了，而建筑物等本应静止的东西却在动摇。我被这错觉攫住了。

通往机场的高速公路上，车辆蹒跚而行，被沿途飘下的落叶追上，又甩在了后头。这些花了一年时间才积攒下来的树叶被风从树上摇落，飞快地刮上高速公路，然后随时随地顺着最强劲的风向狂奔，还会随风一边猛拐方向，一边超过车辆，转瞬之间又向着车辆猛冲过来。

平时往返机场只需两个小时就足够，而这天却足足花了三个钟头才回到城里。汽车的后挡风玻璃也开裂了。天气预报所说的七级大风到了傍晚开始减弱，但时不时还会超过五级。听说七级大风已经有几年没刮过了。

入夜后风止了，好像什么事都没有发生过。街道听上去就像往常一样。已经抵达日本的家属来了电话，说刚到时什么事都没有，可渐次起了风，天气预报说，夜里还要刮大风。

这风真够厉害的。没准儿狂奔在首都机场高速公路上的落叶明天也会有几片被刮到日本。

飛蝗分け１０キロ直線草競馬

季语：飛蝗（蝗虫）

野地赛马一直线，横扫蝗虫十公里。

翻过长城，展现在眼前的景色与其说是华北，不如说是内蒙古更合适。听说康西草原开了一个赛马场，便慕名来访。

草原，从远处看上去，是一色的青绿。可在近处细一观察，才知道那是由许多种类的草编织而成的。挖耳勺大小的花儿开放着，花间有种种生物生息。宏观风景和微

内蒙古草原上的直线赛马

观风景之间反差巨大。也许这就是草原最大的特征。

就在这草原之上，赛马场出乎意料地现出了身影，一圈也就二百来米吧，倒有田径场的意思，不像是赛马场。虽然参赛的都是小个儿蒙古马，但仍给人场地窄小的印象。

为了宣传，赛马场外有传统的蒙古族狩猎、游牧，特别是马术表演。其中最引人注目的是跑直线的“赛马”。听说蒙古族传统的赛马是赛跑直线。这使我颔首称是，因为整个草原才是他们生活的天地。

跑一圈二百来米的椭圆，对他们人和马来说都是不自然的。然而，毋宁说正是这种不自然的营生才成其为竞技。屡屡有人落马的椭圆形场地赛马和直线三公里的“野地”赛马，在赛场内外一直搞到日落时分。

敖包

见识正宗的蒙古族野地赛马，是在内蒙古自治区呼和浩特以北一百五十公里的地方。沿着柏油铺就的国道行进，不知不觉走上了穿越草原的只有两道车辙的路。越过草原的起伏，看到了清泉，马和牛在那里歇憩。高高的台地上有用石头堆起的祭祀用的“敖包”。草地上到处都是拇指大小的洞穴，里面挤着指甲盖大小的蛙。

那里的赛道是直线十公里。每当高坡那边飞尘扬起，听到大地震响时，就会涌现出飞奔的马群。在马蹄下面，无数蝗虫忽左忽右地来回飞动。马群过后，尘埃落定，蝗虫回到原来的草丛里去，草原复又只能听见风的声音。

秋高し国際的な草野球

季语：秋（秋天，秋季）

秋高气爽，业余棒球国际赛。

有一项棒球赛事叫做北京六校联赛。当然，这只是模仿日本最早的棒球联赛——东京六所大学棒球联赛自己起的名儿。

驻京日本人的业余棒球赛推广到了留学生中，不久就以北京市内几所大学的留学生为主力开始进行对抗赛。后来学生队扩大规模，我们常驻记者里的部分叔叔辈的人也参加了进去，对抗赛也发展成春秋两季定期举行的赛事。参赛球队有十支左右，先在各大学的球场进行预赛，争夺冠军的决赛和争夺第三名的比赛都在丰台棒球场举行。

我们常驻记者参加的是北京中医学院队，队员全是日本人。但北京大学、北京外国语大学、北京语言文化大学等其他球队则都是由日本、美国、韩国、加拿大、荷兰等各国留学生混成的。这些学生全都来自棒球大国，经常打出好球，水平实在是高。

不过，毕竟国度不同、文化不同，有时也会碰到难堪的局面。比如，投手投出一个变化球，捕手就会提出抗议，说他“耍滑！没骨气！”，其实投手并非故意，只是球控制得稍差而已。可见，一旦投手投出的球朝队友身上飞去，一种不祥的气氛就会随之弥漫开来。

只有北京体育大学队的队员全是中国学生，投手好像还是一位北京市队的选手。他投的球速度远远超过了业余棒球赛的水平。我虽然设法在他投球时打过一个得分的好球，算是报过一箭之仇，但预感到不久的将来中国棒球必将达到世界水平。让人耳目一新的并不是他们的技术细节，而是全力掷球、击球、跑垒的基本功非常扎实。

相形之下，我们中医学院队绝对算不上强队，定期比赛的成绩基本上是倒数。原因也许就在我们这帮“叔叔”身上。赛后我们总是在《每日新闻》北京支局搞烤肉餐会。《每日

在丰台棒球场：二排左一为《每日新闻》北京支局长网谷，前排右一为散人

这才是乐趣：棒球赛后在《每日新闻》北京支局搞的慰劳会

新闻》的北京支局长网谷利一极会照顾人，尽管年纪最大，但打起棒球来不遗余力，而且也是年轻学生的顾问。这支队伍不仅仅停留在打棒球上，而是时时刻刻处在一种团队的氛围中。

中医学院队的口号就是“打进丰台”，有一回还真的实现了，不过不是去争夺冠军，而是争夺季军。当然，对手是哪个队我根本没记住，可见到了这把年纪已经经不住兴奋了。

我一直是担任捕手的，每次都是一边怀想自己学生时代的骁勇，一边戴上护面罩出阵的。投手之战的紧张让你无法想象这居然是业余棒球赛！我一边向年轻的学生选手呐喊，一边全力调度，我们总算以极弱优势的比分领先进入了决胜局。

最后，我和网谷交换角色，由他担任捕手进行决战的防守，我当二垒手。对方已经是二出局，但还有跑垒员在垒上。球被击得老高老高，被北京秋天的万里蓝天吸了进去。突然，这球好像就在我的头顶上停止上升，直线下落。

坏了，看不清了！打手和跑垒员都从我眼前飞奔而过。如果我接着球就能得第三名，接不着就将反胜为败，落到第四名。我闭上了眼睛（也许）。手套受到猛烈的撞击，顿时欢呼声四起。我恢复了意识。白色的小球落入了我的手中，大家都向我跑来。我再次确认胜球在握后，使出全身力气把球朝地上砸去。为什么会这样做，我至今也没闹明白。想起来，在我的人生中还没有如此感受过胜利者的震撼！

革命圣地一：延安，毛泽东住过的窑洞

延安三句

红軍の道時雨きて確かなり
季语：時雨（晚秋的阵雨）
红军的路，阵雨来后，瓷实。

合唱の如き延安夜鷹蕎麦
季语：夜鷹蕎麦（夜间叫卖的荞麦面条）
延安：荞面的叫卖声，晚间的大合唱。

粟粥を箸にてすする招待所
季语：粟（小米；谷子）
招待所，小米粥用筷子啜。

革命圣地二：大寨，当年的“铁姑娘”郭书记

在毛泽东诞辰一百周年的那一年，我们去了延安。因为飞机航班不太好，我们便从西安上了旱路，结果，途中不时地踏上了红军走过的路。

打西安出来要连续走一段平地。路上那一座座凸起的山丘，听说是西安在秦、汉唐诸朝鼎盛时期留下的陵墓。这一段是丘陵，越走谷越深，渐渐地就行进在满目黄土一望无际的荒野中了。那景色就跟当年红军战士所见到的一样。这般景色实在令人担心前方是否真的还会有城镇。好在一阵雨过，大地滋润，倒浮现出了道路轮廓。走了一天，到了延安。

微暗的街上，开着在中国早已司空见惯的夜市。传来的方言就像音乐一样刻画着一串串音调确定而富于节奏的音符，依我的能力根本无法听懂。再举个例子，我要买“牛肉面”，走到哪家店都回答说“没有”，或者反问我“什么？”，反应怪异。我原以为中国的面条定规是牛肉面，结果这里尽是“羊肉面”。

早餐是以稗子、小米为主的稀粥。听说直到现在这仍是当地最普遍的早餐。虽然是健康食物，但总有点什么让我不能释怀。我拿起筷子去用餐，小米粒儿一个个都从筷缝儿流了下去，一粒也吃不进嘴里。

我们在“窑洞”里访问了原来的老红军，还走访了当年抗日军政大学的校址。这里老百姓的生活，从时代上来讲，仿佛与半个世纪前一模一样。倒也是，这里地处内陆，又是蛰伏之地，作为和平时期的产业基地当然是不适合的。于是从结果上看，为建立新中国立了头功的功臣们现如今却过着最贫困的生活。

听说来此视察的国家领导人曾经说过：“我们对不起老区人民。”然而，老红军战士们的脸上却决无半点怨色，相反还洋溢着精神上的充实感。

9月上旬，延安早早地就开始下霜了。

回西安，我一路上一直在思考“物质主义的界限”之类的问题。到了西安，我注意到一条标语：“重振大唐长安的辉煌！”一位摊主向我们解释了标语的意思。他还说：“当年闹革命时，红军到了陕北，连饭菜的味道都被四川同化了，所以没有什么西安风味啦、西安料理啦之类的。”

革命的历史和现实给这里留下的影响竟如此让人感到意外。但是，因此就要“复古”，也并非易事。总之，世事不会尽如人意的。

葉も食える様なる秋果市に満つ
季语：秋（秋季，秋天）
秋实满市，叶若可食。

作为绘画的素材也许会有，但在日本的现实生活中，连枝带叶的水果早已神不知鬼不觉地销声匿迹了。正因为如此，北京的那些摆满了连枝带叶的水果的店铺便成了我们夫妇最喜欢的景观之一。

只要瞥一眼叶子的光泽，立马儿就能判断出那果实是什么时候收获的、新鲜程度怎么样。就好比果实自己诚实地告诉人们“我是刚摘下来的，是新鲜的！”一样，一点儿不夸张，一点儿不虚伪。如果说，枝子叶子是店家为了突出果实的新鲜经过算计故意留着的，那么，我倒想，这样的店家作为商人可真是太精明了。

这叶子，看上去好像很好吃。然而，它无疑只是“怎么煮怎么烤都不能吃”的“代言人”，即便连“什么都吃”的中国人也不吃它。

掰开叶子，品尝果实，选出货色，买回家来——这种乐趣迟早会成为回忆。在日本，卖水果都是重量基本一样的袋装，所以不难想象，枝叶之类简直就是既无价值又无意义的东西。既然如此，在日本也就渐渐失去了容纳这句作品所体现的语言噱头的余裕了。不能不说“现代合理主义”确实是俳句创作的大敌！

好了，来聊聊我妻子吧。说到妻子，中国话里有种种称呼，像“太太”、“老婆”、“爱人”……落实到文字上，真令人打怵。

言归正传，我“老婆”最喜欢的水果是柿子，而且是嘎崩儿脆、有嚼头的硬柿子。可是找遍了北京城也没见着个影儿，尽是些甜味十足的软柿子。我自己对柿子不但不怎么挑剔，反倒觉得软柿子给人以高级的感觉。可是，我“老婆”就是不爱软柿子。

据我们家厨师讲，“文化大革命”前的柿子都是硬的，现如今却都是软的。经历过“文革”后，人们的观念都变得柔和灵活了，可这也不至于影响到对柿子的挑选吧？我觉得这是品种改良的结果，可厨师说：“不是，品种改良还没轮到柿子呢。”结果，这个“谜”到现在都还一直没解开，而世纪却已经更迭了！

寒析のかわりや烏冬売りの声

季语：寒析（寒夜梆子声）

寒夜梆子声不再，面条叫卖声替代。

日本的传统建筑多用纸和木头建造，当然容易燃烧。尤其到了冬天，季风一吹，火势就会无情地迅速蔓延，不但吞噬掉失火的建筑物，还要殃及附近，经常酿成巨大惨祸。各地历史上都有“大火”的记录。

日本人有“四怕”——地震、打雷、火灾、老子（父亲）。火灾是第三可怕的。地震被当作第一可怕的对象，这跟地震本身的破坏力和震后随即引发的火灾有直接的关系。第二可怕的是打雷，这也跟打雷自身的破坏力和经常引起火灾、造成巨大灾难有关。可见每一件都与火灾有缘。就是“老子”也不例外，时不时暴怒发火，令人恐惧，也与“火”有关。

所以在日本就渐渐形成了习惯，一到冬天，各个街区的人们都会值夜，敲着梆子沿街巡查，口中还不停地叫喊：“注意防火喽——”这样做不仅仅是为了唤起人们对火的警惕，同时还要看看哪里失了火，有没有形迹可疑企图纵火的人。真是名副其实的“自警队”。

关于“值夜”轮班及其做法的交涉和运营，给街区带来了相互间的约束，产生了互助意识。然而，这个习惯跟着20世纪60年代一起销声匿迹了。说得好听点是消防、防范等制度走向了职业化,然而这个过程同时也是自己动手、自力更生意识逐渐消亡的过程。

寒夜梆子，指的就是这个曾经不可或缺的项目——冬季值夜的梆子或梆子声。每当这苍劲的声音传遍大街小巷时，孩童们也会扯着喉咙模仿起来：“注意防火喽——笃、笃！”

这项义务性的工作，我想决不会是一件令人心情愉悦的事。夜深人静、万籁俱寂的街巷，是那么地寒冷，令人恐怖。尽管如此，每个地方的街区还都涌现出名人来。“哪里哪里的谁谁谁敲的梆子隔条巷子都听得见呢！”“那有啥？谁谁谁喊的‘注意防火喽——’隔两条巷子都听得见呢！”令街区的人们引为自豪的名人就这样被广泛地传诵开来。

中国的建筑物从材质上讲不太容易燃烧，很少发生火灾，所以也没有太多的机会见到消防车出动执行任务。倒是夜里经常听到排档摊贩的伙计叫卖热腾腾的面条的声音。我常常感到：“啊，也许这就是北京的寒夜梆子吧。”接踵而至的食客不就是通宵不眠的值夜人吗？！静下心来仔仔细细地听，你就会听见隔两条大街传来的“美声”吆喝。

随着街道的再开发，排档摊贩正在渐渐消失，都变成屋檐门脸儿花里胡哨的店铺了，再也没有必要扯着嗓子招徕顾客了。我觉得，把不断消亡的命运同寒夜梆子联系起来，恐怕决不是什么牵强附会吧！

爱新觉罗·溥杰先生逝世三句

立春や溥傑先生旅立ちぬ
季语：立春（立春）
立春了，溥杰先生仙游了。

皇弟の逝きたる庭に辛夷かな
季语：辛夷（辛夷，木兰花）
皇弟仙逝，庭院里，木兰花不败。

墨黒し逝きたる人の賀状かな

季语：賀状（贺年卡）

人去贺卡在，墨迹犹黑。

（上）爱新觉罗·溥杰先生在仿膳饭庄

（下）到溥杰先生家吊唁

爱新觉罗·溥杰先生逝世的时候正值立春之际。

初次与溥杰先生见面是在北海公园的仿膳饭庄。那是一个炎热的夏日，先生在那里主持家宴，招待从日本来的“亲戚”。

后来，我便经常与溥杰先生见面，每次见面时的话题都离不开书法和诗文。当时，日中关系中最大的题目是日本天皇访问中国。可是，每当我把话题引到这上面，先生总是只有一句话：“我讲话难保客观性啊。”此外，再也没有任何言论。

然而，天皇访华正式定下的时候，溥杰先生愉快地接受了我们的采访，并用漂亮的日语和汉语普通话恬静地畅谈了自己喜悦的心情。先生一个劲儿地重复着“就像梦一样”，给我留下了深刻的印象。先生告诉我，实际上就在前不久，先生去日本时还拜会了天皇和皇后。采访时，先生当场作诗，铺纸挥毫，赠我留念：

天皇访华（于北京机场）

遍地樱花堆锦绣，
凌霄富岳丽风光。
此行岂尽游山水，
永世亲邻百事忙。

这也许是溥杰先生在天皇访华确定之后的切身感受吧。

采访结束后，溥杰先生送我时与我并肩在四合院中散步，还告诉我“那是什么什么”、“这是什么什么”、“那是亡妻最喜欢的花”……

天皇访华后，听说溥杰先生的感冒恶化了，可到年底又收到了先生墨迹未干、墨香浓郁的贺年卡。每年都是我给先生寄贺年卡，收到先生寄来的贺年卡这还是头一次。

接待天皇的钓鱼台国宾馆厨师长

后来又听说溥杰先生住进了协和医院，我便前去探望。本想就在病房门外隔窗行注目礼的，可正巧赶上先生从病床上坐起，看见了我，还对我说“谢谢你啦”，弄得我一时慌了神儿，不知所措。

我不知道自己当时为什么会那么紧张，甚至到了连跟先生谈了些什么都毫不记得的程度。脑子里留下的只是像逃避一样离开医院的痛苦记忆。

接到溥杰先生的讣告，我去先生府上吊唁，院子里的木兰花正在盛开。这是先生亲口告诉我“亡妻最喜欢”的花。先生的书斋里，书桌和先生健在时一样铺着宣纸，随时都能挥毫泼墨。

寄给我的贺年卡也一定是在这里写的吧？抑或是在协和医院的病榻上写的？为什么在协和医院时先生的面

容我竟一点没有记忆？直到现在，连我自己也无法说清，简直是不可思议。然而，先生身着开领衬衫在家中书斋里挥毫的形象，却至今都深深地印在我的脑海里，比照片还要鲜明！

万愚節２０ワットの階段灯
季语：万愚節（愚人节）
愚人节，楼道灯火二十瓦。

在北京生活的第一年实行的是夏时制。到了晚上，9点都过了天还不黑。虽然在室外喝喝啤酒是一件很爽的事，不过要想跟孩子一块玩玩焰火可就犯难了，因为天老黑不下来。没一会儿孩子就开始打瞌睡，但四周白昼一样，哪里睡得着呢。

这在工作上也有很大的影响。与日本的一个小时时差变成了两个小时，稿件的截止时间须要提前很多。日本的午间新闻只能播发这里早上发生的事，傍晚的新闻最晚也只能报道这里下午3点左右发生的事情。这更增加了我们的繁忙感。

到了第二年，这种夏时制被废止了。可是，又过了一年，有一家报纸头版报道了夏时制“将恢复”的消息。我不但向总部报告了此事，还发去了新闻稿。然而，万万没想到，那篇报道竟然是“愚人节”的愚人伎俩！

虽然我是疏忽了，没有向北京市政府当局确认，但又有谁能想象一本正经的中国报纸会登出这样“恶作剧”的报道呢？！不上当才怪。

我是直到有人提醒 “今天可是4月1日喔”时才恍然大悟：“坏了，没准儿……”然而，这时一天的工作眼看就要结束了。马上四处打电话询问，发现上当的不止我一个。于是跟东京总部联络，所幸新闻稿还没有播出。

终于松了一口气。快到家时突然停电了。“别又是愚人节的伎俩吧！”我一边诅咒一边观察电梯的显示窗，果然没有任何变化。没辙，只好爬楼梯，每上一层楼都得按一下二十瓦楼道灯的开关，一直爬到十一层，才算回到了家。

顺便提一句，很久以后，听说上面讲的那篇报道引起的混乱远比想象的大，为此报社也受到了当局的谴责，连总编都被撤换了。

老厨師スナップ利かせ蝿を打つ
季语：蝿（苍蝇）
老厨子，妙甩腕子拍蝇子。

我家的厨师是1940年前后出生的，当时已经年过半百。他每天都得骑着自行车往返三十多里地来上班，所以浑身都是腱子肉。他的字还写得特别好。他记的购物流水账不但十分认真，还很艺术，我简直想装进镜框挂到墙上。

他的一天总是始于汤锅又终于汤锅。每天一上班，他就从冰箱里取出汤锅，照着当天的菜谱熬出所需的汤。这就是一天工作的开始。而每天收工前，他总是郑重其事地把汤锅放回冰箱。这就是他一天工作的结束。

中国菜自不必说，就是西餐、日本餐，甚至点心，他也都十分拿手。不仅如此，他还对餐饮文化有很深的造诣。所以，午餐后的小憩时间，我经常用来听他侃饮食文化。从这种“午间小侃”中我还了解到，汤锅就是他当厨师的历史。

他的汤锅，熏得黑黢黢的，还有点变形，看上去煞有介事。据说那是“文革”刚过时的东西，里面盛的汤还是从“文革”高潮时留传下来的呢。他说，汤锅是“不能洗的，老汤根儿是不能扔的”。他告诉我说：熬出来的汁根儿会无形地化到汤里，也会渗到锅上。锅里的原材料要经常加，因为那是汁根儿的源泉。只要厨师还活着，就要把它承继下去，只有这样，才能创造出厨师自己独特的美味。

过去我只知道平底煎锅是绝对不能洗的，根本不了解汤锅的秘密。日本的厨师换工作时是“带着菜刀”走人，中国的厨师原来是“带着汤锅”走人的。

他在跟我“午间小侃”时手里总是拿着苍蝇拍或芭蕉扇什么的，时不时敏捷地动一下手腕拍打苍蝇。动作不大，只是手腕前的部分甩一下，视线约略一瞥而已，决不会影响到讲话的声音。总之，他打苍蝇时只动用手腕以前的部分。

他在教我妻子和女儿包饺子时也会若无其事地这样艺术地拍打苍蝇。即使是没有苍蝇的冬天，他在“午间小侃”时手里也经常拿着苍蝇拍。那样子还真有点像武生。

最后，我们没舍得扔掉他手写的购物流水账，而是把它们贴在笔记本上带回了日本。如果认真地翻开来查看的话，什么时候吃了什么饭菜大体还回忆得起来，而且他亲手教给我们的几条中国菜的基本诀窍我们自信还是记得的。然而，他那已经入了武生境界的打苍蝇的技法，我们却没能带回日本。

馬休み荷台の兵士氷菓喰い

季语：氷菓（冰淇淋、冰棍一类的冰点心）

马儿歇，士兵坐在马车上，吃冰点。

有人说这样的场景简直是噱头，运气好的人才能碰上。可我总是对日本来的朋友们讲，只有在中国才能真正见到这种原本根本不属于俳句世界的场面。同时我又对中国的朋友们讲，这是中国和日本最大的区别之一。

现在回想起来，在中国的大街上看到军人的身影（穿军装的人）实在是件稀松平常的事儿。至于从事作业的士兵在树阴下坐在马车上一边吃冰棍一边休息的情景，简直是家常便饭。可是，我刚到中国生活的那会儿，见到这种情景感觉是多么地新鲜啊。

士兵从事建设工作本身直接反映出的就是和平，而且意味着军人在和平时期也是普通劳动者。这也生动地反映出了人民解放军的特点。

在欧美，军人在大街上行走也没有什么特别的。穿着军装幽会的场面有时看上去甚至像电影镜头一样潇洒得很。

再回头看看我们日本。在大街上根本看不到军人——身着制服的自卫队员。偶尔碰上一个，大家都会感到惊奇，回过头去，像看西洋景似的稀罕地盯着看半天。日本的自卫队所从事的外部作业只有救灾一类。尽管如此，休息的时候也一定会找个一般老百姓看不见的地方，而且根本不会带无关的人去。

日本自卫队的目的是保卫国家，不再是侵略。自卫队员的身影应该像中国的士兵那样也能在一般街道上见到，并且与周围景色融为一体，成为自然风景的一部分，成为和平日本的一部分。

马车在北京市内已经见不到了，但在有些地方可能还有。从这一点讲，我想大声地说，这句作品表现的情景是当时中国可以引为自豪的真实风景之一。

麦笛や立交橋に馬車休む

季语：麦笛（麦笛，麦秆笛）

麦笛。马车歇在立交上。

我写了许多马和马车题材的俳句，这也许是因为它们的存在令我很在意的缘故吧。在北京这个一国之都，它们的存在既像是要挽留逝去的时代，又像是在对世人说节奏不要太快。在通往机场的路上，无数的汽车排成行跟在马车后头缓慢行驶，不就是一个象征吗？！

从我家居住的公寓能清楚地看到建国门立交桥。通过它，我不仅可以知道一天的车流情况，还能清楚地了解到眼下哪种车最受欢迎，以及出租汽车的通行等关于汽车和公路交通的情况。

我看到，早、晚的塞车一天比一天严重，塞车时间越来越长，塞车时的行车速度越来越慢，车与车之间的距离越来越窄。另一方面，在通风较好的立交桥上休息的马车却没了踪影。

麦秋，收获麦子的初夏时节。马车上装了很多麦秸，堆得老高，连车的原形都看不出来了，上面还定规坐着一两个人，也不知是怎么爬上去的。风儿吹着，马车笃笃前行，那光景真撩起了我吹麦笛的欲望。

有一天，我看见建国门立交桥上有一驾这样的马车，一直到下午还没走，只是从上午的位置挪动了几米，停在了缓缓的下坡道上。我开车从旁经过才看清是怎么回事。原来是车轴折了，既不能前进也不能后退，只能停在从建国门大街下到二环路的半道上。于是原本只有一条车道的路开始堵塞。晌午已经过去，被塞住的汽车排开了长队。

不过，并没有发生什么大的混乱。也许一句“没法子”就过去了。马嘛又不认人，随地大小便也无所谓。要是在日本，人们肯定会脑门上暴着青筋把事情闹得很大。而在这里，麦秸堆上的人还吹着麦笛。时间就这样优美地流淌着……

足球の球となりたる竹婦人

季语：竹婦人（竹夫人，竹篾编的枕头）

竹夫人，成足球。

竹夫人——用削得薄薄的竹篾编成的枕头，是夏天午睡时再好不过的用具了。我想这就是生活智慧的结晶吧。不论什么科学技术，大概都不可能如此简单地造出比这天然材料更好的夏日午睡的用具。

瞧，这名儿起得也好，把它苗条的样子比喻成夫人，让人联想起妙龄夫人的午间睡姿，妩媚动人。

还是这个竹夫人，十分经久耐用，与它那名字和形态的虚幻无常形成对照。竹子的效用很大。“这只枕头究竟是什么时候开始使用的呢？没准儿革命前就用了吧。”话刚出口，说话的和听话的都糊涂了：这革命究竟是哪场革命？如果想象得大胆一些，也许地就能追溯到辛亥革命。如此说来，这个竹夫人看上去还真的有点像“文物”了。

另一个方面，孩子们是玩游戏的天才。不论在什么时候，只要有机会，他们都会把任何东西拿来玩。他们把陈旧变色、篾片起刺的竹夫人卷成圆形当足球来踢。这种游戏恐怕就是在胡同小巷玩也会很安全的。

现在，竹夫人好像返老还童了，不管有什么美女枕过，不管有过多少妖艳妩媚、虚幻无常的故事，她都一概藏起，与孩子们滚来滚去。竹夫人真是妙不可言，就像人的一生。

ロック歌手手で温めつつ冷酒飲む

季语：冷酒（凉酒；冰镇清酒）

摇滚歌手，用手暖着喝凉酒。

我是在北京市内的一家日本餐厅里遇到，不，看到那位摇滚歌手的。他身材修长，皮肤白皙，一个人待在那里，显得沉默寡言。现如今是音乐的全盛时期，不光是摇滚音乐，什么音乐都很盛行，所以很难想象当初摇滚歌手是多么地稀罕。虽说他已经在国内外功成名就了，但他一直没有成为全国性的大众偶像。那天，他正在日本餐厅一边吃荞麦面条，一边喝日本清酒。

我们经常会碰到“问什么都点头”的主儿，可他的待人接物正相反，根本不点头，似乎连点头都嫌麻烦。你问他什么他的反应都是否定的，爽快地回你一个“没有”或“不是”。我望着他心里纳闷，是不是现代艺术家就是这样？我进而想象，没准儿这是人家在海外演唱的经验丰富了，所以流露出来的都是欧美做派。不过，他那种日本清酒的喝法倒很引起我的好奇。

他用两只手握着斟满凉酒的玻璃杯不停地转动，仿佛在爱惜地暖着，经常是突然咕咚一口把酒喝个精光，好像是蓦地又想起了手中还有杯酒。这又是受欧美的影响吗？可喝的又不是白兰地……不多时我的想象就被引入歧途。

喝日本清酒时，不同的人对温度有不同的嗜好。首先是“烫酒”（熱燗），喝的时候有六十度左右吧，是地地道道的“烫热了喝”的酒；其次是“热酒”（人肌），就是把酒温到人体体温的热度再喝；再次是“常温酒”（冷や），就是在常温下喝的酒，不作任何加工；还有“凉烫酒”（燗冷まし），就是把烫酒弄凉了喝；更有一种叫做“凉酒”（冷酒）的，就是把酒在冰箱里冰镇了喝。所以，既然是凉酒，又要用手去暖热它，这还不立刻变成热酒？那专门要凉酒还有什么意义？！我明知道是多管闲事，但还是问了他为什么要这么喝。他突然打开了话匣子，大声说：

“摇滚乐不是声音很响嘛，找个排练场地都很辛苦。又不想在电视上演，那样传递的不是声音的原始效果。演唱会的次数也是很有限的，因为完美的演奏和嗓音本来就不多。”

不知不觉话题就被引到了专业上。

“美国的摇滚嘛，最近有点杂；欧洲的摇滚呢，最近又有点单调。我喜欢的是民族音乐，到现在练的也是民族音乐。要降降烧，这凉酒的温度正合适。不过，喝凉的对身体不好。所以，我的喝法可是一举两得呢。”

说完后，他一口气把已经暖热或者说刚才还沉浸在凉冰冰的享受中的剩酒喝了个精光，就大步流星地离去了。

他哪儿是受欧美的影响，分明是一个彻头彻尾的中国人！

散水車通りし後も黄土かな

季语：散水車（洒水车）

洒水车过后，黄土犹在。

在北京的街头经常看得见洒水车。那水洒得真叫细密，可以抑制路上的扬尘。尽管如此，早春的季节风刮来的黄土却很难消除。更有甚者，洒水车还在这边走着，黄土就在那边纷纷落下，堆积起来。

女儿的玩具、滑梯、秋千，无一例外地落满黄土。女儿倒不介意，老是说“黄颜色的粉粉，好像很好吃喔”。可是妻子就两样了，总是愁容满面，说“睁不开眼睛”啦，“外面没法晒衣服”啦。真是“没法子”，哪能跟大自然作对呢？！

住上两年，渐渐就会感到：啊，又到黄土的季节啦！春天来啦！同时，还能闻出黄土独特的气味，而且，洒水车洒过水后的空气也会送来特别的气味。

不过，飞来的黄土似乎每年都在减少，我想，这可能是中国政府加大造林力度的效果吧。自从适应了黄土独特的气味后，我切实觉得闻到它的气味的次数大大减少了。

现在每年开春，黄土都会光临日本。当然，不等它积落到我家的窗台上，光凭那微微的气味，我们就知道黄土该来了。只是黄土来了也不会积到过去那种值得夸耀的厚度。

我们总是在脑海里浮现着洒水车在北京街头开过的情形，回忆起黄土最盛的那段时光。

大晦日興安嶺の風来たる
季语：大晦日（十二月三十日夜，除夕）
大年三十夜，兴安岭来风。

公历12月31日，与平时没什么两样，街上没有什么特别的装饰，买东西的顾客也不是特别多。这和日本在这一天闹腾着过大年三十的景象大相径庭。

我们自己已经适应中国按农历过春节的习惯了，觉得农历与农业流程更贴切，比公历更合季节感，很合理。

比方说，在日本，大年三十在公历中是12月31日，是隆冬腊月；而在农历中才是十一月底前后，刚刚要入冬。这种不一致给俳句创作带来很大影响。因为不得不把季节提前一个来月，当然会出现一些牵强附会的地方。

1993年12月31日，星期五，农历十一月十九。第二天开始是公历正月，1日星期六和2日星期日两天是中国的社会公休日。我跟中国员工进行了确认。因为就在两年前，我没跟大家确认就按日本的“正月三天假”的习惯给休了，结果中国员工们1月2日就开始上班了，弄得大家啼笑皆非。

傍晚时分，一切都跟往常没什么两样，我诅咒着公历，埋怨着北京街头没有一点儿大年三十的景象，一个人悻悻地踽踽而行，苦寻着俳句的灵感。西边的天空出现了乌云。我感觉到了风。难道是乌云卷起的风吗？不，这是北风！果若如此，这一定是大兴安岭刮来的风。

简单的三段论造就了这句作品。要是在日本，寒冷时节的季节风一定是来自西伯利亚，绝对不会令人产生其他联想。尽管如此，我身在北京，脑海里却只联想到了“兴安岭来的风”。

如此说来，还有一件事情使我对自己感到十分地不可思议。那就是在前一年举行的巴塞罗那奥运会上中国选手获得的金牌数量增多，我也会像自己的祖国获得了荣誉一样感到自豪！

不知不觉间我们已经深深地沉浸在“中国主义”中了，也许已经变成了“感觉上的双重国籍者”了。我们夫妻二人就这么聊着，按照中国的习惯包起了“过年的饺子”。

初売や強気の客の多きこと

季语：初壳（新年第一次卖货）

新年初售货，逞强客人多。

要想在中国的社会里生存下去，只要掌握“多少钱？”、“太贵了！”、“便宜点儿！”这三句话，可以说就有了第一意义上的基础。这就是我赴任前惟一的预备知识。而我上任第一天就体会到了它的意义。

如果时机和表情把握得好，这三个句子可以收到意想不到的效果，而一旦失败，卖家连理都不会理你。

就算你问价“多少钱？”，卖家要是觉得你没有买的意思，根本就不会来理睬你，而且给你一个嫌你烦的反应，没等你说出“太贵了！”人家就撤了，哪儿有你说什么“便宜点儿！”的机会。

如果你一边啧啧有声地咂着嘴，一边饶有兴趣地来回或里外翻动商品，卖家就会跑过来说：“买这玩意儿保你值！”然后跟你解释为什么值。有时候，没等你问“多少钱？”，卖家就会说出价钱来，甚至主动降价。

在这种情况下，你要是说出“太贵了！”，卖家往往会给你更便宜的价钱。如果你说“我买两个，再便宜点儿！”或者“我介绍给朋友，再便宜点儿！”，这种种砍价都会很奏效。总之，根据情况的发展，有时会成为卖方市场，有时又会成为买方市场。

我带日本来的朋友去购物，他们看我跟卖家侃来侃去的，不少人都会产生“中国这不是资本主义了吗？”的感想。而我的结论是：既不是资本主义，也不是社会主义。听上去像是“姓资姓社”之争，其实，没那么严肃。“经商”、“商业”等的词源可以上溯到“商”代，而我们现在所看到的不过是商代以来的传统，是资本主义、社会主义都还没有诞生前的中国。

言归正传，在日本，正月里第一次买东西叫做“初次购物”，而第一次卖东西就叫“初次售货”。“过年啦——恭喜啦！贼来啦——拿走吧！”在卖家气势颇盛的叫卖声中，一切都像长了翅膀一样卖得飞快，跟价钱是否真的便宜毫无关系……在日本，前不久还是这样的好时代呢。虽然时间和地点都变了，但我还是想看看这种叫卖法儿在经济更上一层楼的今日中国是否行得通。于是我用日语在店里大叫：

“新年啦！新年啦！便宜啦！便宜啦！”

（“……？”）

“新年啦！恭喜啦！降价啦！降价啦！”

（“……？”）

听到叫卖声的中国顾客大笑起来，说：“叫得好！不明白啥意思，可叫声好听。”还跟着叫：“恭喜啦！降价啦！”

就这样，顾客们异口同声喊着该降价，想把这爿店变成买方市场。而店家也有商代以来的传统，不甘示弱，大叫：“平时总是贱卖给你们，大过年的，你们就买一回贵点儿的吧！”

青岛六句

青島のビールにて蒸す貽貝かな

季语：貽貝（贻贝）

贻贝，用青岛啤——蒸。

我が足の跡追い馬刀を突く子かな

季语：馬刀（貝）（竹蛏，蛏贝）
逐我足迹。戳竹蛏。我的孩子啊。

軍艦もきさごの宿や青島港
季语：きさご（疣鲳螺）
军舰——疣鲳螺的梦之乡。青岛港。

黄海岸向きたき方を向く桜
季语：桜（樱花）
黄海边，樱花树，朝着心仪的方向。

洋館にひとつだけあり犬ふぐり
季语：犬ふぐり（松塔，松球，挂着松球的松树）
洋房门前只一颗，松塔。

浅蜊五元ボンゴレにして百皿分
季语：浅蜊（蛤蜊）
买进蛤蜊五元钱，做成浇汁一百份。

每次一想去青岛，北京就会出大新闻，所以回回推迟。计划了好多次，终于要实现了，结果还因天气条件不好没来飞机。等了半日飞机来了，到了当地已经入夜。

走出宾馆，就近进了一家小餐馆。入口边上摆放着一排容器，里面养着各种各样鲜活的鱼类和贝类，小型泵正在向容器里细细地输送着空气。店主夸耀说：

“从北京来的？你们选了个好地方啊！青岛啤酒二厂出的啤酒好喝，这儿离二厂很近，能喝到新鲜的啤酒哩！”

噢，敢情是这么回事。就在我感叹之际，店家先给上了一道。是贻贝，好像是用酒蒸的。

“用的是啤酒哇。时间长点儿的啤酒更好点儿。”果然是合理利用，有效率。

根据店主的说法，第二天一早我们最先去了能够眺望到“六角亭”的海边。我们跟在一对好像是来旅行结婚的情侣后面在海边的沙滩上漫步。脚底下的沙滩很湿，踩下去就是一个深凹，但一转眼就灌满了渗出的海水，留下的痕迹只是隐隐约约的脚印。孩子跟在后头，拿着根小棍一边翻搅一个个脚印一边往前走。运气来了，还能挖到像竹节一样的竹蛏。

我不禁想到，在日本九州的福冈地区，人们可好吃这玩意儿了。这时候还没有开通福冈至青岛的航线，既近又远。因为从福冈出发的话，要先到东京或大阪，然后绕道北京才能到达青岛。

有两艘军舰沿堤防停泊着。这使人联想到这里有军港，但并不使人感到紧张。看上去舰艇已经停泊了几天，一些十二脚贝吸附在舷侧。我听说，后来中美两国搞军事交流，美军舰艇就停靠在青岛。得到这个消息时，我脑子里浮现出的就是这个十二脚贝的样子。

洋房，这是一个世纪的历史写照。古老的街道上到处都能看到樱花树。听说中国是喜好梅花和牡丹的，而这里的名胜却是樱花。洋房街沿海的一面满是樱花树，每棵都个性很强地朝着不同的方向，好像是林荫树，其实却不是。洋房的墙上当然爬满了常春藤，在门边甚至还看见了一棵挂着松球的松树。那是什么？是谁种的？什么时候种的？难道它也有一个世纪的历史了吗？正是因为在青岛，想象力才能如此荡漾起来。

到海产品市场去，决定买些鲜美的蛤蜊带回家。花了五块钱，买到了大约满满一脸盆！要是做成意大利通心粉的浇汁，怕是要够一百人吃的份儿了。

2001年我再次访问了这座令我忘却来前的曲折、在种种意义上使我精神富有的城市。从福冈乘直达航班不到两个小时就到了。原本什么都没有的崂山地区出现了新的市区，“古老的城市”青岛“旧貌变新颜”。用日本政府提供的日元贷款建设的新港和经济区也已经建成。

然而，日本企业却身单影只。持续发展的中国经济和泡沫破灭后一直未能走出低迷的日本经济……我多少可以理解。可是另一方面，同样经历了经济危机的韩国企业却决非形影相吊。这使我心情复杂，久久不能释然。巧还是不巧，前不久日本刚刚对中国农产品进口实施紧急进口限制。

云南五句

爆竹に随いて随かれて雲南路
季语：爆竹（爆竹，鞭炮）
云南的路上：我跟鞭炮走，鞭炮追我来。

春節や彝族漢族多民族
季语：春節（春节，阴历年）
春节到，彝族汉族多民族，一同闹。

棒持ちてバナナ畑の厠入る
季语：バナナ（香蕉）
拿着棍儿进香蕉地——如厕。

眉公江陽炎ばかり下りゆく
季语：陽炎（阳炎）
阳炎直下湄公河。

龍門の二里下に居て遅日かな
季语：遅日（天长，春日迟迟）
我居龙门二里下，春日何迟迟。

这年开始，全国各大城市一齐禁止燃放爆竹，所以春节我们去云南省会昆明时没有听到爆竹的声响。可是，我们向西奔大理时，沿途村村寨寨点放的爆竹声却不断地飞进大巴的车窗。大巴追爆竹，爆竹赶大巴，仿佛对习俗的最后珍惜伴随着我们一路行进。

云南省，听说中国五十六个少数民族中这里就生活着三十八个。初进昆明时首先碰到的是彝族人，这给我留下了鲜明的印象。可是，后来看到的既有纯单一少数民族的村落，又有与汉族同处的单一少数民族村落，还有各民族杂处的村落，真是形态多

于云南省石林：还合身吧？

样，风景多彩。结果给我的结论性印象是名副其实的“多民族”。我虽然觉得这个结论近乎迂腐，但又感到费尽周折地经历了这么多细节才得出这个结论，还是有价值的。

西双版纳位于中缅边界，沿湄公河展开。香蕉树在这里一年四季都结着丰硕的果实，没有休息的时候，而且树树结果。这与我们在温带的日本种来观赏的香蕉树大不一样。也许这才是香蕉的本来面目吧！果真如此的话，那么还能不能用香蕉来做俳句中专门表现季节的词语——季语呢？这一问，简直就捅到了何以为诗这个根本了。

观赏着地面上高高架起的房屋，我发现云南省与日本有许多共通之处，难怪人们说日本的水稻和农村起源于云南省，我真是佩服了。正在这时，女儿的一句话使我一开始的疑问顿时冰解：

“我要尿尿！”啊，这里没有茅厕！这时房屋的主人递给女儿一根棍，指了指成片的香蕉林的一角。原来，在香蕉树下用棍儿拨开草丛，自己随便找块地儿，那便是厕所了。草丛是天然的屏障，“产出物”又是上好的肥料，这不正是在营养方面支持了四季结果不断的香蕉树吗？一个多么简单而合理的主意！

在日本农村，传统的建筑方法也是把茅房造在主房的外头，把茅房里头的东西掏出来摊在太阳底下晒过以后就当肥料来使。什么都不说了，眼前的情景不正是日本传统的原型吗？！香蕉树下的天然茅厕使我确信：日本人的根就在云南的学说千真万确！

山东半岛五句

雲の峰立ちたるとこや威海衛
季语：云の峰（云峰；云绕山峰）
云峰起处威海卫。

噴水は子のシャワーなり威海衛
季语：噴水（喷泉）
喷泉浴孩童。威海卫。

草茂る砦は北を向きしまま
季语：草茂る（青草繁茂）
杂草丛生，炮台原样冲北。

山東のビール受けつぎ昔聞く
季语：ビール（啤酒）
互斟山东啤，聆听忆往昔。

箱眼鏡透けて黄色き海のあり
季语：箱眼鏡 （潜水镜）
透过潜水镜，看见黄色海。

云是在哪里形成的，又是怎样形成的呢？这难道不是我们每个人在孩提时代都会怀有的疑问吗？“是从海里涌出来的！”父亲这样告诉我。

父亲用这样的表达方式一本正经地把“蒸发”、“汽化”等科学概念教给了我，可我却没有科学地去理解它，而完全是凭感觉去理解的。一直长到很大，我都还以为云是从海面上像烟雾一样滚滚涌出来的呢。

从烟台去威海，黄海的景色沿途不断地透过车窗映入眼帘。云看上去就像是从海平面上涌起的一样。这景色，使沉睡在我儿时脑海某个角落里的影像在多年以后又复

威海刘公岛山顶的炮台，任性地冲着北方……

苏了。那云就像青年人胳膊上的肌肉不断地向上、向上隆起，形成夏天的云朵，宛如画画一般。威海，在更多的日本人的记忆里还是老称呼——威海卫，而且与“日清战争”也就是中国所说的甲午战争相匹配。这也是我造访这里的契机，因为这一年正是那场战争的一百周年，这个地名自然而然地在中国国内成了话题。

威海的城中心现在是一个大转盘。路上的行人和车辆少到了极点，尽管这也许并不是因为炎热的缘故。转盘的中心是一座喷泉，孩子们赤身裸体在水中玩耍，心情好爽。三面环山的城市顺着山坡整齐地呈放射状修建，给人印象深刻。

还有一点使人印象深刻的，就是与甲午战争有关的标语没有想象得那么多，而且即使有标语，大多也都是与经济发展有关的，根本看不到反日口号。

这种情况到了刘公岛——当初北洋水师的根据地——也是一样。登上全岛制高点，当时的炮台已经锈死在那里，但炮口依然像当时一样直指北方——黄海。

这座炮台的情形雄辩地告诉人们，一百年前清朝对日本舰队深入黄海的警戒更甚于对威海卫自身的防卫，也雄辩地告诉人们日本当时想干什么，而清朝又是怎样应付的。虽然我觉得它并没有以身炫耀这一点的意思，但它板板地立在那里的形象反倒更令人感到历史的沉重。

与当地人互斟对饮“当地啤酒”，听他们侃天：这座城市已经与韩国通航，开辟了航线。当然，进入这里的韩国企业自然就多，而日本则须要再加把力。甲午战争是为了争夺在朝鲜半岛的权益而爆发的，而随着时代的变迁，现在人们都对经济的竞争抱有很大的期待。可是，恰恰就在这一点上，日本在威海根本就不是韩国的竞争对手！几个当地的哥儿们一再讲到这一点。

在回烟台的路上，我们决定在黄海洗个海水浴。同行的女儿和妻子一开始就是这么打算的，而我却一点准备都没有。尽管如此，受她们喜气洋洋的影响，我也脱衣下海。

虽然这海覆盖着一片黄色，但实际上一直到远处的海上都是浅滩，即使走上一百米，水深最多才从没膝到齐腰。

在这里，我看到了黄海的本来面目：看上去黄浊的海水其实是透明的，是映照了浅滩的黄色沙砾而泛黄的。我家两代人望着这不可思议的景象，没有一丝丝倦意，又是用手去掬海水，又是在水里用潜水镜观察海水。但不管你看多少次，也不管你怎么看，海水都是清澈透明的。所以，从海里上来后，沙子绝对不会粘到身上，委实爽快。

最远就是在我们祖辈的年代，日本的军舰还曾经狂奔于这片海面。军舰上的人看到这“黄色透明的大海”时，一定会感觉到踏上了异境、触到了异文化。

在威海烟台洗海水浴，看到了黄海的“真身”

一百年后所要寻求的答案，恰恰就在祖先留下的教诲中："要经常站在对方的立场上换位思考，'己所不欲，勿施于人'啊！"

每每谈到"历史认识"时，我总是想起这时的情景。我要把"前事不忘，后事之师"的格言好好地传授给自己的子孙和他们那几代人，让每个人都活得无愧无悔！

再访敦煌四句

炎ゆる朝再び来たり鳴沙山
季语：炎ゆる（阳炎摇曳）
阳炎摇曳的清晨，再登临，鸣沙山。

砂漠にもバス停ありぬ片かげり
季语：片かげり（一片影子）
沙漠也有巴士站，树阴一小片。

敦煌の信号消えて夜の秋
季语：夜の秋（秋夜）
敦煌：信号灯灭，秋已入夜。

哈密瓜の値は客が言うテントかな
季语：瓜（瓜）
瓜摊：哈密瓜的价钱，顾客说了算。

前面已经讲过，1988年我随竹下登首相来过一次敦煌。后来，1994年8月我又随竹下先生再次来到敦煌。竹下作为首相访问此地时，为了保存遗址提供了十亿日元的无偿援助。此番再次来访，是为了出席用援助资金建造的纪念馆的落成典礼。

久违六年的鸣沙山尽管是沙砾堆成的，但形状几乎没有什么改变，只是当时在月夜里波光粼粼的月牙泉已经被栏杆围住，泉边还建起了餐厅，成了名副其实的景点了。

从敦煌城前往莫高窟，一路上只能看到一望无际的沙漠或荒野，但沿着贯穿大漠的柏油路有几处像巴士站一样的地方。虽然标志就是那一点点可怜的树阴，但却听说附近肯定有水井。莫非是往日绿洲的遗物？可六年前我怎么一点儿都没有注意到呢？听说还是原来就有的。

夜幕降临了，炎热已经散去。敦煌街头的交通信号灯全都熄灭了，因为交通流量减少了，不再需要它们了。西域，太阳下山很晚，一旦天黑下来，就已经到了深夜，而且变得很冷，跟白天好像完全是两个地方。

在饭店的客房里，我还注意到了一个很大的变化。那就是开通了国际电话。与北京通话自不必说，与东京通话也完全没有问题。而就在六年前，这座城市只有两部电话能与东京通话，就那还是为了配合竹下首相的来访专门设置的，而且很难挂通，也很难听清。当时我得冲着它大喊大叫才能把随访稿件发回东京。

回想着六年逝去的岁月，脑海里复苏了些许记忆。当时，饭店房间里摆放着当地的名产哈密瓜。从北京同行而来的时任支局长对我们说：“这可是贵重物品，在北京贵着呢！”然后，把我的这份切开分给大家吃了，却把自己房间的那份带回了北京。我看他可真够辛苦的，但也切身感到当时在物质生活上还很不富裕。

虽然随着时间的推移，如今哈密瓜不仅在北京，而且在整个中国都已经司空见惯了，但是我还是想看看“地道的原产瓜”。第二天早晨我出门在街上一转，发现满大街到处都是哈密瓜堆成的山！“多少钱？”我问。“你想买多少钱的？”瓜贩反问我。我估摸着说出了一个价码，打算买上一个。“这价儿啊，能买仨！”瓜贩的回答令我很感意外。虽然这个地方好像已经变成了景点，但这里的人却不改老实人的本色。

“给个把就得，我只是怀怀旧。”我聊起了六年前的情形。“敢情，那您想拿几个就拿几个吧！”说着，瓜贩往麻袋里装好几个瓜，还告诉我：“咱这儿的瓜跟北京的味儿可不一样啦！”

结果，瓜贩只收了我十块钱，我却拿了瓜贩十个瓜！回到饭店，我把瓜分给了代表团的其他成员，还把刚才的情形大侃一通，让这些东京来的人也着实高兴了一番。没料到的是，最后我一个人不得不把五个哈密瓜全部带回北京！我觉得比六年前的支局长还辛苦。没辙，只能苦笑聊以自嘲了。

ラマ寺の瓦替わりや春の鳥

季语：春（春季，春天）

疑为喇嘛寺的瓦，却是春天里的鸟。

这是在内蒙古自治区呼和浩特街头见到的情景。透过餐厅的窗户可以看到喇嘛寺很大的屋脊。在这个“春光明媚”的午后，那屋脊突然一下咕嘟咕嘟地升腾起来。不会是我的咳嗽惊动了它吧。

它升腾起来以后，以一个点为先导呈旋涡状腾空飞舞而去，就好像龙卷风一样——啊，那是鸟群，千真万确。原来，它们是停在屋脊上休息的，几乎布满了整个屋脊。它们飞起来以后向北方去了，仿佛被天空吸进去了一样，大约花了好几分钟才在视野里完全消失。我屏住呼吸入神地看了很长时间，过后甚至感到了一阵莫名的疲劳。

内蒙古草原上的“国道”

草原上时常出现的彩虹

刚才没有发现这些鸟儿停在那里，是因为它们的颜色跟屋脊极为相似的缘故。所以，鸟儿飞走之后屋脊的颜色几乎没有一点儿变化。不过，除了“保护色”以外，一定还有其他原因使这些鸟儿这么集中地停留在那里。

由呼和浩特向北，一路风景宜人，行驶在平坦的路面上，心情是很好的。不知不觉间困意袭来，等我睁开眼睛时，汽车已经行驶在草原里的车辙上了。听说这是刚才那平坦的柏油路的延伸，还是同一条国道。可以看到远处有地方在下雨。雨后那边现出了彩虹。我们来到内蒙草原的腹地了！

可是，那么大的一群鸟儿到底会飞到哪儿去呢？越往草原深处走我就越担心，以致不能自拔。尽管如此，还是连一只鸟儿也没再看见过。

秋天，在大陆上的意味

衛兵を慕うが如き落葉かな
季语：落葉（落叶）
落叶，犹恋卫兵。

昨日より樹間の広き月見かな
季语：月見 （赏月，观月）
枝疏干稀胜昨日——好赏月。

ペダル踏む冬の来るのが見えてくる
季语：冬（冬季，冬天）
冬天看得见，踩着脚踏来。

绿叶折射的阳光是柔和的。到了深秋，树叶发黄发红就要落去，叶片也已经发硬。它们反射阳光不是直角的，而是呈锐角的，给人一种尖刻的感觉。难道这就是行将飘落却又不愿认命，赖在树上不下来的叶儿声张自我的惯用伎俩吗?

落叶，这自然是树叶自个儿的事，但却意味着凛冽的寒风已经刮起。而且，树叶不管是在树上还是在树下都不能“独自一人”生存下去，所以，一旦被风吹落，它们就会立刻寻找栖身之所——门扉边，汽车的挡风玻璃与发动机盖之间的缝隙，风中的墙角......任何地方!

卫兵换上了冬季的制服。落叶首先向他们的脚下飞去，恋慕似地盘桓着。可那里并非久留之地，所以尽管落叶不断地飞来，但马上就又离去。而对片片落叶，卫兵并没有表现出些许特别的感慨。

我们住在北京的外交公寓里。到了落叶的季节，我们跟卫兵已经熟悉了。春天来的新兵自不必说，就是秋天刚来的也都面熟了，时不时小声地跟我女儿说声“你好！”，打打招呼。而我妻子却被当成了保姆阿姨，反倒没人跟她打什么招呼。

抬头望去，树上枝干拉开了间隙，给人视野开阔的印象。不过，不能否认，那间隙空得多少有些寂寞。透过叶落后枝干的间隙能看见月亮。与其说赏月，不如说令人想起冬天。

这一切，都是因为大陆寒冷的冬天在作祟。于是，虽说还是秋天，但在这句作品里不假掩饰，直截了当地用“冬天”做了季语，而不管是否真实了。

诚然，北京的秋天很美，似乎“锦秋”一词就是为她而生的，听起来没有丝毫的夸张。然而，“北京秋天”这四个字之所以成为熟语，是因为人们意识到随后接踵而来的是寒冷的冬天。故而无论如何也不能把她当作单纯的秋天来赞美。

来此上任时我还是“青年”，而今已届中年，这种富有刺激的常驻日子眼见得所剩无几……万千思绪汇集于胸，对“秋”这个季节的体验也就逐渐变得复杂起来。

瞧，就这样胡思乱想着，风，吹在我蹬着脚蹬子的脚底板和脸上，是那么地冷。咳，也就是这会儿还能沉湎于伤感！下礼拜就不能再骑自行车了。您看见了吧，冬天已经来到眼前了。

新豆腐麻婆豆腐となりにけり

季语：新豆腐（用当年新收获的大豆做的豆腐）

新豆腐，烹成——麻婆豆腐。

当年收获的大豆叫做“新大豆”，用新大豆做的豆腐叫做“新豆腐”。从来没听说过用新大豆做的豆腐会更好吃些，这里所谓的“新”，应该理解为充满了对当年收获的朴素的喜悦之情。

虽说确实是新豆腐的季节，但这次看到的豆腐给我的印象毋宁说是“旧豆腐”。那豆腐极富沧桑感，硬邦邦的，拿在手里沉甸甸的，甚至有点“古典派头”。

日本的豆腐逐年变软、变轻、变小。卤水特有的味道消失殆尽，弄得一点特色都没有，已然进化到了“无臭无味”的地步。可是另一方面，它存在的价值也就渐渐淡去。所以，在日本的中华料理（中国菜）中，“豆腐料理”的特色实际上完全是由豆腐以外的其他材料赋予的。这就是现状。

现在，北京的友谊商店也已经只卖块小量轻无臭无味的豆腐了。对此我是颇有微词的，因为跟表面细腻的“绢滤豆腐”相比，我更喜好吃那种有嚼头的“（棉）布滤豆腐”。

而我这次碰到的正是那种块大量重而且决非白色的豆腐！我忍不住买了下来。买到了手后，我细细地端详了一番。

“就是它！就是它！”我自言自语，心下窃喜。用手指头戳了戳，那表面的确没有一点缝隙，手感很好。也就是说，密度大可以看作它的最大特征，所以，水分含量才低。当然，大豆的单位使用量就多喽。果真如此的话，用它和用现在的豆腐做两份同一种菜肴，这种豆腐也该是更令人产生满腹感的。

上面说的倒也罢了，问题是卤水的味道。怎样才能让它出味呢？用甜味来调味肯定不合适。想想用苦瓜做菜时的情景吧，没准儿酸味或者辣味更要紧呢。

我倒没简单地联想到酸辣汤，而是照着我家厨师教我的、而且我也早已谙熟的“秘诀”做的，可是做出来的菜一点儿也不好吃。可以推测肯定在什么地方出现了微小却致命的错误。那这毛病究竟出在哪儿了呢？哎呀，就是找不到！

让我家厨师看笑话嘲笑我，那多难堪啊！不就是豆腐嘛，拉倒吧！于是我断了念，把剩下的那些我还未曾动过的豆腐都送给了田建国君。真正是名副其实的“不可救药”了。当然，我没对他讲起原由，只是说：“买多了点儿……”

到了第二天中午，他打开了饭盒，里面满满地装了一盒“麻婆豆腐”，说是他自己烧的。我一尝，这个好吃哟！我问了他昨天回家后料理的经过，觉得并没有什么“秘诀”之类。果若如此，那我的秘诀究竟在哪里出了岔子了呢？！

他的解释简单明了：酸辣汤要用当天当时料理的下角料去做，“不能用秤去称了斤两来做”，而且，“中国料理（菜）是直觉和瞬间的艺术。”原来如此，这可倒更加深奥了！那一刻，田君的麻婆豆腐让我品味到了满腹感，也让我体验到了什么是“食文化”！

真夜中に月の兎と目の合いぬ

季语：月の兎（月兔，玉兔）

夜阑珊，我与月中玉兔，对眼看。

名月总是和名胜古迹交相辉映。但月亮并不仅仅出现在名胜古迹的上空，不过是人们竭力把月亮与名胜古迹联系起来欣赏罢了。可见，在什么地方赏月，是在黄山还是在卢沟桥，这种选择本身就是一种美学。

把月亮用作季语，从结论上讲是因为月亮在秋天看上去最清澄、最美丽，直接表现了先人的思想感情。于是形成了把秋天在名胜古迹欣赏到的月亮作为美的特征的“古典哲学”。

不过，从自然科学的角度说，除了月蚀，月亮又总是要出来的，不管什么季节，也不管什么地方。即使是下雨天，雨云的上面也一定是有月亮的。甚至在白昼的蓝天上，我们有时也会惊讶地看到月亮的出现。

如果抛开自然科学和人文科学的界限来综合考虑的话，与其说月亮的出现囿于某个框框，不如说她的出现总是给人以惊喜和意外。也就是说，她更多地出现在人们习惯的那个框框之外。

这句作品吟咏的是深夜的情形：夜寒袭来，我燗曲在被窝里浑身打颤，而后决意爬起来，睡眼惺忪地去厕所。面对眼前的窗户，全身不由得又打起颤来。蓦地，我发现窗外意外明亮。我家住在公寓的十一层，那高度是看不见路灯的。也许是在搞工程吧，够辛苦的，我这样想着，推开窗户朝外探出身去。就在这一瞬间，我的睡意被赶得无影无踪。

就在我感到惊讶的同时，我觉得视线跟什么东西对上了。月轮是那么地清晰，感觉那距离就像在看望远镜里的景象一样。月亮表面的图案是玉兔还是螃蟹的争论我们暂且撇开不论，她的鲜明生动足以让人感到一定有什么东西、有什么人在里面。我探出大半个身子入神地看着月亮，不知过了多久才恢复了意识。月夜已经使我完全忘记了自己的恐高症。我简直像是被月亮拽了进去一样，除了她，我没有看见别的任何东西。

我缩回身，月光洒满了一窗。这时一个疑念忽然涌出，我来到阳台上。这里空间比较开阔，前后左右挂着云丝，下面还有北京的楼群。

“都半夜了，你在干什么呀？！”不知道什么时候妻子已经站到了我身旁。寒气被吸入了室内。

“我觉得看到了赫夜姬……”

日本古典文学名著《竹取物语》中说，赫夜姬从竹子里诞生，后来回到月宫里去了。虽然那是一种虚构的幻想，但按我现在的心境看，似乎确信那是真的。

先人们一定要把名月与名胜古迹连在一起，不就是有意识地把月亮装进框框吗！？这不是明摆着要抹杀月亮本身所具有的与生俱来的生动或娇媚吗？！

月亮，赫夜姬归去的地方。月亮，在法语等语言中是阴性名词。月亮，在过去那远比今日更加抒情的时代，一定是与女性直接联系在一起的。正因为如此，人们才去努力地把她套进框框里作为形式美来欣赏。也许，这就是“名月”的真相！

欣赏月亮，也就是被月亮欣赏。自从有了这种想法以来，我甚至莫名地感到害羞。即便是现在，我也会常常用双手的手指搭成个“框框”，从中欣赏月亮。

鼻息の一本白き饅頭売り

季语：息白し（呼出的气息因寒冷而变成白色）

卖包子的，只有一个鼻孔，冒一道白气。

卖包子的老王是我最早的中国朋友之一。他在北京日坛公园附近开了个小铺。层层叠起的蒸笼笔直向上冒着蒸汽，里面的肉包子虽然个儿不大，但总是蒸得恰到火候。

我作为北京的居民迎来了第一个早晨。散步使我感到有点饿。我记得很清楚，当时我拿出了一张十元的票子对老王说：“来一个。”他拿下一层笼屉问我：“往哪儿装？”“一个就够，就在这儿吃。”我回答道。“那么饿呀？”他说着，把一笼屉的包子全部放进了一个巨大的盘子里，然后居然还要找我钱！

这下我可乱了阵脚，一边嚷嚷着“一个！只要一个！”一边拿起一只包子。这时老王也拿起一只包子，满脸狐疑地问：“一个？你是说这样的一个吗？”

谜立刻就解开了，是十块钱与“一个”的组合有毛病。最大的毛病在于，不打听价格而直接凭日本的物价感以为，“十块钱差不多正好是一个肉包子的价钱”。此外，还有一个大问题就是，以为任何东西都可以用量词“个”去说。

不过，老王是位很好的老师。他用和好的面和包子实地教我，不光是包子，在要面条和米饭等主食的时候得用“斤”、“两”这些单位。老王还教我在日常生活中活用量词，比如买香烟时二十支装的叫“盒（包）”，十盒装的叫“条”，等等。托他的福，我得以将以后生活中可能发生的一些麻烦防患于未然。

有时，我会边吃包子边和老王聊聊物价，交换交换生活的窍门。他告诉我，用橘子皮煎汤喝可以预防感冒；而一旦不幸得了感冒，则可以多吃鲜活的河鱼做的菜。从这些话里可以听出他比别人更加注意健康。他自豪地说：“‘文革’那会儿我常感冒，不过以后就没再得过。”

就是这个老王，居然也感冒了！那是刚刚入冬的时候，他带着浓重的鼻音连打喷嚏。尽管如此，他本人却坚决否认自己得了感冒。最有力的证据就是他鼻子里呼哧呼哧喘出的气息只有一道。我说他是鼻子塞住了，他却说自己是在运气，用一只鼻孔呼吸。整个儿一个强词夺理！

一天，我听说了日坛公园附近的二次开发计划。老王的铺子当然也在治理范围内。我想问问老王今后怎么打算，结果到那儿一看，那一角的铺子已经全部撤光了。老王的身影从此融入了十三亿人民之中，杳无音讯。

每当看见热气腾腾的蒸笼时我就会想起老王。在大陆的某个地方，如果有一位不断揉着发红的鼻子，强忍着喷嚏不打出来，嘴上还强词夺理说自己没得感冒的操北京口音卖包子的，那人没准儿就是老王。

おぼつかぬ野の色分けし二連バス

季语：野の色（夏秋之交的原野景色）

原野的景色难辨，两连挂巴士能别。

有一次跟当时的广播电影电视部的前辈们开恳谈会，我在会上说：“日本的富士山是绝对不能爬的，因为爬上去反而看不见富士山了。”结果大家都笑我，说：“你这是模仿周恩来总理的吧。”

复兴门外广播电影电视部（原中央广播电台）大楼刚刚竣工时周恩来总理来视察工作，走上楼顶，感慨地说：“我喜欢从这里看北京城，因为看不见这栋楼。”（大意）

新中国成立后数得上三大或五大建筑的都是按苏联风格建造的，反映了与苏联的短暂蜜月。而建筑竣工时，中苏关系已经恶化。周总理的话之所以能作为佳话流传，就是因为它反映了这段历史。

很偶然，我使用了类似的修辞方法，但内容却与广播电影电视部大楼的例子相反，对富士山采取的是肯定的说法，意思是说，富士山的秀丽景色是不能爬上山去看的，而要从山外去欣赏。（正所谓“不识庐山真面目，只缘身在此山中”。当然，我的话中多少也有一点否定意味，意思是“富士山爬起来蛮吃力的，很辛苦”。）

不过，姑且不论两种说法的本意如何，单看这种“对联”一样的说法便可以确定，有的事物应当从外部去观察，有的则应当从内部去观察，或者说，有的应该被当作主体，有的应该被当作客体。不可否认，这种二律背反式的观察方法肯定是存在的。

两连挂的巴士（俗称大通道客车）把两辆大客车的车身接起来，跑起来像巨大的蜷虫，样子很幽默，当然速度不能太快。对日本人来说，现如今这种巴士已经属于稀罕之物了。由于交通状况恶化的原因，这种巴士在日本的活跃时期很短，也没有多少辆，但对孩子们来说还是有它的魅力的。当然，这种情形不能和中国的相提并论。中国的这种两连挂巴士，当你坐进去变成主体去体察，你就会遭遇到许许多多的人间悲喜剧。可以说，那里面就是中国社会的缩影。

乘车时人们蜂拥而至，你推我搡，展现在眼前的简直就是“战斗场面”，以至没有人受伤都会让人感到意外。然而，一旦上了车，那股子“杀气”顿时烟消云散、不知去向，又是给老人让座，又是互相招呼着挤紧给别人腾地儿，相当有秩序。这一点给我留下了尤为深刻的印象。

另一方面，作为第三者——客体从外部去观察，并没有谁规定一定要这样为风景

1993年春节，双层巴士开始出现在北京的街头

做点缀，才能强调出这里是中国。市区自不待言，走进田园景色就更是如此。

季节变换，田园绿色消去、披上秋装的时候，那色彩很难用一句话表达清楚。本来嘛，就说这季节本身，连究竟是晚夏还是早秋，不同的人都会有不同的感受。两连挂巴士就奔驰在这种万事无有定说的状况中，似乎要把景色一分为二，又好像要进行仲裁，告诉人们“既是晚夏，又是早秋”。它的现实感和生活感鲜明地把那些“形而上学的朦胧”一扫而光。

最近，两连挂的巴士不断减少，取而代之的是双层巴士的增多。这似乎反映了时代的潮流，横宽的街道建设时代已经结束，取而代之的是以高层建筑为象征的纵高的城市建设时代。然而，这种情况给我的印象却是，象征着中国人的生活力的两连挂巴士数量越少，其存在价值（生命力）反倒越发增加。

到两连挂巴士完全销声匿迹的时候，会不会出现只用一句话就能把季节变换模糊的田园景色表现无遗的话语呢？能够把晚夏和早秋之间的时节一言以蔽之的语言果真存在吗？随着两连挂巴士成为过去，“形而上学的朦胧”又要得势了。

摆出一副元朝老北京人的面孔度过最后一个元旦

初明かり千公里西へ汽車発ちぬ

季语：初明かり（元旦那天早晨的天明）

元旦的黎明，火车出发向西行，千公里。

若水の煮立ちて吹きて餃子鍋

季语：若水（元旦或立春的早晨第一次打回来的水，可除一年之邪）

新年。第一锅水煮饺子，开了吹，吹了开。

北京站传来的火车汽笛声把我拉出了梦乡。平时还真没注意，居然早晨这么早就有火车发车，这使我感慨不已。冬天的早晨天亮得晚，天空刚泛鱼肚白。

1月1日，交通量比平时少，传来的汽笛声格外清晰。我爬出被窝翻开列车时刻表一看，这个时间的火车好像是去西安的，从北京出发铁路距离是1165公里。

我一边看着时刻表上的地名一边自言自语："这儿去过了……这儿没去过……"于是觉得去过的地方很多。可遗憾的是，由于时间关系，坐火车去的地方却很有限。哈尔滨、青岛、上海、杭州、兰州、重庆、乌鲁木齐……啊——到昆明有3184公里呐！难怪坐飞机都要花那么长时间，距离都跟去日本一样了。

尽管如此，还有很多地方没去过，西藏、贵州……哎呀，比较近的河南居然没有去过咧！

那列去西安的火车该过了丰台了吧？旧年里没有回过故乡的人们现在坐火车也许就是为了赶在新年第一天回到老家吧？还没到春节，车厢里没准儿很空吧……

日语里的"若水"，就是元旦汲的水，所以这里的"若"跟"初（新年里第一次）"同义。日本人不论什么事都喜欢用"初"来表示元旦里第一次习惯做的事，如"初梦（新年第一天或第二天做的梦）"、"初荷（新年第一次送出货物或送出的货物）"、"书初（风俗习惯中的新年第一次试笔）"，可为什么在这里偏偏要用这个"若"字呢？

"若"字在日语中不太用于肯定事物。说水果"若"，意思是说它还没有熟，还不到吃的时候，不好吃。评价人物时说"若"，意思就是说他幼稚、稚拙、不成其为对手。

"若水"被认为能驱除一年中的邪气。人们在这里用的是这层意思。没有哪口井或哪条自来水管道在旧年最后一天和新年第一天会冒出水质完全不同的水。明知如此还要用"初水"，那就只能定位在表示"新年初次"这样的时间概念上。所以，也许是为了水能被很多宗教仪式接受使用，便在某种程度上使它带上了宗教意味，结果就用了"若"字。

于是，元旦起床后第一件事洗脸就不再是单纯的"初洗颜（新年中第一次洗脸）"了，而成了用"若水"清洗以驱除一年里的邪气的仪式。当然，这样来使用水只不过是个形式。古人告诫过："年初慎处世"嘛。

尽管如此，在北京这可是第四个元月了，我却绝对没有排除形式主义而向社会主义唯物论彻底地一边倒。昨天晚上过年，家里煮了饺子，今天接着来。我毫不犹豫地把锅架到火上，锅里"若水"马上就烧开了，煮熟了"初饺子（新年第一次做或吃的饺子）"。虽然这仅仅是在现实中所做的事情，但看着锅里活蹦乱跳地沸腾的"若水"，我觉得饺子在前而洗脸在后是绝对没错的，因为它不是从外部，而像是从身体内部为我们驱除一年中的邪气。

茎立つや四歳踏み来し靴で立つ
季语：茎立つ（抽秆儿，茎长出来）
抽秆儿啦，穿着踩了四年的鞋儿，“抽秆儿”。

春意阑珊，蔬菜长势旺盛，正是食用的好时光，现在再不收割，就会抽秆儿变老，不能再吃了。于是原本恬静的农村一下子紧张起来，充满了活力。

刚上任不久时，听说还有人民公社，于是来到北京郊区的一个村。这个村的目标是建成一个专门向日本出口农产品的基地。可是，因为不是沿海地区，有诸多不利，对如何解决这些问题一直争论不休：有人说应该生产附加值高的加工产品。但生产什么，又怎么生产呢？于是又有人说还是直接出口一次性产品好……结论莫衷一是。

“你那鞋子可有年头啦！”副书记是老相识，跟我打招呼。这鞋是刚上任时在北京友谊商店买的，当初我曾穿着这双簇新的鞋来过这个村。因为在村里不小心几次踩到烂泥里去，还遭到副书记和村人们的好一通奚落。一转眼这四年就快过去了。就是说，村里的争论也持续了四年。我觉得他们花了许多诚挚的努力，但我还是把自己当时的担心说了出来：

“日本还没有真正从机制上接纳中国呐。”

经济是由市场规则支配的，对这一点我不想唱反调。但是，现代的市场并不是需求与供给的欲望简单碰撞的场所，而是受工学原理支配、预测与投机交织的市场。而且，还有人在控制市场，他们又有自己特定的意志。

日本虽然已经在这种市场里摸爬滚打了一圈，但面向未来该如何定位中国，却一直拿不出一个整体计划。所以，这里的人们累日的争论，日本果真能够理解并作出回应吗？

我常驻中国期间，或者说整个20世纪90年代，中国经济日新月异地增长，逐渐变成庞然大物。但这种增长不是无机的、机械的。正像这个村子所代表的那样，这种增长是建立在人们不断努力和实践的教训之上的。我深刻地感到，不能把中国套在机械的理论中去看，而须要微观地审视，就像我这双鞋一点一点地有了年头一样。

也许，仅仅是鞋子的这么一点磨损还不足以作比。说中国道日本，她们决不是机器！在她们的背后存在着许许多多的人，他们有烦恼，有喜悦，而且还想越活越好。这里的村人们一直在教诲世人，不要太在乎流行的IT，而应该更加关心人与人的关系和交流，这才是必要的。

快餐の蓋押し上ぐや諸葛菜

季语：诸葛菜（花萝卜）

花萝卜，撑开快餐盒盖儿。

大概是1994年前后，北京的大街上出现了一种放在板儿车上的“移动式”快餐。泡沫塑料的容器里米饭盛得冒了尖，再堆上自己喜欢的菜。起初是一块钱一份，很快就变成了一块五毛，又变成了两块。我所知道的物价就是这个水平了。

事实上，在中国的餐厅订菜时，你会看到一道叫做“时菜”的菜。我觉得这个名目设立得实在合理，很佩服，同时，也为其丰富多彩大为感动。这种叫法，并不特指某一种蔬菜，而是说提供本季节的、当天进货的各种蔬菜。这实在是一个了不起的系统方法，跟火车上的餐车和车内盒饭同出一辙。

这句作品里的快餐应该说是时菜盒饭，里面的时菜是花萝卜。一般认为，花萝卜是江户时代从中国传到日本来并在各地成了野生植物的。不知为什么，我们的先人把花萝卜叫做诸葛菜，还郑重其事地拿它当季语来用。

我不学无术，不知道这个词的由来，很感赧颜，却又不揣冒昧地擅自认为，如果说它是诸葛孔明几经隐退和复出后发誓要卷土重来时在隘路啃食的菜，倒显得像那么回事。而且我甚至觉得不懂人情世故挺浪漫，未尝不好，所以至今都没有对这个词的由来作过任何考证和探究。

言归正传，这快餐加的是炒花萝卜，饭盒照例盛得满满的，好不容易才盖上盖儿。可是才放上一会儿盖子就被撑开，弹起来，好像在催你：“别搁着，快吃呀！”

回想起来，还有很多其他我觉得好吃的快餐，像“耳朵菜”什么的。尽管如此，一讲到快餐，我脑子里总是浮现出“诸葛菜”来。也许这真的是稀世罕见的军师诸葛孔明的名字在起作用？早已故去的孔明不但迷倒了同时代的人，两千年后还令我悠然神往。

来し人と往く人ありて柳絮梳く

季语：柳絮（柳絮）

来者匆匆，去者匆匆，柳絮梳理过客中。

柳絮飘舞开了。春天来到了。我离任的日子越来越近了。后任已经到了北京，每天忙于交接工作。

“河流逝而不绝者，非原来之水矣。”我想起鸭长明1212年所著《方丈记》的开篇之语。我们原本就是来去匆匆的一群。想起来，这四年中我所接触的人们从某种意义上讲都是来者、去者。而且，在大街上看到的所有人全都是来者、去者。柳絮就在这来来往往的人群中飘飞，像是在梳理他们。

工作交接怎么做都似成非成的，没有成就感。很多情况再介绍，只要不去亲身体验形成自己的理解，就根本没用。

我刚上任时的工作交接，是有“手册”的，那就是被困在电梯里的经验。当时因为老化的机械发生故障或停电经常把人困在电梯里。每轮到你头上，你就“不管三七二十一，憋足了气不停地喊，一直喊到人来为止”。

我和我的家人都经历过好几次这样的洗礼。关进电梯以前也有可能出问题，那就是电梯动不了了，逼得我们在地面与自家之间十一层的楼梯里多少回地跑上跑下。

有一天，我听见电梯里有人的声音，便跑去叫管理公寓的工程师。工程师打开电梯门一看，电梯里烟雾腾腾。一问才知道，原来被关在电梯里的人叫啊叫，叫了半天也没有人来。他们绞尽脑汁总算想出一着：如果把火灾报警器弄响了，一定会有人来的。于是就站在电梯里不停地抽烟。没想到报警器没弄响，倒把人弄得差点因为缺氧翻了白眼儿。真是令人啼笑皆非的一幕。

然而，这种情况在我们逗留的四年中迅速地改善了。供电情况好转了，电梯也不断地更换成新型的了。尽管我会把这种经验交接给后任，恐怕以后再也不会有什么用了。于是，关于此类情形的交接大概也就是最后的一次了。

北京中医学院那帮一块玩棒球的留学生给我开欢送会，《每日新闻》北京支局的网谷利一支局长照例闹了一场烤肉派对。大家聊起来没个完。不光聊到棒球，还聊到今天的生活和大家原来为什么到中国来、今后有什么打算……

我望着他们每一个人的面孔，感到心头里堵得慌。他们，以及对他们而言的我，不也都是来者、去者吗？！没准儿以后再也没有机会和他们欢聚一堂了。这种交流仅仅属于这一时刻。这些天，我总是抱着这样的心情天天跟中国朋友们聚宴。而这样的心情也就“与宴俱增”了起来。

我起身上厕所。今天是在北京的最后一次宴会，也是惟一的一次与日本人的宴会。明天，回国令就要颁布。柳絮在窗外飘过，好像密度又大了一些。

我送る末黒野の果て陸の果て

季语：末黒野（烧荒后焦黑的田野）

送我——田野烧荒的尽头，大陆的尽头。

回国的日子到了。可是，我没能体验到通过赴任时就使我魂牵梦绕的“泪桥”的感觉。虽然建成了高速公路，不会再从“泪桥”上过了，但透过车窗还是看得见的。

协和医院：摄于赴任当年，不知道为什么要拍这张照片……

可是我连看也没看见。我看到的只是一片蓝天。因为我躺在救护车里。上车前我一直躺在北京协和医院的重症监护室。

一天夜里，突然腹部某处一阵烧灼般的剧痛把我痛醒。那剧痛渐渐蔓延到了整个腹部，使我坐卧不宁。我清楚地记得，早晨我几乎是被妻子扛着跌进协和医院的。

外科大夫说："搞不清哪里不好，得开腹检查。"我的记忆后来变得断断续续，脉搏也弱了下去。虽然我觉得好像睡了很久，但连一天都还没过去。听说教授们赶来会诊的结果，说我的病是重度急性胰腺炎。于是在重症监护室开始了点滴疗法。

除了家属，中医学院棒球队的留学生队员轮班在诊疗室外头照应。日本记者同仁、中国朋友们络绎不绝地到医院来探视。后来我才知道，这种病刚发病时的死亡率是很高的。

经过治疗，我的病情终于稳定在了小康状态上，但腹部仍然没有消肿，而且伴有一定程度的疼痛。日本大使馆医务官、协和医院的医疗组和我的妻子商量的结果是把我送回日本。听说当时不少人都认为这是"要死就死在日本"的决定。当然，我自己并不晓得这些，在断断续续的睡眠中做着梦。那些梦几乎是在华期间的回忆录。住院第七天，我被抬出了重症监护室，搬进了救护车。抬担架的都是我的朋友。我举起两手，做成"V"形手势说："我一定再来！"当然，所有这一切都是我后来听别人说的。我自己的意识是在透过救护车车窗看到蓝天感到"真刺眼"的时候才复苏的。

两位年轻大夫坐在救护车里，他们在重症监护室时就负责为我治疗。他们对我说："你的病肯定会好的，好好休养吧！"当大夫告诉我说"机场马上就要到了"的时候，我想起了"泪桥"。惟一看到的那点蓝天一下子深深地印在了我的眼底。

"你的朋友真多，刚才已经有好几辆车跟着了，到了这儿还有这么多！"年轻的大夫说。救护车从机场车辆专用出入口直接开到飞机边上停下了。听说刚才等在出入口的朋友和后来跟来的朋友把救护车围得水泄不通。

本来想向大家挥挥手，也算是遮遮丑，可挂着点滴的手被固定在担架上，没法动弹。"听说你是接到回国令那天得的病。夫人说啦，你很不想回国啊。"年轻大夫笑着说。

全日空的朋友在现场指挥，把我的担架抬上了飞机。飞机是从东京起飞前临时紧急改换的机型，里面坐满了修学旅行的学生。我的担架就被固定在机舱里，占了六个座，旁边坐着大使馆的医务官和东京来的医生，照顾着我。

到底有多少人被牵动，又有多少人来送行了啊？！我凝视着帘子围着的狭小空间。发动机的声音渐次响起，担架变得倾斜，飞机起飞了。担架恢复水平时，帘子打开了。“我从来没有用飞机运送过你这样的重症病人，查了一下，航空公司也没有这样的记录。”东京来的医生说。

这时，飞机开始向右盘旋。从对面的机窗可以看到大陆的大地：那是刚刚烧过荒的耕地吧，黑黑的，一条一条的……盘旋结束了，飞机恢复了水平，映满机窗的大地随之收缩成了一条地平线。那地平线就像大地的尽头一样消失在机窗下边。飞机变成水平后进入了巡航状态。

晴雨之部

岩城敦子

満月や渤海湾の波せわし

季语：月（月亮）

渤海湾，月儿满，细浪你追我赶。

来到北京后的第一次旅行是支局全体员工携家属去“要人疗养地”——北戴河的参观旅行。

盛夏的北京火车站给我留下印象最深的是杂沓拥挤的人群和容下他们富富有余的宽敞大厅。第一次在中国大陆坐火车成了我们的乐趣。然而，第一次跟支局员工的妻子和孩子们见面，如何与他们交流，却使我感到不安，因为当时我的汉语词汇充其量只有“你好”、“谢谢”和表示女儿年龄的“一岁半”而已。

四个家庭五个孩子，从五岁到一岁半整齐地顺序排列下来。火车刚刚开动，他们就迫不及待地玩闹起来。有的孩子从这个座位跳到那个座位，有的孩子尖声爆笑，要是在日本肯定会令人厌烦而大皱眉头的，然而在这里，周围的人们却微笑着看着他们嬉闹。这让我头一次实地感受到中国人“尊老爱幼”的一面，尽管母亲们在拼命地制止孩子们，试图让他们安静下来。

就这样不知不觉地到达了第一个目的地——唐山。我们参观了地震的遗迹。虽然我自以为已经习惯于地震了，但在这里还是再次上了一堂可怕的地震课。也真是奇了，偏偏就在我离开中国前最后一次旅行到杭州去的时候，从卫星广播得知日本发生了阪神大地震。

第一次旅行去了北戴河：与支局成员及其家属一道

好了，终于要去北戴河了。面包车一个劲儿地狂奔、狂奔，吓得我甭说是睡觉了，生怕女儿一颠起来咬伤舌头，不得不一路紧紧地搂住她的腰。等到达的时候，我已经浑身散了架，说实话，真的想回家。可女儿是第一次洗海水浴，所

北戴河：把大海隔开的绳索……

以只好马不停蹄地去了海边。一到海边我傻了眼：外国人用的海滨和中国人用的不在一起，连出入口都是分着的。我第一次经历这种事儿，站在空荡荡的沙滩上心里直发毛。

从这边没有一点垃圾的洁净冷清的沙滩上可以看到界绳那边人山人海的海滨。女儿一心只知捧起沙子往水桶里放。晚上，大家伙儿聚在一起足吃了一顿螃蟹，然后来到热闹的大街上，在打游戏气枪的铺子找乐儿。过路的人一个劲儿地把头挤进来凑热闹，甚至让人觉得有点烦。明明语言不通，居然也能跟着一块儿笑得出来，真是不可思议。

在客房的阳台上享受拂来的夜风。皓月当空，光芒四射。海面上只能看见涌起的浪尖。我在想今天的一切和旅行的事情。忽然，我觉得大海的彼岸也许就是新蝎吧。来到中国后我头一回感到自己身处异乡他国。也许在这以前根本就没有精力去感受这些。就算是这样，为什么大陆的海浪来得这样匆忙呢？当时，那海浪看上去确实是来去匆匆。不过现在回想起来，也许那就是自己心脏脉搏跃动的速度。

電球の弾けて切れし夜長かな

季语：夜長 （夜长）

灯泡断丝爆裂，漫长夜。

眼睛看惯了日光灯再看白炽灯，那光芒显得色黄而温暖。建国门外外交人员公寓的照明全是白炽灯。不论哪个房间，都在高高的天花板上悬挂着平衡绝妙的五头灯泡的吊灯。而且白炽灯泡经常憋，五头中间总有不亮的。原以为就我们家马虎、老也不换才这样的，没想到左邻右舍也都有不亮的，看来事情原本就该如此了。

记得幼时灯泡偶尔不亮了，就把它在耳边晃晃，如果灯丝沙沙作响，那就是断了，不能再用了。而灯丝烧断的声音是极其微弱的，似虚若幻。可是，中国的灯泡却生猛得很，非得发出一声令人悚然的爆响后才愿结束使命。有时还会在最后来一把天女散花，撒下一片碎玻璃。有一次晚餐时分，饭菜已经上桌，突然正上方的吊灯爆裂，来了这么一回。不过，我们倒是沉着，收拾干净玻璃碎片，若无其事地照吃不误，因为这已是我们在北京生活的后半段了。

爬到高高的天花板上换灯泡可是一件吃力的事情。在我们家，室内攀登架是换灯泡时必不可少的。

我和支局的人一起去买灯泡的时候，他们提醒我上海的产品比北京的好。从那以后我就一直使用上海的产品，至于是不是真的比北京的更好，那就说不清楚了。从窗户向外看去，其他公寓楼的窗户一览无余。于是，黄色的灯光、白色的灯光尽收眼底。大概是白炽灯和日光灯不同的缘故吧。

在日本，由于电力消费与中国不同，荧光灯用得更多。有的弯成灯泡状，有的把发出的光芒做得近似白炽灯，林林总总，五花八门。我们家用的几乎全是荧光灯，我想，从外面看，一定也是白色之家吧。有时，我仰头望着天花板，想着灯泡会不会爆裂、再撒下一地碎玻璃。作这种危险的期待，心跳自然就剧烈起来。

十月の一角消えしネオンかな

季语：十月（十月）

霓虹缀十月，彩灯灭一角。

春节的彩灯

来中国后的第一个国庆节。夜晚，驱车在长安街上兜风，所有的著名建筑都被彩灯包裹着。心旌不觉荡漾起来，好像到了游乐场。转了一圈回到建国门外外交人员公寓附近一看，所有公寓楼也都被彩灯围了棱角。这么说，彩灯也装到我们家咯？搞不大清。回到家，跑到阳台上一看，果不其然，真的装上了一排排彩灯耶！咦，有一个灯泡憋了。抬脸看看别的公寓楼，灯光是跳着走的，也许是因为到处都有憋泡吧。这些个灯泡装在这里就是为了每年点上这么几天，可偏偏在这个节骨眼儿上犯憋，也太没眼力见儿了。

天女舞う柄の茶碗の麦茶かな

季语：麦茶（大麦茶）

茶碗舞天仙，麦茶碗中斟。

在中国，不论去哪里、干什么，先得给你上茶。刚到北京那会儿，看到马路上的行人用手织的套子包住硕大的空咖啡瓶，在瓶里装着茶水上路，我感到好佩服，觉得他们出门准备得很周到。坐火车看到乘务员拎着盛满开水的水壶来回服务也颇有一番感慨。

我们住的公寓里有前任留下的一些餐具。其中有一只镶着金边、画有天女曼舞图案的茶碗格外惹人注目。如此华丽的色彩和图案，要是在日本，是不是舍得拿它来用，也许都会叫人犹豫。不过也许是天意吧，不知怎的，它竟成了后来我在北京生活中最亲近的茶友。我不仅用它来喝乌龙茶、茉莉花茶，甚至还用它喝咖啡。回国时煞是难舍，便满世界找呀找，好容易才买到花色一样的茶碗。劲儿是费了老大，东西却还是有点不适合在日本使用。用它盛了大麦茶来喝，甚至让我感到诸多担心。咳，同是我自己一个人，感受却判若云泥，真不可思议。

金黄色的红叶（于日坛公园）

落ち葉掃きて歩道通行止めかな
季语：落ち葉（落叶）
扫落叶，人行道禁行。

衛兵の踝隠す散紅葉
季语：紅葉（红叶）
红叶飘落，隐埋卫兵的脚踝。

我喜欢在建国门外的使馆区散步。即使是盛夏时节，我也会用婴儿车推着一岁半的女儿一边念着各国使馆的牌匾一边漫步。“科威特”、“伊朗”……我觉得，各国国名用汉语写出来好玩得很。而且各国使馆的大门都各有讲究，门前摆放着形形色色的盆景，门墙上攀援着藤萝，真是赏心悦目。

到了秋天，能看到美丽的红叶。不久，红叶就会飘落，缤纷的落英铺满大地，红成一片。于是乎早就翘首以待的年轻人云集而来，把大道变成了摄影大广场。朋友们一边喧闹嬉戏一边留影。成双成对的情侣定规是女方当模特儿，男方当摄影师。这些临时模特儿的姿势可是了不得。往车道正当间一坐，盘起双腿，扭着上半身，头略一低，用手指轻轻触在脸上——整个一个专业美人像，气氛有如拍摄广告。看到这种摄影情景，我倒感到害起羞来。

这时，一支十人左右的队伍（换岗的卫兵——译者注）唰唰唰地踏着落叶从模特儿和摄影师们的身旁走过。都是年纪轻轻的同龄人，相互错过时都对对方视而不见。真是一幅令人匪夷所思的画面。

不一会儿清扫工开始清扫、堆积、装车等一连串作业，于是令人感到冲击的场面也就在这极其现实而连贯的动作中告一段落。我想，欣赏那风情万种的拍照和踏散红叶的步伐，来年一定还会成为我的乐趣。

遥かなるまで裸木の続きけり

季语：裸木（裸树）

裸树成行，伸向远方。

红叶的落叶把街道装点得那么多彩，可是一旦被人清扫、被风吹散，转眼间映入眼帘的便是赤裸的树木。不过，这给人的感觉反倒比新绿时节更增添了几分存在感。怎么回事呢？想必是向远处望去视线变好了的缘故。街道两旁排列着整整齐齐的裸树，一眼望不到头，好像要证明一下透视技法。但是，要问裸树是否真的延伸到了目光所不及的地方，却也难以回答。我所见到的景色是名副其实的“遥远”。

裸树伸向远方

大连的“有轨电车之旅”

冬蔦に煉瓦の家の縛されし

季语：冬蔦（常春藤）

常春藤，缚砖房。

与两位朋友带着孩子一同去大连。其中一位会讲英语，但三个人的中国话加起来，也是怪兮兮的。大连是一座美丽的城市，情趣迥异于北京。从下榻的饭店可以看到长长的列车驶入大连站。双层巴士是孩子们的最爱。我们还坐着令人怀旧的有轨电车到处转悠。因为是顺着三个两岁孺子的意才坐有轨电车旅行的，所以漫无目的，连到哪儿去都不知道，去了以后是不是回得来也没个准儿。总之，虽然很开心，但也挺冒险。其他乘客都下了车，好像已经到了终点站。“搞不清这儿是什么地方，不过好容易来了，就散散步吧。”于是大家信步而行。一排排爬满常春藤的小楼展现在眼前。我没去过俄罗斯，但猜想这就是俄罗斯风格。按日本人的感觉，这是西洋建筑。

我正忘情地幻想着小楼里会不会飘出美丽的钢琴曲什么的，突然，一位像是奶奶的老太太牵着一个穿得肥鼓鼓的小朋友高声说着话从楼里走出了来。我恍然回到现实——这里原来是中国。

白菜の玄関先に二百キロ

季语：白菜（白菜）

家门口，囤白菜，四百斤。

刚到北京的第一个冬天，我看到许多巨大的卡车满载着白菜在大街上穿梭往来。听说白菜是人们在寒冷季节里宝贵的维生素来源。话虽如此，店里不是放着各种各样的蔬菜吗？这光景令人费解。于是我去问支局的人。他说：在物流远不如今天迅捷的时代，冬天能搞到手的蔬菜只有白菜。他还说：当时每人平均能有个几十公斤，所以他家每年都储藏二百多公斤的白菜。我问：都放在哪里？他说：门口呗。真可谓简单的问题简单地答。这样一来，我觉得过去家家附近都该有快要崩塌的白菜囤子的遗迹才对。我又问：可是现在的高层住宅怎么办？他告诉我：现如今想啥时候买都能买到，不用一下子买那么多了。

想起来，过去我的老家也是一到冬天就会买几棵白菜回来腌在大坛子里。临近正月时在白菜的帮子与帮子之间夹上胡萝卜丝，再撒上很多辣椒，做成叫做“朝鲜泡菜”的面向成人的辣味腌菜。后来知道了真正的朝鲜泡菜，才明白它是我家做的“朝鲜泡菜”的老祖宗。

说起白菜的吃法，我只能想到腌菜什么的，所以对中国菜中白菜吃法的千变万化大为惊讶。从表面已经打蔫的菜叶直到菜心，都有不同的处理方法和烹调方法。有如此精深的烹调技术，消受二百来公斤的白菜自然也就不在话下咯。

了解了这些情况以后，我便对颇为艺术地码放在大型卡车上的白菜抱有了好感。可是第二年，眼见得运白菜的卡车越来越少，而店里摆放的蔬菜种类却越来越多，简直让人怀疑有没有把季节搞错。

我小时候吃的白菜确确实实比长大了以后吃的要多，那是因为在日本各种蔬菜不论什么季节都能买到了。不过我总觉得各种蔬菜的香和味也就此变得千篇一律。方便当然是好事，但也别失去了什么。有时我难免做做这样的好梦......然而，中国人肯定不会逆来顺受地去吃那些味同嚼蜡的蔬菜，如果菜的味道变赖了，没准儿还会发生“风波”呢！

凍玻璃や北京原人失せてける

季语：凍玻璃（带着冰花的窗花玻璃）

窗户玻璃冻冰花，北京猿人尽丢失。

北京协和医院是我怀念最深的地方。说一段隐私吧。常驻北京期间我做过两次人工流产。第一次是我刚到北京还不满三个月的时候，语言也好习惯也好都还十分生疏，内心充满了不安。

一开始，我在新楼顶层的外国人专用层接受了检查，可是超声波结果不理想，大夫让我改日再来复查。临走时大夫嘱咐我：“多喝些水再来。”对此我并没有怎么惊讶，因为在日本大夫也会如此交代一番的。

可是，到了复查的那天大夫对我说：“水喝得不够。去喝三罐雪碧再来，现在就去！”这下我可作难了，喉咙一点儿也不渴，叫我怎么喝得下去！不喝吧，又怕大夫再让我“改日”，没辙，翻着白眼好容易才算喝干了三罐雪碧。下到一楼用性能更好的新机器再次做了检查，可是脉搏仍旧没能搞准。尽管如此，大夫还是作了处理，告诉我要住一天院才行。就这样打发我先回了家。

“住院”得准备些什么才好呢？是不是带个水壶去更好呢？住院得一个人，语言怎么办呢？词典和书写工具还得要吧。赶紧想象一下可能会发生什么样的对话，趁现在向汉语老师请教一下吧。就这样，流产带来的惊恐、初次在异国他乡体验流产的惶恐以及由此产生的好奇搅和在一起，使我在住院前夜心情无法平静下来。

半夜12点左右电话铃突然响起。“有人会中文吗？”“没有。”“......？......美国......？......”对方一口气讲了许多，我却丈二和尚——摸不着头脑。对方讲完了以后便“咔嚓”一声把电话给挂断了。“美国？美国怎么啦？”我闹不明白这电话是从哪里打来的，也不知道这电话是什么意思。

第二天，我鼓足勇气来到医院，不料被告知：“美国国务卿一行逗留北京，我们得把床位空开以防万一。所以，你今天住不了院。”“哎？……”我是极度紧张地对待这事的，这么一来倒是出乎我的意料了。昨天夜里的电话没准儿就是说这事的……

我被催促着全身无力地在医院里穿行。这路太漫长了，就像迷宫一样。穿过几道门拐了一个弯，“计划生育科”的标志跃入我的眼帘。虽然我中文水平不咋的，可汉字的意思还是明白的。我的心一下子抽紧了。

手术的过程应该是天下大同吧。我在日本也有过同样的经验，所以一边“没事儿、没事儿”地自我安慰着，一边躺到了手术台上。一位护士握住我的左手，开始用日语跟我交谈：“您住在哪儿啊？”“建国门外外交公寓。”“多大啦？”“三十……”我意识到麻醉开始起作用了，有一种心情舒畅的感觉。护士温暖的手充分舒缓了我到北京三个月以来的紧张心情。手术结束了，我被抱上轮椅推进别的房间。我从麻醉中渐渐醒来。哎，这里……不是急救科放药品的房间吗？看来床位真的很紧张咧。扭了一下脸，我看见细长的玻璃窗，把外面的光线模糊地透进来。

倏地，我想起了一件事：“北京猿人的头骨化石就是在这家医院里丢失的！”时光隧道把我和这一事件联系了起来，煞是有趣……我木木的脑子里胡思乱想着。

不久，白阿姨和支局的司机刘向义来接我。我站在白色石头铺成的小径上回首望了望那些屋檐庄重、色彩鲜艳的建筑，意外地陷入了一种错觉，好像自己已然变成历史画卷中的人物似的。

后来，这家医院多次救过我。不知道那天在手术室里握着我手的那位护士现在还在不在了。原本这些痛苦的往事是不堪回首的，但那双手的温馨轻轻地为我抚去了痛苦，所以才有了今天的这篇回忆。

段通の足の形に毛並み折れ

季语：段通（真丝地毯）

真丝地毯，绒毛倒，脚印凹。

踏入中国的饭店你首先会发现，脚会陷进厚厚的真丝地毯。在日本，我几乎没有进过大饭店，没法进行比较。不过我想，考虑到日本多雨的气候，多半是会用天然石料来铺地以便清扫的。而在中国，不论走到哪里都受到真丝地毯的欢迎，我心里倒不自觉地感到不自在，走起路来生怕把地毯弄脏，尽管真丝地毯走起来要比石料地面踏实得多。

提起真丝地毯，我有许多快乐的回忆，这里不妨说上两段。

先说第一段。北京友谊商店一层有个真丝地毯专柜，我的乐趣之一就是跟朋友相约到那里去闲逛，并没有什么求购的目标，就是随便看看，了解一下行情。其实，现实是日本住房狭窄，通常还铺着塌塌米，基本没有铺地毯的余地，何况真丝地毯价格不菲，更不会专门去买。有一位夫人是出了名的购物狂。我们两家关系很好，孩子们几乎天天都互相串门玩耍。突然有一天，我发现她家铺上了一块真丝地毯，看上去很眼熟。“这是怎么回事儿？”我问。“买的呗。”她答。“哦，什么时候买的？”“刚才呗。我去友谊商店买牛奶，他们说鲜奶货还没到，我就到真丝地毯柜台去逛，消磨时间呗，看到这块，就要了。”我自以为很了解她的出手大方，但买真丝地毯也凭心血来潮，真叫我吃惊不小，毕竟牛奶和真丝地毯的价格相去何止十万八千里。如此购物，不禁令我哑然失笑。事后，朋友中间就传开了，说那是块“牛奶变的真丝地毯”。

后来，她们全家回国了，住进了公司在东京的公寓。真丝地毯当然是无法铺的。以后我听说他们一家又去了曼谷常驻，现在已经离任回到了东京，便带着女儿去串门玩。路上，女儿边走边说：“那位阿姨不是去买牛奶的时候买了块地毯吗？这回肯定会说买了房子叫我们大吃一惊的。”“真没准儿哪。”我把这话跟来接我们的朋友一说，她简单明了地回答道：“嗳，小奈步太了解阿姨的性格了。上个公休日去看样板房，觉得有一套挺好，就买下啦！”女儿顿时自豪地说：“看看，我说对了吧。”……不用说，漂亮宽敞的新居一定铺上了那块北京友谊商店里“牛奶变的真丝地毯”。

再说另一段。那是在一次跟朋友（就是上面那位买牛奶时买了真丝地毯的主儿）一起去逛一家高级宾馆的真丝地毯专卖店时发生的事。一位年轻的女店员突然问我们：“你们是日本人吗？”我们说：“是啊。”她紧接着问：“你们是留学生吗？”“不是。是驻京代表的夫人。”“能不能给我介绍一个你们丈夫公司的未婚男子？”“真不巧，我们丈夫的公司里没有单身男人。”“那就给我介绍一个松下或者索尼的怎么样？”“别的公司的事我们不了解，没法给你介绍。”到了这份儿上还谈什么真丝地毯啊，整个儿撂到了一边。可是对话还在继续。“山口百惠好吗？”“什么，你问的是谁？”“亏你们还是日本人呢，连山口百惠都不知道！”于是我们请她写在纸上，终于搞明白了她问的是百惠。“听说她被歹徒袭击了，伤好了吗？”“我们哪里知道那么多呀！”“你们怎么会不知道呢？”“甭管你怎么说……”“两个儿子都长大了吧。该几岁啦？”“我们怎么会知道呢！？”“连续剧《血疑》最棒了。”“啊，有过这片子。”“那么，高仓健现在怎么样了？”“什么？”“你们怎么什么都不知道啊？！”“她关心的也太多啦！”我们用日语说。我们完全被她的阵势压倒了，最后不得不买下一块真丝地毯表示歉意，大败而归。

现在这块真丝地毯就铺在我家的电话机前面。我有时会想，那个女孩现在怎么样了？没准儿已经如愿以偿地当上了索尼的某个工程师的夫人，将来在什么地方跟我打个照面也未可知。当时我觉得那样的对话真累，而现在却成了我愉快的回忆。

不过，看来百惠的人气真够旺的。说句题外话，她与我同龄，上初中时就已经出道，人气火爆，后来不断成熟，二十一岁进入鼎盛时期便急流勇退，结婚成家。她所成就的是巨大的事业，未来也将为人称颂。对于她的引退行动，作为同龄人我非常感佩，觉得“人生真是一个人一个过法”。我当然不曾与她谋面，但如今她仍然经常成为话题而上电视。我看到她还在拼搏，仿佛自己也受到鼓舞。她真是一个踏实的人。

着ぶくれの親着ぶくれの子を引けり

季语：着ぶくれ（穿着臃肿）

穿得鼓鼓囊囊的母亲，牵着，穿得鼓鼓囊囊的孩子。

着ぶくれて筒のごときに子の手足

季语：着ぶくれ（穿着臃肿）

孩子穿着臃肿，手脚竟像竹筒。

北京的冬天冷，而且来得突然，好像对你宣布了一声“注意，今天开始入冬！”季节就一下子变掉了。这对于我这个来自季节变化反复无常的日本的人来说，根本来不及作好心理上和生理上的准备，茫然不知所措。过去我的确曾经认为冷了加衣服是天经地义的。记得小时候一穿短裙配短袜，就会挨母亲唠叨：“穿上毛线短裤和紧身裤再穿袜子！”闹得我心里别别扭扭。

日本的天气预报经常煞有介事地提醒人们“明天出门要带大雨伞”、“最好穿上风衣”、“洗衣概率百分之多少多少”之类。其实，这些事凭感觉或经验就能应付了。可在日本就是有很多人，不是依赖这些提醒，就是去征询别人的意见，否则做起事来就会变得没有自信。而且，万一消息不准，还可以一味地归咎于人，回避自己缺乏判断力的事实。看来，越来越多的日本人想扬弃自己作为动物的一面了。

有一次在路上与一对母女擦肩而过，她们都穿得非常臃肿，似乎在北京只此一招才能对付寒冷的冬天。没准儿那孩子正因手脚不灵便而大感烦恼呢。不过也说不准，等她做了母亲的时候，可能也会把自己的孩子穿成她现在这个样子。我希望，这样的人能够压倒那些认为美丽能抗严寒的人。

我领着女儿出门的时候也常遇到素不相识的人提醒：“怎么不让孩子穿袜子呢？！上衣也不给她穿上。多冷啊！”说的也是，着了凉可就来不及了。要紧的是得预防着点儿，别让孩子感冒了。看来我把这个常识忘到脑后去了。

爆竹の不発多かり寝正月

季语：正月（正月，新年）

爆竹多哑炮——懒年。

头一次在中国过春节。不知是等不及零点的那一瞬间还是钟表走得快了点儿，鞭炮声已经从四面八方传来。从十一层的我家可以把北京火车站那边的景观一览无余。好嘛，就要过年啦！焰火升空后放出的光芒和呼啸声与一串串鞭炮的爆炸声交相辉映，蔚为壮观，令人百看不厌。忽然，我注意到一种奇怪的节奏——焰火升空，爆响必随其后，然而，该亮该响的时候却没了动静。

在公寓楼群的花园里也屡屡发生点着鞭炮躲到一旁，却听不到任何动静的情况。是哑炮！这一想不要紧，不安的心情收都收不住。快点响呀！快点亮呀！哑炮多得简直让我暴跳如雷。于是乎我也兴奋地大叫：“还不快给我‘叭叭叭’地响起来！”当然，个中已是别样心情了。

未几，四周寂静下来，好像是告一段落了。这时，就看急救车呼啸着在长安街上来回穿梭。这又是中国过年景象中难忘的一幕。

茉莉花茶と包子をもて聖誕祭

季语：聖誕祭（圣诞节）

喝花茶，吃包子，过圣诞。

丽都幼儿园的圣诞晚会

日本的圣诞节已经把宗教信仰搁在一边，弥漫着延续到新年的大销售前哨战的气氛。不过，看来中国也不逊色。大商场的门口都挂着巨大的条幅，橱窗用大红大绿的彩带装饰得五彩缤纷，只消看上一眼，就足以让人产生急于购物的欲望。到了自由市场，那狭窄的路面上也摆满了天然原料做成的各种物件和可爱的装饰品，都是圣诞节时家里必备的东西，看了让你怦然心动，促销效果极佳。于是我四处奔走，狂买装饰物和枞树枝，把“回日本后挂哪儿、放哪儿”这个明摆着的问题全然抛在了脑后。结果，我们家所到之处挂满了形形色色的装饰物，彩带贴着墙壁蜿蜒曲折，闪着金光和银光，整个家摇身一变成了“热闹圣诞屋”。精神的昂扬和房间的华丽似乎是成正比的，这样一来，我竟当真想招来很多人痛痛快快地闹腾一番了。于是我决定搞一个盛大的圣诞晚会，并且跟每个星期都带着孩子互相串门的“玩友”们打了招呼。在这场活动中风头最劲的是我们家的，不，是这个住宅历届住户之宝——厨师老宋。他献出了最拿手的“老宋包子”和蛋糕，蛋糕还分花色蛋糕和成人专用的红茶蛋糕。托他的福，我这个懒惰夫人可以专心致志地跟客人欢谈了，其乐融融，真是一级棒！

那天，孩子们追逐嬉戏，母亲们则甩开腮帮子大嚼包子，究竟来了多少人谁也没弄清。这样的圣诞晚会搞了三次，也就是说搞了三年。

不久我们回国了。圣诞节来临，女儿央求我给她作些装饰，我便打开了从北京搬回来的纸箱。等我拆开包着枞树枝的报纸一看，是《北京晚报》！我立刻感到那些晚会的热闹气氛扑面而来。

寒泳をながめる人の顔白し
季语：寒泳（冬泳）
冬泳。围观的人儿脸煞白。

我和女儿随着丈夫采访走过不少地方。每到一处，定规是当地政府外办的人陪同我们。他们不仅关照采访事宜，还无微不至地照料我们在当地逗留期间的生活，照料我的女儿。于是我们亲切地叫他们“外办桑”（“桑”为音译，是先生、女士、小姐一类的口语尊称——译者注）。即便今天在日本，要是遇到会关心照顾人的人，我们也会情不自禁地叫一声“外办桑”，根本不在乎对方惊讶不解的样子。

我们言归正传，来中国后的第一个冬天，丈夫去哈尔滨采访冰雪节时，我和女儿也蹭着去了。我终于体会到，一个“冷”字居然会有不同的种类和阶段。在机场刚下飞机时并没有感到特别的“冷”。当然，说“没有感到”有点词不达意，其实我已经产生了错觉，而且根本无法摆脱：每次呼吸气管都会像上了冻一样；站在地上稍久，脚就会像粘在地面上一样。

最最寒气逼人的地方实际上还是饭店的客房里。尽管房间里供着暖气，但却十分寒冷，如果只盖毛毯肯定会被冻僵掉。窗户上的玻璃只能透过中间的一小块看到外面，旁边都冻上了冰花。说不定外面比里面暖和呢……不合情理的想法层出不穷，可

观赏冬泳的晴雨和奈步

见思维也已冻僵。没辙，只好把所有的衣服都给女儿穿上，把她紧紧搂在怀里，钻进了毛毯。睡吧，总不至于冻死在客房里吧。下了决死的决心，好像倒睡得踏实了。早上清澄的阳光净化着我们的身心。

我们跟着去松花江采访冬泳。这些人为什么非要专拣寒冬2月，在冰天雪地里凿开河冰，造成天然游泳池，然后跳进去游泳呢？看他们，一会儿跳进冰冷的河水里游泳，一会儿爬到冰上用大铁桶里的篝火取暖，然后再跳进河水里游泳，周而复始。我听见有人说了句：“水里好像暖和些。”有道理：与其一动不动地站在冰上被零度以下的空气侵袭着，不如跳到还没有结冰的水里更好些。

想起来，我曾经一度认为冬泳的人都是好事者，可后来我却愕然发现，我们自己花钱买门票来傻呵呵地围观他们，不是比他们更好事吗？！说别人傻的人比别人更傻的事儿，世间还是经常发生的。尽管我感到“真是怪事”，但还是看得入神。

当时的照片上，我和女儿的脸色都显得很白。不，是“铁青”——冻的嘛。

犬橇の休み休みて至りけり

季语：橇（雪橇）

狗拉雪橇，且走且歇也能到。

我们是坐着狗拉的雪橇跨过冰冻的松花江的。我和女儿两人坐在一个雪橇上。那狗也够可怜的了。尽管如此，因为没有第二次机会了，所以经不住劝也就坐了。关于狗，我比较生疏，不太了解，但猜想它一定是耐寒而力大的物种。不过，拉雪橇的狗看上去好像就是普通的狗，令人不禁担心起它到底行不行。

果不其然，跑起来后走走停停，好像凹凸不平的冰面的摩擦力比狗的牵引力更大。狗的主人是一位老伯，他奋力挥鞭呵斥激励，看得出来，那狗也在拼命回应，努力前进。此时我因为抱着女儿想下也下不来。译员在我们左近为我们照相。推荐我们坐狗橇的外办桑显得有些担心，一直跟在旁边。在旁人看来，这群人一定是怪兮兮的。

狗呼哧呼哧地喘着粗气，声音在整个冰雪世界里回荡。这时，我一面为自己的体重感到害臊，一面祈祷快快到达终点。虽说松花江是条大河，回头看看也没多少距离，但我却感到路途很是遥远。狗先生，真抱歉，我太重了，你好好歇会儿吧！

在哈尔滨松花江上坐马橇——照完了这张，马就摔倒了

松花江馬橇の馬転げたる

季语：橇（雪橇）

松花江上坐马橇，马儿摔大跤。

从气喘吁吁的狗橇上下来，我心想，再也不欺负动物了。然而，面对眼前的马橇我又没有经住劝，和女儿双双坐了上去。我觉得，马先生总不至于敌不过我们母女俩的体重吧。然而我又太乐观了。

马鞭响处，马抬蹄就跑。不料就在这时，马蹄却溜溜地在冰面上打滑不止，寸步难行。这匹马似乎也很焦急，拼命朝前迈蹄。可是它这样一来，非但没有前进半步，反而应付不了自己修长的腿的不协调动作，终于咕咚一声摔倒在地，吃了个仰八叉。

当然，我们乘坐的橇身也被扭翻了。我想站起来，没想到鞋底打滑，怎么也站不起来。加上女儿还死死地勒着我，情形可想而知。

然而，马比我们还惨，四只蹄子都搅到一块儿了（当然不是说真的拧麻花了），一个劲儿地在冰上乱踢。景象很是可怜，但不知怎的我们却忍俊不禁，扑哧一声笑了出来。这回可不能怨体重了，马先生的蹄子该钉防滑掌了。这就是我们母女在松花江上跌跤的故事。

雪暗やハルビン空港只一機

季语：雪暗（雪天的昏暗）

昏暗的雪天。哈尔滨机场，只一架飞机。

在多彩而新鲜的冰雪节上玩了个痛快，挨着冻欣赏了冬泳，坐狗橇、马橇体验了翻车的感受，还品尝了熊掌。该回北京了，航班却延误了。在候机厅等了近一个小时。

女儿摆弄着外办送的绒毛熊猫打起了瞌睡，随地一躺就睡着了。她刚过两岁，几乎是同时开始习得日语和汉语。她这一睡不要紧，引来了周围已经等得不耐烦的旅客们的笑声，好像成了他们消磨时间的好材料了。

中国人不论男女老少对孩子真的都很温暖。本来女儿在公共场所随地乱睡是很不礼貌的行为，理应遭到白眼，被认为是“讨人厌，没教养”。可现实却正相反，我如释重负，心情也轻松下来。中国人的善良，在常驻期间一直支撑着我。

很快广播登机了，大家鱼贯走向飞机。一般在大机场登机是不用到室外去的，但这里不一样，非得先到室外，然后走到停机坪才能上飞机。傍晚的昏暗中，只有一架飞机浮现在灯光里。多么引人遐想啊！这是我所看到过的最如梦似幻的景色了。灯光里还映现出雪花发着微响纷纷飘落的景象，简直就是另一个清净世界。同行的摄影师又拿出收拾好的摄像机拍起来。啊，真想就这样静静地伫立在这片景色之中！起码也得让身体浸透了这洁净的空气啊。

太令人流连忘返了，我一边不住地回顾，一边最后一个登上飞机。女儿刚进机舱就卖乖地跟空姐说：“你好！”一声招呼之后，立竿见影，马上就建立了友好关系。

再见了，美丽的城市哈尔滨！我们一定会在最冷的季节再来看你！

哈尔滨名菜——熊掌

日本人とは何ぞやと椰子揺れる
季语：椰子（椰子）
椰子摇曳问："何为日本人？"

刚从隆冬的哈尔滨回来就去海南岛。在飞机上坐了四个小时，比去东京还远。就这么飞都飞不出国境，这国土之大超乎想象。其实，这次是纵贯中国大陆，在飞机上能看到黄河和长江，所以，早已暗自盼上了。

虽然看见了我心内认定的那条河，但听周围的人议论说"那不是"时，又觉得"咳，搞错了吧"，一下子就没了底气，结果，到了也没闹明白，真遗憾。不过，我还是睁大了眼睛，想好好看看大陆的各个角落。也许是功夫不负有心人吧，我总算亲眼看到了大陆的海岸线。

一会儿这一会儿那的，没咋的就到了海口，飞机高度逐渐降低，地面已经看得清清楚楚。我到处找跑道，想知道到底降落在哪里。"难道在这里降落吗？"这可是市街的正中心啊！公交车、小汽车在路上穿行，行人摩肩接踵，住宅鳞次栉比的地方居然会有机场。机场嘛，一般都是在远离闹市区并多有不便的郊区。可是，这里却是一个似乎与公交车总站一样方便的地方，真让我惊讶不已。然而，飞机好像对这些人和楼房视而不见（虽然是理所当然的），迅速地降落。"哇，够得着人家凉晒的衣服耶……"我不着边际地跟女儿说着话，想舒缓一下被恐惧攫住的心。不大会儿，飞机安全着陆，一切都很正常。

我们是2月份从哈尔滨到北京，再从北京到海南岛的，对气温相当在意，每天都很注意收听全国天气预报，而且备好了夏季的衣物。可到了这里却下起了小雨，跟南国海岛的蓝天一点儿也不相称，甚至令人颇感凉意。也许是因为天色浑浊，"啊，南国啊！"的感慨消失得无影无踪。尽管如此，夜晚我们还是来到飘溢着海潮气息的街上，望着琳琅满目的海鲜，切身感受到了这里与北京的截然不同。啊，明天就要坐大巴纵贯全岛去三亚啦！

第二天清晨，我们跟着外办的女士和高挑身材的司机一起出发。天空一点点地变蓝，气温灼灼地上升，南国海岛开始露出本来面目。不过，虽然热，但也许是因为湿度的关系，挺容易过的。在日本经历的那种令人不快的闷热，究竟是怎么回事？路上我们在少数民族的村落里欣赏了舞蹈，漫长的汽车旅行才结束。

在海南岛

宾馆的露天餐馆架在海上，我们在那里吃海鲜。都是些在北京难得一见的新鲜鱼、贝类。西斜的夕阳美不胜收，简直就像夏威夷，虽然我还没去过。好像真正的夏威夷满是日本人，到处都充斥着日语。而这里完全没有被日本毒害，好爽！

第二天，让女儿如愿以偿地到蓝色的大海边上去尽情玩耍。白色的沙滩空无一人。我几乎忘记了现在是2月。去天涯海角。这下我明白了，为什么旅行结婚的人常常选择到这里来。礼品店售货员的话我一点儿也不懂，连数字都听不懂。椰子树一排一排的，树下有卖椰子汁的，椰壳上只插了一根吸管。

蓦地，我想起了岛崎藤村的诗句：“从远方不知名的海岛，漂来一只椰子。”据传说，民族学家柳田国男在爱知县一带的海边发现海上漂来的一只椰子，就对朋友藤村说：莫非日本人的祖先就像这只椰子一样是从海上漂来的。于是便诞生了这首诗。

说句多余的话，我之所以偏好这个传说，是有原因的。学生时代，我在合唱团唱过一首难度很大的歌——《海上之路》。听说那是一首因柳田的一篇同名文章触发了灵感而写成的歌，团伊久磨作的曲。歌曲宏大而优美，不论怎么练习都不能掉以轻

向女儿推销俏货？（海南岛）

心，否则很容易被淘汰。此时，我忽然想起年轻时练唱这首歌时的拼命劲儿了。

我真想大声告诉以前合唱团的伙伴们："没准儿漂到日本去的那只椰子就是这里的。不，一定是这里的！越过的就是这片大海！我真的在南国的海岛看到椰子啦！"

我们参观了正在建设的高级休闲住宅小区和机场，算是采访。确实漂亮，但太方便了招来的人就多，拥挤嘈杂，有点遗憾。话虽如此，我想今后机场通了航，我也还会再来的。

我很无知，人虽到了海南岛，却对海南岛一无所知。要说准确的感受，那就是方便得令人惊叹，事事顺利，没有意外，说句遭报应的话，我甚至感到有点不过瘾。不过，在海南岛的最后一天晚上，一桩意想不到的事正等着我们。

从三亚回海口的路上加的汽油好像是劣质品，害得车都不听使唤了。当然，我是不懂，得听解释，但我感到好像是发动机回火，车的后部断断续续发出爆声。

当时有两位专业司机消灭隐患。他们开始工作：把汽油从油箱里抽出来，篦去混水，再把剩下的油倒回油箱。

又出发啦！路上已经黑透了。本来这时应该已经到了海口，吃着喷香的晚饭了……

车也提不起速，闷闷地开着。爆音再次响起。终于走进漆黑的山道。咳，莫非今天要在车上过夜，莫非认为太顺利而果真遭了报应……女儿望着漆黑的窗外闹得正欢。我哄着孩子跟着车慢吞吞地前行。

忽然，黑暗中浮现出了"汽车加油站"的牌子。"有救啦！"车里发出一片欢呼声。在日本，不可能发生看到加油站的牌子而激动的事情，一旦发生什么事打个电话就可以托付给别人了；不过反过来，一个日本人是一事无成的。

当然，后来就是舒适的行驶，半夜到达了目的地。预定的宴会早已经取消，饭店里灯都快关完了，只能在这儿的餐厅果腹了。这次体验有点让人心跳，但想想又挺开心。一切都是因为南国海岛的缘故。2月的夜，要是平常（在北方）早该冻死了。

黄塵の万丈自転車出没す
季语：黄尘（黄尘）
黄尘万丈，自行车出没。

在日本人的印象中，提到中国定然是与自行车联系在一起的。在道路平坦、设施齐备的北京，自行车成了一道最具特色的风景线。至于车的骑法，更是与日本大相径庭。

首先是速度慢，而且恒定；其次是保持一定车距；再次是雨天穿雨衣，风沙天用头巾遮脸……这种做法实在合理，而且保持不变。

说句失礼的话，谁能告诉我，那些喜欢在车辆和人群中穿行而原本好像就不太愿意排队的人，怎么骑起自行车来会那么稳呢？在日本，自行车飞驰在狭小的空间，穿行在人群和车辆中间，一点规矩也没有，真该学学中国人骑车的真谛！

大群的自行车伴着尘土从遥远的彼方、视线的极限奔来，又从眼前掠过。这是每天都会出现的安静而有迫力的风景。

春塵や鶏と豚売られ行く
季雨：春塵（春天的尘土）
春日弥尘土，鸡猪即售出。

卡车穿梭在大街小巷，车上装的货很是有趣。尤其是坐在公共汽车上视线比较高的时候，可以看清卡车车斗里的情形，格外撩人兴趣。

猪啦鸭啦鸡啦在狭小的空间里拥挤不堪。想到它们以后的命运，我觉得怪可怜的。可它们自己倒一点也不悲观，看上去甚至有些耀武扬威，好像只要给个缝隙马上就会“胜利大逃亡”似的。中国人把它们囫囵着烤了或着炖了吃，没准儿就是因为它们在精神上和身体上都很壮实的缘故。

惜春の船に編み物したる人

季语：惜春（惜春）

惜春的船上，织衣的人儿。

1992年5月去苏州、无锡、南京。从苏州到无锡是坐船走运河去的。听说这是隋炀帝时开凿的运河，一直通到遥远的北京。一段令人荡气回肠的历史！

真没想到在如此明媚的日子里，跟历史教科书里的人物隋炀帝邂逅了。遥远的那个时代开凿的运河并没有成为单纯的古迹，而是作为生活的大动脉仍然发挥着生命力——不愧是中国！她的古老、她的规模之大，远非我们所能想象。

比舷而过的船只真是多彩多姿，令人惊叹。有的船上装满了杂货，有的船上只装了长大笨重的东西。有一艘船跟我们相向而过，好像是家庭经营的。

船上满载着生活用品，母亲在船头织着毛衣。虽然开船的是父亲，但母亲更具船主风范：一边在阳光照耀的“特等席”上大声发号施令，一边手指不停地演绎着自己的绝技。也许是在给家人们打毛衣吧？为什么母亲厉害的家庭总是显得非常稳定、平和呢？

遠足子国歌歌うや中山陵

季语：遠足（远足，郊游，野游，春游）

远足孩童唱国歌。中山陵。

从无锡到南京走的铁路。列车是双层的，有着舒适的空间。我是最喜欢坐火车旅行的，但这次旅途太短，还没容我探考种种情形，转眼工夫就到了目的地，甚至让我感到有些遗憾。

在中山陵跟一群远足的小学生迎面而过。他们排成两排唱着歌子走过来。那歌我总觉得耳熟。

“……前进！前进！前进进！”这不是国歌吗？！按我们的感觉来说，很难相信郊游时会唱国歌。但这是一首进行曲，一首力度很好的歌，孩子们唱得又十分明快，营造出的气氛令人心旷神怡。

中国的国歌是我和女儿来到这个国度后最早学会的歌。每天晚7点中央电视台的新闻联播节目必要播放，大概也就自然而然地听会了吧。起初，我觉得这歌有些夸张，可是听惯了之后感觉非常好。就是眼下，只要这首歌一在奥运会发奖仪式上响起，我和女儿都会不约而同地作出反应：“啊！又来啦！”于是正襟危坐一直到结束。

日前在悉尼奥运会上中国队很活跃，不但让我们又听到好多遍这首令我们怀想的歌，同时还让我们回想起了当年亲眼所见的争办奥运的情形，对现在倒产生了些许寂寥感。不过，我想一定会在不远的将来，看到在北京举办盛大的奥运，到时候我们肯定会许多次地听到这首国歌高高奏响。

我们作这次旅行的时候女儿才两岁三个月，我想，这次旅行大概不会给她留下什么印象。不过，参观南京大屠杀纪念馆时我顺便给她在“300,000”的数字下面照了照片。我想，长大了以后她会了解这张照片的意义的。我等待着那一天的到来。

昼顔やフィルム抜かれし国境

季语：昼顔（旋花，篱天剑，篱打碗花）

篱天剑。拽出胶卷的国境线。

我跟着去了中俄朝三国边境采访。螺旋桨飞机隆隆地吼叫着，挣扎着飞行，中途在沈阳降落加油，然后才好不容易到了延吉。连机场出口都跟喷气式飞机的不一样。

住宿的地方天花板极高，楼梯很宽，房门厚实，简直就

中朝边境，图们江对岸就是朝鲜。这是1992年5月第一次去没有多少往来的未开放地区采访

在图们（对岸就是朝鲜）

像宫殿一样。也许是空间太大的缘故，连空气都是凉飕飕的，让我现在还常常记起。

翌日，我们来到边境。司机是一名三十岁上下的女子，感觉比较理智，而且老实。她的驾驶技术很棒。经过“未开放地区”的牌子后，道路状况也渐渐变坏，而她却大显身手，车开得很快。我们坐在车上一点儿也不感到害怕，也不觉得晕车，相反非常舒适。到了检查站，放下栏杆，一辆一辆地检查通过的车辆。过去之后，坡道不断，爬上爬下的。不一会儿又到了一个检查哨。那里已经有客人在接受检查。他们好像未经许可就拍了照，胶卷被士兵从相机里取出，胶片也被从胶卷盒里“嗖”地一声拽了出来。这个瞬间正好被我看到。虽然是一眨眼的事儿，但毕竟过去只是在电影里才看到过这类镜头，委实让我感到惊讶，同时，也使我们第一次切身感受到日本人几乎还没有意识的“国境”的存在。

“河对面是朝鲜；以碑为界，那边是俄罗斯。”有人告诉我们。无法想象，身处恬适风景中的自己居然是站在国境线上！架在河上的铁桥那头竟然是别的国家！眼前那座岗楼上的士兵居然是另一个国家的人！

我们来到“北京条约碑”前。“这么说，石碑的背面就是俄罗斯咯？！”“不是吧，从石碑一半厚的地方开始就是俄罗斯了吧！”“真的啊？那不就没法看到碑的背面写的究竟是什么内容了吗？！”

“所以，不许绕到石碑后面去。”“那我把脚踩在中国这边，上半身探到俄罗斯那边说声‘打搅啦！’可以吗？”“这个……不行！”

“嘿，嘿！说了不许到那边去的……”我嘴上虽这么说，还是追着女儿到了碑的后面：“失礼啦！”

带队的士兵显得有些焦虑的样子，但又觉得是小孩子，没奈何。中国人对孩子是很宽宏大量的，没有再较真儿。我想，俄罗斯那边站岗的士兵也一定看到了这边儿的情形，没准儿也在假装没看见呢！

再往前一点儿就是海岸线。这里还有铁丝网为界。三国的国界划得真叫不自然。看来，要搞清楚原委只得回家重学历史。

万緑に皇帝陵の崩れおる

季语：万緑（万绿，一片绿色）

万绿丛中，皇帝陵坍塌。

我和几位朋友全家到明十三陵中还没有对游人开放的皇帝陵去春游。一些德国游客先到了，正喝着葡萄酒玩在兴头上。我们这边小孩很多，便投投球啦，爬爬石头堆啦，最后睡睡午觉啦，玩得也挺开心。晴朗的天空和已经开始坍塌的陵墓形成对比，煞是有趣。我觉得，这里与向大众开放的地下宫殿有着全然不同的趣旨，尽管当初刚建成的时候肯定要比现在华丽得多。

尽管如此，恐怕躺在地下的皇帝陛下连做

十三陵郊游：地下的皇帝一准儿受惊！

梦也想不到，几百年后竟有这么多的外国小孩踩在自己的头上跑来跑去。不过，一座陵墓能吸引这么多人带着食物来一尽游兴，没准儿还真是一件幸福的事呢。

回家的路上我发现了很多桃树。一旦桃花盛开，这里肯定会变成世外桃源。我当时想“到时候再来吧”，可这个愿望至今也没能实现。

暮れの秋臈纈染めの蝋煮えて

季语：暮れの秋（暮秋，秋暮）

中国蜡染，蜡溶暮秋。

有一次，北京日本人会举办活动，请来了少数民族的老师，使我们有机会请教蜡染。在细木棍的前端装上裁刀一样形状的“笔尖”。用电热器把蜡块溶开，溶化得能拉出相当细的蜡丝儿。这很难。蜡一凉就会固结，太快了又不能很好地渗到布里。

结果，直到讲座结束我都没能成为一个好学生。不过，能用老师带来的自家的蓝

晴雨和友人在蜡染先生的家

色瓶实际体验一把蜡染，给我留下了最深的印象。看上去，绿色的染料一接触到空气很快就会变成蓝色，我觉得那肯定是化学反应。

中学时在学校的家庭课上我也体验过蜡染，不过日本的蜡染是让粗线条产生裂纹，然后把染料渗进去做出味道。与此相比，这个民族的蜡染所呈现出的简直是几何花纹，线条纤细，就像用尺子画出来的一样。

“相像，但不一样；不一样，但同出一源。”来到中国我经常感到这一点。没有哪一种文化可以孤立存在。任何一种文化都是授自他人，又传至他人的。

用这口缸染色，接触空气后变成蓝色

ピラミッド型に練炭積まれけり

季语：炭練（煤饼，煤基，蜂窝煤）

蜂窝煤，堆成金字塔。

一到冬天，满街都能看到三轮车上堆成山的蜂窝煤，就跟白菜一样成了一道风景线，不能不书上一笔。

蜂窝煤的形状堆得很美，呈正四边锥体，就像金字塔。来到北京后的第一个冬天看到这一情景时，我就感到非常亲切，因为我小的时候，记得是1960年年初前后，日本用于取暖的主要也是蜂窝煤。

蜂窝煤的暖炉、蜂窝煤的火钵……给我留下的印象是那火很怪，很难生着，看上去要熄了实际上还着着。就算燃烧尽了，煤灰还保持着原来的形状。要把它弄碎可是件既好玩又让人可惜的事儿。虽然蜂窝煤后来被煤油取暖器、电暖气取代了，但儿时的心情至今不能忘怀。

我原以为这种亲切感可以跟任何人分享，真是大错特错。一个朋友的弟弟到北京来玩时告诉我，他的印象是“忒少见，挺好玩”。我问他：“啥少见？”他说：“毛驴拉着车从高楼群的缝隙里钻出来，车上整整齐齐地码着黑黢黢的东西，不知道在运什么。看上去挺新鲜的。”是啊，他是上个世纪60年代后期出生的，看上去压根儿就不知道蜂窝煤是什么。

“现在的年轻人什么都不懂。”我对别的朋友说。没想到，她却轻描淡写地回答道：“哎呀，我也没见过哦！”这位朋友虽然年龄与我相仿，不过好像是城市里长大的，没法理解这个话题。

不过，北京的风景在我们在任的四年当中发生了巨变。到任时汽车还跟驴车、货车一同在林荫道上行驶，转眼间已经建成了高速公路。三环路的建设也是速度惊人，一个星期不见风景就会完全变个样儿。

跟运白菜的卡车一样，能见到蜂窝煤堆放得很美的运煤车的机会也锐减了，在让人不胜追怀的同时还叫人感到寂寞——那毕竟是一道北京味儿十足的风景线啊！

黒猫も悟空も萬聖節なりき

季语：萬聖節（万圣节，鬼节）

黑猫叫，悟空闹，万圣节，已来到。

萬聖節エレベーターに悪魔満つ

季语：萬聖節（万圣节，鬼节）

万圣节，电梯里满是魔鬼。

万圣节前夜的庆祝活动只是最近才在日本为人们略知一二，很难说得上普及。所以，我女儿刚刚上“北京丽都幼儿园”、第一次碰到万圣节前一天并带回老师要求化装了以后再返回去的信时，我真是一筹莫展了，因为我的针线活儿做得不好，又不知道这过的是个什么节日，穿什么衣裳合适。

不过，日本人的圈子给我提供了很大的方便。我们从以前把孩子送到丽都幼儿园的母亲们那里承传了万圣节前夜使用的化装服。从写着“女孩用万圣节前夜化装服”

的包裹里，我借用了黑猫的服装和小道具。刚刚两岁九个月的女儿搞不清为什么要戴上这样的尾巴和耳朵上幼儿园，满脸狐疑。可是到了幼儿园一看，妖精、公主、穿和服的超人，还有另外三只黑猫……应有尽有！

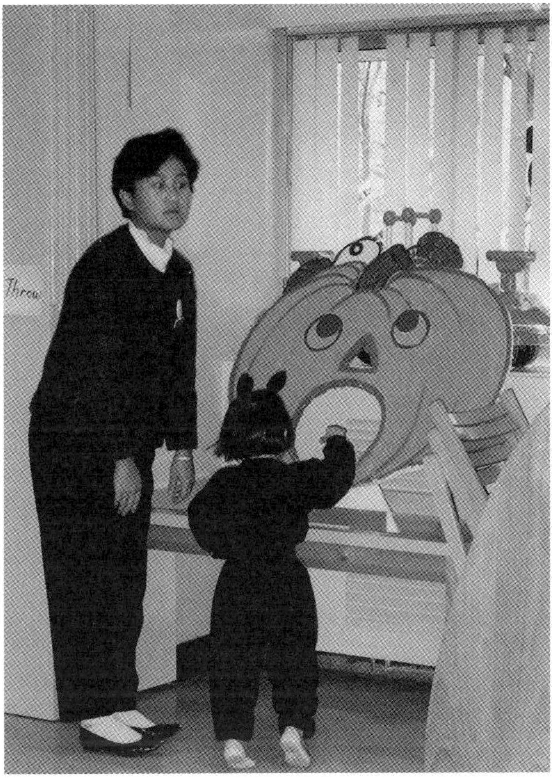

北京丽都幼儿园的万圣节夜

最好玩的是装扮成孙悟空的男孩。脸上画得还真入谱。孩子们各玩各的：有的开心地玩着用嘴从水里叼起漂浮的苹果；有的让别的孩子在手上或脸上画南瓜……真是良宵一刻。

那天晚上，世界各国的孩子们纷纷穿着自己喜欢却令别人害怕的衣裳，在建国门外外交公寓的院子里四处游荡，有些孩子脸上的化妆很是古怪。噢，原来是这么一个节日啊——我觉得自己也变得聪明起来了。

这是只有在北京才能体验得到的“西洋”景。

寒雀いよいよとなるまで飛ばず

季语：寒雀（冬天的麻雀，寒雀）

冬天的麻雀，不到最后一刻，它不飞。

我看，不会因为是中国的麻雀，性格就像大陆。可是不知道为什么，我总觉得这里的麻雀轰也轰不走，非等你接近得快要抓住它时，它才扑腾飞起。

起初我还认为是它们迟钝，可后来我渐渐觉得是它们戏弄了我，甚至产生了疑心。真实情况如何，那就得去问麻雀了。

春泥や屋根ことごとく反り返る
季语：春泥（春天的泥泞，春泥）
家家的屋檐，翘起。泥泞的春天。

采访福建省我跟着去了。第一站是厦门。不巧遇上小雨。来以前猜测南方一定很暖，来后感到的却是寒意。上了鼓浪屿。说不清楚是异国情调还是中国与欧洲的合璧，在阴霾的天空下，各式各样的空间不可思议地重叠在一起。

翌日经泉州到福州。透过面包车的车窗眺望着外面的阵阵细雨，老觉得风景跟日本多少有点雷同，也许是湿气的缘故吧。惟一让我感到与日本不一样的是，家家户户房顶上的椽子都是往上卷着，高高地翘起。也许是微不足道的小处，但在我们看来却是一种极富异国情调的设计，而且跟我们过去见到过的中国其他地方也不一样。说得粗点儿，是有“南味儿”。

在泉州吃的午饭，还碰上了送葬的队伍。送的是一位年轻的母亲，好像她的孩子还没有成年。队列里的人们裹着白衣走过市街，一路留下巨大的声响，使人印象深刻。葬礼的形式各国不同，形形色色，但没有比年轻人的葬礼更悲切的了。这一点可能是全世界共同的。走在母亲遗像后边的孩子的身影，在震耳欲聋的嘈杂声中更加显得沉重。

春の山釈迦の犬歯を覗きけり
季语：春の山（春天的山）
春天的山上，窥见，释迦的犬齿。

好不容易来到福建，却遇上坏天气，真叫人扫兴。可是工作已经结束，还剩下最后一天。好像是让我们抢回失去的时间似的，这一天是个大晴天，正适合远足。

于是大家到了鼓山。好像空海也来过这里，有他的纪念碑。在中国旅行我总有一种感觉，就是，历史课本上的事件啦、人物啦什么的好像历历在目，宛若昨日。确实，在中国的历史长河中，阿部仲麻吕、空海他们也许就是“最近”的人物，而郑成功可能还是刚才出现过的人物。

诸葛孔明的后裔

后来在另外一次采访中，我们有幸见到了诸葛孔明的第五十几代传人。历史和现今的生活是如此超乎想象地联系在一起。虽然我认为诸葛孔明的子孙应该是很特别的，可在这里却并没有什么特殊待遇。这让我感佩不已。

所以，在这里拜见释迦牟尼的灵牙舍利也竟毫无疑心，还觉得，“原来这就是……”看来，只要你呼吸了这个国家的空气，就算是释迦牟尼，你也会产生错觉，以为他“就是不久以前的人”。

春嶺の万年雪の青さかな

季语：春嶺（春天的山岭，春岭）

春日山岭，万年雪皑。

到了云南。与隆冬的北京相比，昆明真个是春城。在石林，日语好得一塌糊涂的姑娘们追着你卖土特产，让你招架不起，不过倒也是来访的日本人很多的一个证明吧。

在出租撒尼族服装的地方让女儿也穿了一回。衣裳以白色为基调，帽子上绣着精美的图案，腰间扎上腰带，背上再背一个背筐——完全成了当地少数民族的孩子。

翌日乘大轿车去大理。这一路的旅程着实叫人提心吊胆，但却绝对不会让你失望。车子开过昆明市区时还颇有余兴地想想“这还是个大城市呢”、“这就是成昆铁路吧，真想坐一次”什么的。不多会儿，宽敞的马路越走越窄，心里一个劲儿地念叨：“千万别再错车了。”

其实根本不用多费口舌，路原本并不那么糟糕，主要是驾驶员大概太有自信或是太老练了，全然不顾旁边的悬崖深渊，只管一个劲儿地猛冲。于是，车内变得鸦雀无声。

突然，眼前展现出一片美景，一下子缓和了车内紧张的空气。放眼望去，半山腰层层的梯田上架起了美丽的彩虹，而且还是两道。有生以来我所见过的彩虹中，这是最为完整的一次，连彩虹桥的桥脚都一览无余。虹拱真圆啊！我陷入幻想，以为现在全世界只有我一个人看到了这一美景。回过神来，又开始了令人提心吊胆的行程。也正是有这些意想不到的收获，才使人无法停止在中国的旅行。

傍晚时分到达大理。来大理前我一点儿背景知识都没有，现在只是觉得这个城市充满了异国情调，气氛独特。我一个外国人，张口闭口异国云云，实在是文不对题。不过，这座少数民族创造的历史名城、从这里过往的无数游客、各国游人被她的魅力迷倒后的气息……我至今仍能切身地感受到。这简直就是一座神话里的城市。

夜晚到大街上散步，看到一间名叫“萨尔瓦多·大理”的店。店脸儿结构一派异国情调，“大理”二字傍着著名画家的名字。这儿也不乏爱时髦的人。

第二天，我们乘船游了“洱海”。清澄的空气和纤尘不染的清澈的水面。顶尖级的乘船旅游！对面顶着万年积雪的苍山群峰俯瞰着我们。那种全然不把渺小人类当回事儿的风格恐怕也是千百万年来没有改变过的。我完全被那种清高和威严所压倒。

如果是登山家，一定会想“登上那山峰”。而我一介平民，倒觉得保持这么点儿距离心情正好。我甚至感到自己还没有被允许再靠近一点儿那遥远的群山。望着明镜一般映照着群山姿色的水面，我感到内心的动荡也自然而然地平静了下来。

在大理俯瞰洱海

我虽然内心充满了再访此地的愿望，却又担心这里的平衡会由于人类的涉足而遭到破坏，因此我应该作好不再主动踏上此地的精神准备……我陷入了错觉，好像整个地球是我一个人背着的一样。

三塔を倒すがごとく東風吹けり

季语：東風（东风）

三塔欲摧东风吹。

下了船，我们漫步在白族的街道上，碰到许多姑娘身穿五彩缤纷的民族服装。吃中午饭时，外面忽然骚动起来。我们也跑过去看热闹，原来是许多人排成了圈儿在跳舞，可能是庆祝春节吧。人圈放大后我们看见一位少年，跟着节奏潇洒敏捷地表演杂技。他双手拍出的节奏和笑声扩散到清新的空气中，传向远方的群山。我从没见过那么欢快的春节景象。

说起来，就我自己而言，最近也切身感到过年（日本的过年是指过元旦）的价值观在改变。孩提时代那种盼望热闹而晴朗的元旦赶快来临的喜悦心情，那种迎来送往、自己也到爷爷奶奶家讨压岁钱的乐趣……多么单纯啊。后来，不知什么时候，百货商店也不休息了，大门总是冲着马路开着，特意着盛装的人也越来越少了。

过去在日本，一到年底，大家就会沉浸在一种特别急迫的迎新年的气氛中。如今，迎新年已经变得无所谓了，反正天一亮就是新年呗。

刚到北京时，我对这里轻描淡写地过元旦感到惊讶。可是，生活了一段以后，我也觉得与元旦相比更重视春节是非常合理的。实际上，1月份还是隆冬，但过了春节可就真的变成春天的空气了，就好像有人划了一条线似的：“从今天起就是春天了。”

北京的冬天对只在东京附近生活过的我来说是相当严酷的。在北京生活了几年，盼望春节的情结日益增强，而元旦也就不再过了，成了普通一日。

日本季节的变换总是“三寒四暖”，欲去还留，多少有了些许感觉时，已经完全是春天了。这在北京似乎大不相同。如今我虽然已经回到日本，但总是记挂着：“今年的春节是几号啊？”天天鼓励自己：“好啊，过了这一天就该暖和啦！”

而且，每当新闻里传来中国过春节的情形，我都会真的觉得："太棒了，春天到了！"有时甚至还会觉得从明天开始，万事顺利。多少有点乐观，但这才是符合动物生态的"正月"。

我们观赏了白族青年们在明媚阳光下的舞蹈，来到三塔寺。不知怎地，刚刚还温和的天突然刮起了冷风。这可不是一般的风，大得简直要把女儿给卷走。我甚至担心，那细高细高的塔没遮没拦的，会不会被风给刮折了。刚才那种暖洋洋的兴奋消失殆尽，我们逃回了大巴。

其实，这风是卷着刮的，搞不清楚是不是东风，只是为了表达春节的心情，随便这么一说。

几年以后，我听说从昆明到大理的路修好了，行程时间缩短了很多。我多么希望像聚宝盆一样的街道和清澄的空气依然故我。

毛衣で課外授業を受けにけり
季语：毛衣（毛衣）
穿毛衣，听课余讲座。

晴雨在外交人员服务局举办俳句讲座，季题是"白菜"

太荒诞了，我居然在北京外交人员服务局那帮日语高手面前办起了俳句讲座！这是原来在支局做翻译、后来在服务局搞管理的李哲先生的"阴谋"。先是让我丈夫讲"媒体"，一个星期后就轮到了我。

坦白地说，我自己也没有系统地学过俳句，只是莫名其妙地参加了公司的"同好

散人在外交人员服务局

会”，程度很浅。于是我临急抱佛脚，读了一星半点关于俳句的书。虽然书中有些内容我通过自身的实践能有实际体会，但有些内容则浑然不晓，所以真是学到了不少东西。

不过，尽管不用担心大家的日语会话，但是否能够直接进入“最短的定型诗俳句”还是个未知数。难就难在这儿了。

于是，我想尽量举些浅显的句例，用能看得见的东西做季题，便选了冬季的代表“白菜”当季语。

我把俳句的历史、著名的俳人和句作讲了一通之后，总算该实习了。我用“只要把‘白菜’这个词收到十七个音里就行了”这种为专业俳人所侧目的讲法，举了若干白菜的例句。

大家忘记了生疏，认真地创作俳句。讲座结束时我强调说：中国有五言诗和七言诗，日本有“五七五”型诗。只要自己去创作、去体验就可以了。后来大家一起吃的碗面很香。

白菜の白き背筋の長きこと
白菜帮，白筋长。

踏まれたる白菜なおも踏まれたる
白菜，踩了又踩。

経済新聞にて白菜包む
《经济新闻》，包白菜。

这些是我——晴雨当场作的俳句，根本没法想象会成为大家的范句……

初蛍デッドボールの跡青し

季语：初蛍（每年第一次看到的萤火虫）

萤火虫初现，死球印乌青。

新闻媒体的常驻记者和家属组成了一个队参加北京日本人会举办的棒球比赛。那些做爸爸的们大多从事的是平日生活不规律的职业，身体不适应“早晨开始的运动”，所以不是两脚空跑，就是球棒抡空，尽被喝倒彩。相反，做妈妈的们倒是精神抖擞，连打好球，第一场比赛就打了一个漂亮仗。拉拉队欢声鼎沸。

第二场比赛打成平分，最后因猜拳而惜败。午餐时，队里谈兴很高，就是嘴上不认输，说什么“不喝啤酒打不出实力！”啦，“咳，要是赢了，腿还不得累得打颤？”啦，“要是晚上开始比赛，肯定是我们厉害！”啦，不一而足。

清爽的一天过得很健康。不过，后来一连几天都被肌肉酸痛和跌打损伤所困扰。不管它啦，偶尔为之，亦无不可嘛。

九月尽百年分の塩掘って

季语：九月尽（九月底，九月某日终其一天）

九月底采百年盐。

1994年9月底，我访问了青海省。西宁机场跟我曾经去过的市区公共汽车总站式的机场正好是两个极端，给我的印象实在是荒凉，好像是黄土色荒原中的一小块平地。

听说海拔相当高，我们出门时都战战兢兢的，还专门嘱咐女儿千万不能突然奔跑。同行的人中也真有人感到“确实空气稀薄”。不过，我们母女当时却什么也没觉出，很幸运。

旅游大巴像往常一样飞奔，车里有一位青年导游，长得像外国人。“这是去哪儿？”我问他。可是听到的回答只是“盐……”。这是名副其实的天下一条道。左手边是群山，山顶积着雪。再前行不久，真的出现了蓝色的湖泊。分散移动着的小白点儿，没准儿是羊。全然看不见人影，也没有车辆从对面错过。不知是谁开了句玩笑，说：“在这种地方翻了车，怕是一个礼拜也没有人知道。”很奇怪，我竟深以为然。

橡皮山海拔3817米，比富士山还高

在青海省茶卡盐湖

路边立着一块路标："青藏公路 至拉萨"。我很激动，沿着这条路一直走下去，就会到拉萨。可是，这种激动的心情渐渐被一种难受的感觉所打碎。那是一种难以言状的难受劲儿。女儿也是，刚刚还闹得欢呢，转眼就静了下来，嚷嚷着要睡觉。莫非这就是高山病？车里也是，一会儿有人说几句，一会儿全都沉默了，节奏跟我自己的感觉的沉浮完全一样。大巴沿着高低起伏的公路爬上爬下，我们的身体状况也被不断地来回翻弄。我感到一种无奈的倦怠。

司机突然减速了，说："这里是这一带的最高点，海拔3817米。"路标上显示：橡皮山。我从车窗探出身去，设法用照相机拍下了那块路标。"比富士山还要高哦，不得了！"我对似睡非睡的女儿说道，当然没有得到她激动的反应。

我们陷入了既不愿意再往前走、又不愿沿原路返回的境地。就在这时，我们到了"茶卡盐湖"。

怎么回事……突然间映入眼帘的不是雪山，而是盐山！小山包到处都是，就像水泥厂的景色一样，不过颜色是沉稳的白色。

沿着手推车的轨道走出去，发现湖面冻结着。不，湖全是由盐形成的。我不知道用"湖"这个词对不对，湖面上浮现着无数个隆起的盐堆围成的直径两米大小的圆圈，就像巨大的莲花。同行的人有的站到了圆圈里面。女儿问："掉不下去哦。是冰吗？""是盐哦，舔舔看！""真的哎，咸着呐。""到那边去跟大家在一块儿吧。""不，我怕掉下去！"其实，她心里是很想过去的。

"岩盐"、"露天开采"、"美国盐湖"……我动员了所有的相关知识来观赏眼前的景色，终因孤陋寡闻而被征服。我的直接反应就是："这是什么？！"前不久在日本做盐还是取海水、熬煮、晒干……真叫麻烦。而在这种大陆的腹地，居然有盐形成的"湖"！

这里壮观的存在本身就触及了地球的演化。为了纪念，我悄悄地带回了一块盐片，像水晶一样的。

说起来，这露天采盐场里除了我们再没别人了，想到这儿还真有点儿打怵。我们问原因，回答说是"国庆休假"。我竟忘了这里是中国。

露霜や視線合わせぬ羊たち

季语：露霜（露霜）

霜露。羊群的视线，难捕。

漫步青海湖畔。女儿欢蹦乱跳地追逐着羊群和牦牛，而那些羊和牦牛却只是不耐烦地闪闪身子，并不逃走，继续吃草。女儿没有胆子去抱它们，于是又试着再接近一点。可是这些动物似乎把女儿当成了一只讨嫌的虫子，并不在乎，只是挪挪地方。不知它们是适应了人类还是认为对人类可以特殊点，用不着过激反应，弄得我们反倒手足无措了。

我们住宿在形状像蒙古包一样的别墅里，每套房间都是独立的。我好像是感冒了，晚饭时分开始头痛得厉害，向别人要了点药就早早地进了房间。色彩缤纷的布条从天棚的最高点拉向四周，宽敞的房间里配有电视、洗手间和浴缸。

夜晚气温下降得比想象的厉害，我直打寒战，也闹不清是环境冷还是自己发冷。女儿说："太冷了，泡个热水澡吧。"结果还没有热水。不过，一进屋我就有悲观的

青海湖畔的牦牛与绵羊

真的是“青”色的湖

预感，所以并不感到惊讶。

事已至此，女儿也没心思撒娇了，我便想搂着她早早地睡觉，不料一揭床罩，发现床上有许多黑色点点，很容易让人联想到老鼠屎。不知为什么，那天晚上我特别宽容，不管三七二十一一心就想早点上床，所以决定睁一只眼闭一只眼（我原来就没什么洁癖，打那天晚上起对小脏小乱就更不在乎了）。

晚上8点前后醒了一次，可能是药起了作用，不再感到头很痛了。剩下那点痛可能是明明不适应但又要拼命地去适应当地情况而引起的症状。我打开电视，里面正在播放北京欢度国庆的情形。看着壮丽的焰火画面，我竟感到那是遥远国度的活动，这里只有女儿的鼾声。我从暖壶里倒了点水，喝下去便又睡了。

这下我可做了一件很遗憾的事。与其说是做了，还不如说是没做才留下了遗憾。我竟忘记跨出门外仰望一下天空了。第二天早上，大家交口称赞这里美丽的星空时，我才觉得这下糟了。

我还勉强记得孩提时代在乡下遥望“天河”的情形。成人后跟同学们一起去东京郊外，才第一次知道有那么多的流星，看见它们怎样陨落。正因为如此，我才想一定要实地告诉女儿天上有那么多的星星，可是……

到了集合时间，要点名了。孙晓燕女士大声叫着人名。她是当时中日友好协会会长孙平化先生的长女，不仅在日本留过学，还有丰富的对日贸易经验，日语已经进入炉火纯青的境界。

孙女士点名很有气势，有点像东京老街里的老板娘（比喻失礼）。正点着名，突然从她的包里跳出一个东西，落地后飞快地跑了开去。大家都愣了——那是一只小老鼠，甚至有点可爱，离我们原来对老鼠的肮脏印象相去甚远。女儿当时四岁，对这件

与孙晓燕女士同骑一马（于青海省）

事印象好像最深，现在问她："还记得青海省的事儿吗？"她必定回答说："噢，孙阿姨的包跑出一只老鼠……"

孙女士给我们安排了丰富的行程，让我们到了一些日本常驻人员和一般旅游客人不太涉足的地方。我丈夫与孙平化先生交往亲密，所以，我们夫妇蒙承了孙家两代人的关照。可是孙女士并不以此倨傲，甚至每每亲自当导游。

我们在青海湖坐了船。我当时心情很矛盾，既怕翻船，又担心错过这次机会就可能终身无缘体验。当然，面对美丽的湖泊，哪有沮丧而归的道理！

湖上游览，风有点凉，不过比想象的好过多了。一想到我们十几个人竟独享了地处中国大陆近乎中心位置的大湖，心里很是高兴。

从湖上眺望在岸边悠闲嬉戏的牦牛和羊群，实在是一种奢侈。我禁不住"哦——、哦——"地放声长叫，双手也自然挥舞起来，尽管牦牛和羊当然没有把我们放在眼里……

チベットへ嫁す姬ありて登高す
季语：登高（登高）
嫁西藏，公主登高。

去日月山。同行的人们都下了车，跑到便于远眺的地方。可女儿也许是不舒服，老是赖着我，说什么也不下车，我只能在大巴的周围眺望风景了。

据说这里是文成公主远嫁西藏时揖别故乡的地方。这距离，连坐飞机、大巴都这么艰难，何况当时那个时代，到这里来的劳顿和心理上的距离感，根本就无法想象了。站在这里回首东方，文成公主的内心一定充满了不安、望乡之情和今生再难回乡的寂寥之感吧。这些情感没准儿也是在这里了断的。传说后来她在文化传播方面作出了巨大的贡献。

山连着山，绵延起伏。空气清澄而寒冷。20世纪，我站在同一个地方写下，不，自然而然地浮现出这首俳句，作为赠送给公主的礼物，聊表心意。

“中国在重阳那一天有登高的风俗。每到这一天，人们就把生姜装进红布袋泡在菊花酒里，登上高山去喝，认为这样做可以消灾。”这就是登高这个季语的意义，而过去我从来就没弄懂过，当然，也就没有用过。不过，在这里，我感到：“就用它！”“非它莫属！”

在中国旅行，我探访过形形色色的先人驻足之地，但没有一个地方给我留下这么深刻的印象。这里面也有一份我对公主的幽思。而且，这里的风景除了公路好了点，千百年来基本上没有变化。这一点也起了很大的作用。公主一行一路到此，想必历尽了千辛万苦，来得艰难。而且，想到前程，那种疲劳感就更难想象了。

如果见到公主后问候她：“一路上辛苦了！”她一定会说：“没什么，早有准备了。”那英姿透出的是毅然决然的坚强和崇高典雅的美丽。

十月やヤクのバターを奉納す
季语：十月（十月）
十月，供献山羊奶油。

在包里饮酥油茶（于青海省）

我们访问了一个藏族家庭。之前听说他们住的家居是可以拆散、折叠和移动的，看到实物后我惊讶了，他们的家居空间宽敞而舒适，结构比我想象的结实、厚重。

主人请我们吃用山羊奶油做的奶茶和点心，味道浓而不腻，一点没有我原先担心的胃肠不适的感觉。

我们借来民族服装穿在身上，到外面去骑马。那马大概是驮惯了不会骑马的生人，十分温顺，我女儿独自一人就骑了好几回。在样子很像日本和服的衣裳外面扎上五彩缤纷的衣带骑在马上，挺直了腰板，那姿势映衬在天空、山峦、大地分明的背景之中，格外美丽。

听说这家是一对老夫妻和一对年轻夫妻同住。我女儿很讨老奶奶欢喜，于是老奶奶让她骑山羊。不料我女儿刚骑上去山羊就慌了神儿，一下就把她掀了下来。于是老奶奶牵来一只绵羊让我女儿骑。这回我女儿是骑稳了，但对绵羊来说，一定非常为难吧。

大家正玩着，老奶奶突然说："把你女儿给我们家做孙女儿吧。我们家儿子结婚都四年了，小两口儿还没有孩子。很让人失落的。"……"连住一宿都不行吗？"

一开始我还当是说笑呢，后来发现她是当真的。“我们今天就要回西宁了。”地陪导游解释说。“要是这样，你们昨天到我们家来就好了，能住上一宿。”她家儿媳妇就在旁边听着，脸上漠然而没有表情，但我想她的心里一定很难受。

“选择不生孩子”的观念和生活方式如今在日本才刚刚开始被人们认知，“结婚生子才是完人”的观念仍然根深蒂固。何况在这里，在这种生活方式下，没有孩子、没有后代的不安和作为媳妇没法传宗接代的遗憾是可想而知的。

我假装完全没有听懂这段话的样子与她们告别。我一面不断回头望着向我们招手的老奶奶和她窈窕美貌的儿媳妇，一面对女儿嘟哝：“老奶奶让你住下，可我们得回去了，没办法呀。”

一直到回国以后，女儿还是一看到马就想骑，即使在观光牧场和游园地也都是如此。好像她有点自信，而且确实每次自信地骑上马，那马都很温顺，于是女儿的腰板儿挺得更直更高。每每这种时候，话题总是转到“青海的老奶奶让你做她的孙女儿”上。我真心希望她那美丽的儿媳妇能够为老奶奶生下个健康的宝贝孙儿。

回到西宁，第二天去了塔尔寺。我们参观了把墨水涂在木版上印刷经文的工房。每次经文像版画一样被印出来的时候，都会令女儿心驰神往。

不过，还有令女儿印象更深的场面，那就是照亮昏暗佛殿的灯火点的是信徒供献的山羊奶油。我们大体是想不出用奶油点灯的主意的，所以非常惊讶。至于嗅觉敏锐的女儿，则事后很久还在说那儿的气味怪难闻的。

身着民族服装的娇姿（于青海省）

奈步偏要骑羊（于青海省）

印刷佛经（于青海省）

用同样的山羊奶油做的雕像（酥油花）也让我们吃惊不小。饲养山羊，用山羊奶做成奶制品，再把其中一部分供献到寺庙里，这本身很自然，是朴素而愉悦的信仰的流露。不过，色彩浓重的花草和人物造型，女儿看了似乎觉得很害怕。

塔尔寺，下次我一定好好学点知识再去。一无所知地去的话，那里将是名副其实的“恐惧多多”的地方。

コスモスに五体投地を真似したる

季语：コスモス（大波斯菊）

仿五体投地，拜大波斯菊。

当然，模仿跪拜的是我的女儿。年轻的修行僧们正在练习五体投地的膜拜姿势和动作。女儿一边饶有兴趣地观看，一边迫不及待地模仿起来。不过她的所谓膜拜，只是把手撑在地上，朝后上方蹬蹬脚而已，根本不是那么回事儿。

正在修炼五体投地（于青海省）

僧人们离去后我们才发现，刚才他们跪拜的石板地上五体接触的地方已经明显地磨凹了下去。这是好几百年的积淀吧。成语中“滴水穿石”之类的说法很多，道理我懂，但在现实中见到身体力行的机会却似乎从来没有过。然而，那石板地上的的确确磨出了坑。单单看到这一点，就不枉来此一趟。

除夜詣ロシアコリアと踊り出す

季语：除夜（除夕夜）

（日本的除夕夜指的是元旦前夜——译者注）

除夕夜，谒佛陀，俄人韩人舞婀娜。

1994年元旦前夜。这可是最后一次作为北京居民过阳历年了，我们去了大钟寺。虽然撞钟要花钱，但仍然排起了长队。节还没过呢，就已经热闹非凡了。环视四周，年轻人，尤其是外国人特别多。想来，一定是外国留学生为了在异国他乡庆祝新年蜂拥而至的结果吧。

在活力充沛的年轻人中间左挤右钻，先拜了佛，然后就远远地看着他们。好像最闹腾的是俄罗斯人和韩国人那一群，居然围着圈儿跳起了舞。当时我觉得这种组合很新鲜，想：“没准儿这就是今天的中国？！”

回国行程确定后，我们在回顾在北京的生活时，感到变化最大的还是外国人。尤其值得一提的大概就是由少而多的韩国人。中韩建交以后，一夜间周遭的韩国人剧增，甚至超过了日本人。

最能反映这种情况的就是天坛红桥的淡水珍珠店。过去，我们每次来这里都会惊讶地发现销售小姐的日语突飞猛进。可最近，她们好像改说韩语了，而且韩语的“你好”说得比日语还好！

クレーンの腕ばかりなり寒波来ぬ
季语：寒波（寒潮）
吊臂林立，寒潮来袭。

当初刚到北京的时候，从建国门外外交人员公寓十一层的窗户可以清楚地望见北京站，可是三年后北京站连影儿都见不着了。从这扇远眺景观很好的窗口消失的景物还有很多。日子久了也没有注意到，一旦变换一个感觉再来眺望，进入眼帘的是满城矗立着的巨大无朋的座座吊车和以前不曾有过的高耸入云的幢幢高楼。

首都机场高速、

天津郊外，当时还残留着这样的建筑

三环路……不胜枚举。北京变得越发方便了。原来出门买东西不让出租车等着就甭想回来，开出租车的司机也会请求说“我在这儿等着，回去也坐我的车吧”。而今天，出租车是想坐到哪里就坐到哪里。当初送女儿进丽都幼儿园时惟一的犹豫就是路太远，坐班车去时间太长。可是现在，路也修好了，路途时间大大缩短。我们刚到北京时还跑着毛驴让人担惊受怕的机场进城的林荫道，在我们夏天休假回国的时间里变成了高速公路，返回北京时一眨眼工夫就到了家。走的时候工人还在搬石头呢，没想到这么快就开通了。

从高处看北京很大，道路宽阔而规则，街区绿色多而美丽，每每令所有到访的不了解北京的日本人惊叹不已。我真的不希望这座承继于先人的城市变得像东京似的，三角形的大楼挨着圆柱形的大厦、黄颜色的房子贴着绿颜色的建筑，杂乱无章。

想来，这边享受便利，那边指手划脚，太任性随意了。但窗外再也看不见北京站了，委实让人感到遗憾。

年越しの蕎麦どれもみな短くて
季语：年越し（除夕，过年）
除夕的荞麦面条——根根短。

初来北京上任时带来的大量日本黄酱和酱油已经告罄。不过，那些东西在北京市内的超市已经可以买到。所以，我在给后任的交接事项中写道：“没有必要硬从日本带来很多日本食品。”在北京，日式荞麦面条……应有尽有。

我按日本的风俗煮年夜面。从超市买来的干荞麦面条已经碎掉，被折得很短。我一闪念想到：“在北京的生活就要这样结束啦！”我自己并没有什么急于回国的理由，也不认为内心充满了迫切回国的愿望。尽管如此，我还是认为该告一段落了。到底是有毕竟是临时居住在这里的潜意识，还是有让父母见见外孙女的想法，我自己也说不清。

回想起来，我们在北京生活得到了许多人的支持。女儿来北京时只有一岁半，全靠白宏阿姨呵护拉扯。孩子刚刚开始学说话时，我真担心她会陷入日语和汉语的夹缝中什么都学不好。然而，托了白阿姨的福，女儿出脱得汉语在全建国门外外交人员公

老宋拿手的生日蛋糕

寓里都算得上是好的。听老师说，女儿在幼儿园还经常为尚未习惯中国生活的小朋友们当翻译呢。我觉得，这完全是因为白阿姨对我女儿说话时用的是很规范的汉语，每个单词都很正确，而且从来不用糙话的缘故。由于还是个幼儿就会讲汉语，女儿的眼界格外开阔。有时候外出旅行，人家问她：“哪国人？”她便会立刻回答：“北京人！”并因此多次博得喝彩。这也是一个快乐的回忆。

厨师宋志荣，不仅为我们，而且为历任支局长在最重要的饮食生活方面提供了全面的支持。他不事张扬，工作仔细，饭菜可口，连我的朋友们都经常冲着他做的饭菜和馒头来我们家聚会。当然，从日本来玩的熟人们也都很感动，甚至有朋友说：“北京给我的最大念想就是老宋做的饭菜！”他在为女儿两岁生日做的蛋糕上用巧克力和日语平假名写上了女儿的名字，令我们全家老少感动不已。从此以后，女儿便一会儿“今年的蛋糕要三层的”，一会儿“要草莓和巧克力的”，一任所好，不断加码。可是老宋每年都能驾轻就熟，满足女儿的要求。世上没有比这更幸福的生日了吧。

在华期间，还蒙承了公寓开电梯的阿姨们的悉心照料。女儿从幼儿园回来，经常分了阿姨们的午饭来吃，还向她们学会了嗑西瓜子。有时轮班也会有些男孩子当班，一见我女儿，就会放下手中的书，跟她玩上一会儿。电梯经常发生故障，尤其是在女儿早晨上幼儿园的时间停机时就会误了班车。每到这时，小伙子们便抱着我女儿从十一层跑下楼去。他们气喘吁吁地跑完周旋绵延的楼梯，冲着电梯值班室大喊：“电梯坏了！”这种情况不止一两次。有时，还能听见电梯门里传来“救命！”的呼叫声。一直到现在，我跟女儿一块坐电梯时还会不由自主地发笑，生怕陷入喊“救命”的窘境。可见，这一幕已经成了北京的生活给我们留下的一页抹不去的记忆了。

支局的所有成员不论在工作上还在是生活上，都给了我们很大的照顾。翻译、驾车、陪女儿玩耍、购买洗衣机和灯泡……在所有的生活细节上，我们都得到了帮助。就在我们不得不长期天天跑医院的日子里，他们都舍弃了节假日陪伴在我们身边。现在想起来，就连我们能跟支局成员和他们的家属一起去北戴河、金山岭长城、香山休闲旅行，都是那么值得珍惜的回忆。

我们在北京的生活中有很多人是不可或缺的。首先是教我们汉语的杨士琳老师。她是从前任延续下来的最重要的人。她谈论最盛的已经不再仅仅是语言，而是经常超越语言学习的范畴，涉及到她以年轻女性的眼光捕捉到的社会形势以及她的婚姻观、子女观等等。她曾经留学日本，通过与她交流，我得以客观地思考什么是日本、什么是日本人。对现在的我来说，这已经成为我在中国生活过的一个佐证了。

接受梁洪大夫的中医按摩，是我们夫妇最感幸福的事情。全身放松的快感自不必说，他营造出的那种不可名状的安逸境界，几乎使我们消受不了。我们向他请教中医胃药，请他介绍妇产科大夫，给他添了不少麻烦。直到今天，我们夫妇每次感到身心交瘁时还经常聊道：“要是梁大夫在就好啦！”

我的俳句多为旅次之作，其中除了跟支局一同出差时的作品外，全都是孙晓燕女士安排的结果。她经常邀请我和女儿一道去遥远的僻地、高原旅行。按日本的感觉，那些地方被认为是不宜带二三岁的孩子去的。然而，那些旅行的经历令人愉悦、令人心动、令人充实，简直难以言表。

当然，我们得以安然度过四年的北京生活，还得到了多得数不清的中国人的支持和鼓励。初来乍到时遇到有人问路，连话都不懂，何况地理，只能干着急。渐渐地，听得懂别人所问的内容，也能帮着指路了。与其说是汉语水平提高了，不如说是熟悉了。

记得有一次，出租车司机问我：“来北京多久啦？”我就老老实实地告诉了他。结果他说：“都来了那么久了，你这汉语可不怎么样啊！”当时我心情有点受挫，想，“真够失礼的，再直爽也得有个边儿啊！”但细想起来，中国人学语言的速度要比日本人快好多倍。实际上，自由市场的小伙子、珍珠柜台的小姐们大概在几个月里就能拿下一门外语。所以，像我们这样花几年工夫都没啥起色，确实令人不可思议。在日本，谦逊地说“学了好几年英语，可还是不行”、“我还差得远呢”之类，似乎是司空见惯。然而，我现在痛感到，在这里，不，在日本以外的任何地方这种谦虚一点儿也行不通。

回国后，每每被人问起“在中国的生活怎么样”时，我是有问必答：“中国人对孩子很好！”我带着女儿外出，从来就没有遇到麻烦。去买东西，售货员小姐都会放下生意跟女儿玩一会儿；在百货商场的厕所排队，前面的人会招呼说“孩子忍不住的，请先用吧”；坐在拥挤的地铁里，只要带着女儿，百分之百地有人让座，说“坐这儿吧”。不论男女老少，所有的人对女儿都很亲切（当然，如果没带女儿，不经过一番鏖战是很难把地铁票买到手的）。所以，每次临时回国在东京坐拥挤的地铁时，我都无法忍受那种“要坐地铁就别带孩子”的目光。在日本，带孩子出门的人会被认为是累赘，给别人添麻烦。实在令人茫然。

许多人会说：“中国都是独生子女，所以太宠孩子了。”这种倾向不是没有，但我认为所谓“宠”是另一个层次的生活习惯，是全社会数千年来不断重视孩子的表现。而且，沐浴着全社会的爱的孩子们长大成人后是决不会忘记爱他们的下一代的。

就要正式回国了，我倒担心女儿会受到“逆文化冲击”。女儿总觉得身边的大人们很亲切，要我告诉她“日本可不一样哦”，实在是件憾事。

思绪交错万千，迎来1995年新春。我们开始整理行李，打包装箱，准备告别北京生活。

“人离去兮，其后也净”……

后记一：回国那天

晴　雨

1995年3月10日半夜，腹痛开始袭击我的丈夫，直到早晨也没有好转的迹象，于是拜托前来教我们中文的杨士琳老师陪同急奔协和医院。经过反复检查和众多医生会诊，下午3点前后被确诊为重症急性胰腺炎。虽然开腹手术可免，但以后的病情却不容大意。

根据从头到尾一直在场的杨老师的翻译和应突然之请而火速赶来的日本大使馆医务官安藤先生的建议，支局的员工立刻牵头组成了住院联络组，成员有支局员工、丈夫的后任、特地赶来增援的总部驻香港特派员和丈夫的那些棒球球友——中医学院的日本留学生。至于白阿姨，就直接住进了我们家，照顾我们的女儿。而且，还有许多朋友为了我们不惜时间通宵守候在医院。

六天后，一个重大抉择摆在了我的面前。

每天都在百忙中拨冗来到医院帮助我们与协和医院的大夫们进行沟通的安藤先生，由于本职工作的原因要临时回日本的日子终于来临了。我向协和医院的医生们打听了一下丈夫的病情，并问有没有可能用飞机把丈夫送回日本，得到的回答是："病情虽然没有进一步恶化，但对飞机上的气压变化会给这种病带来什么样的影响我们没有经验，如果要回日本，须要从日本派医生来全程陪护。"

于是，我决定："明天就带丈夫回日本！"

从这一刻起，我们天昏地暗地忙活了一整天：与航空公司联系、向东京申请派遣医生、安排救护车、由于不能走出入境的正常通道而与机场和大使馆联系……要做的事没完没了。幸亏了身边的人们一力相助，所有这些事都一一得到了落实。而我所做的只是跟幼儿园联系、准备向医院付费、在写有"在到达日本的医院前不论病情陷入什么样的状态均无异议"之类内容的保证书上签字。

在北京的最后一夜是在装箱打包中度过的。第二天清晨，我向宋师傅交代了一声“做些三文治吧”，就奔医院而去，去感谢那些帮助过我们的大夫，拜托友人们帮助我用救护车运送丈夫，然后到会计室去结账。我把一手提袋的纸币交过去，收银员马上用验钞机验数，然后递回两张一百元的票子说：“这是假币！”我解释说：“这是刚请人从中国银行兑换的，还没拆封呢……”于是收银员说：“你可以拿到自由市场去用啊。”我不得地笑出了声：“可惜啊，没有时间啦！”

走出医院大门，我回过头，深深地鞠了一躬：“这里就是在北京最后离开的地方啊！”听说前任们离任回国时都会再访自己的最念之地，有的登上景山告别北京城，有的饕餮一番美味佳肴，不一而足。而对我来说，最念之地就是协和医院，也许，这也是命吧。

我回到家，一扫感伤的心情，向厨师告别后，便一路奔机场而去。阿姨说想最后送送我的女儿，也就跟来了。飞机场，各新闻机构的友人们已经聚齐，大家都一脸的深沉。同行各家媒体的特派员回国时习惯上都是要送的，然而，即便是一向饶舌多话的人，今天也都是一副默默无言的样子。

我和女儿在大使馆官员的陪伴下通过了出境检查。在会客室里透过窗帘的缝隙朝外望去，正好看见丈夫被大家用担架抬下救护车往飞机上送。救护车周围看得见支局的员工、留学生朋友、协和医院的大夫们的身影。我在心里向他们道谢。

登机广播传来，我牵着女儿的手，登上了已经坐惯了的全日空906次航班。这天正好是日本人学校的毕业仪式，回国的人比平时多，加上修学旅行的高中生回国，飞机几乎满座。就在这拥挤的空间里，硬是为丈夫安置了病床，而且还为从东京前来的陪护人员、医师、医务官、我和女儿腾出了座位。

病床四周坐满了修学旅行的高中生，好像是专门围着吊着点滴的丈夫似的。他们原本应该是与朋友们大谈特谈旅行中的种种乐事的，可是现在好像被医师严令“肃静”，一片鸦雀无声。

就要起飞了，北京的风景在圆圆的机窗外越来越小。“急切中要跟你说再见了。不过，没有好好地跟你道别，我心存遗憾。我一定还会来的，到时再好好地告别吧。再见！”

就这样，我回到了日本。然而，真正是“人离去兮，其后也未净”，甚至连协和医院的枕头也忘了还，至今还放在家里。我总想马上就会再去北京旅游的，可心愿一直未偿。

如今，女儿已经进了中学，汉语也彻底地忘却了。我自己恐怕也难以脱口而出地说出汉语了。北京的记忆似乎就要渐渐地淡去了。就在这时，我们最好的朋友田先生和小燕夫妇向我们提出了俳句集的话题。我觉得“就我这拙劣的俳句怎么能够示于人前呢”，可又想这可真是个难得的机会，于是有了这本小册子。给二位添的麻烦难以言表。设无二位，我们在中国的美好记忆怕会有相当部分付诸阙如了。真是感谢之至。

我们能有这个机会回顾在北京的生活，脑海里留下的尽是愉快的记忆。当初，因办事不顺发怒、生气的经历肯定是有的，但今天已经忘却了。也许，那些事原本就是不足道的。

非常感谢大家。下次如有机会再访中国，我一定会饱满精神，不负众望。让我们到时再见吧！

后记二： 回国以后

酩酊散人

船荷解く骨董のごと黄塵籠もる

季语：黄塵（黄沙；灰尘）

开行囊，积沙黄，犹傍古董。

我家也有一间名为“不开之屋” 的屋子，里面堆放着很多从北京搬回来的还没打开的瓦楞纸箱。这些行李运到的时候我还住在东京都的医院里。

偶尔，窗外会黄沙飞扬。每逢此时我就会想，莫非在北京把协和医院的窗户打得沙沙作响的黄沙飘了过来吧。东京发生奥姆真理教徒在地铁投放沙林毒气的案子时，我住的医院也来了救护车。一时间气氛骚然，根本就不可能沉湎于感伤。不觉间樱花开了，新绿吹芽，穿短袖的季节已经临近。我出院了，离我在北京住进协和医院已经过了将近两个月。

我的胰腺奇迹般地不断康复，已经跟原来一样健康。可是，一直卧床的住院生活，使我的腿脚肌肉萎缩了。为了恢复体力，有一段时间我不得不天天重复着散步的活动。就在那时，我发现了建好的住宅现房，于是为了换个环境调节一下心情，我们搬了进去。从北京运来的行李搬进了新家，仍旧被摆在一间屋子里。而这间屋子又成了“不开之屋”。

装着孩子的衣物、玩具和大量采购的日用品像檀香皂、铜火锅、景德镇的瓷餐具以及农民画、书籍、音乐磁带等的箱子早就打开了，东西也用上了，有的已经完成了使命。

还没有打开的箱子里究竟装的是什么呢？约两千枚毛泽东主席的像章、中国各地的饭店和餐厅的筷套、各少数民族的织物、飞机票和火车票……还有很多想象所不及的物品。一天，需要一张在北京拍的照片。可是，想到的地方都找了，就是找不到。只有那儿——“不开之屋”了。于是进屋打开了一个瓦楞纸箱。揭开封箱用的胶带时，发出了干燥的“叭啦叭啦”的声音，同时还扬起了一些灰尘。

很走运，照片就放在第一个打开的码在最上面的这只箱子里。可是，从那些照片中找出所需要的那张可费了很大周折，因为在中国拍的照片有好几千张，得从箱子的上面一层一层地倒腾下去。

“怎么回事啊，这些灰尘？”

“是沙尘吧，黄色的嘛。在北京打行李时正好碰上了沙尘暴。”

“哦，我倒没留意唉。”

“那是当然，你在医院里待着来着。”

“你一提醒我想起来了，当时重症监护室的窗户确实是被风暴刮得‘咚咚’直响来着。”

“那窗户可是冲着院子的喔，被刮得那么响，风也真够大的。所以，那天匆匆忙忙装箱打行李的情形，我现在还记忆犹新呢，就好像是被那风催的似的。”

我们夫妇俩一边聊着，一边找要找的那张照片，居然花了一个多小时！瓦楞纸箱底的一角积了一撮黄色的沙尘，就像寄居在那儿一样。

“真不可思议，拿衣服的时候还真没注意到呢。”

“我住院，你心烦，没留神呗。还不是满脑子只想快点过上正常日子，心不在焉了！”

“心不在焉？瞧你说的……不过，这箱子都堆成了山。甭管里头装的什么，在那儿堆着，天长日久，都成了古董啦！”

“不论啥时候打开，里面都有20世纪末的沙尘。从这个意义上讲，倒成了了解过去的时光储存箱了。”

“照你的说法，这箱子什么时候才能打开呀？一打开，还怎么储存时光啊？！”

“得，索性打住吧。哪天用到的时候再打开它吧。”

就这样，堆积如山的纸箱都没开封，仍旧占据着整整一间屋子，形成了我家的“不开之屋”。21世纪来临了。这间屋子就像日新月异的北京城里总也不变的一座四合院。我们与中国的关系日益更新，只有这些箱子封存着20世纪最后十年的中国。

过渡期究竟如何起始，事后来定位是很简单的，但让生活在当时的人去判断，实在是为难他们了。然而我们在北京生活的1991年到1995年，天天都给人以“现在就是过渡期”的充实感。从改革开放到市场经济，从20世纪到21世纪……远远不止于形式上的“过渡期”。那是一个所有的人和事都一刻不停地朝着各种不同的方向发展的时代，谁都不知道最终会成什么样子。赴任那天的“云峰”且不去说，给我的印象是每天能量都在膨胀。而且很多中国朋友对我说：“周恩来梦想中的中国正在一天天实现！”

周恩来总理，是新中国成立后我们日本记者采访中国的原点。1964年9月30日，我们前辈作为特派员到北京赴任，成了日中交换的第一批记者。当天，就在人民大会堂举行的建国十五周年国庆招待会上亲眼见到周恩来总理，亲耳聆听了他的声音。这也是北京特派员发回的第一份特派员电稿。

四十年过去了。周总理的中国眼见得日益强大，而我们在这期间，在这漫长的过渡期中，不过见证了一个更小的过渡期而已。

起初并没有计划要在纪念日中记者交换四十周年时出版这本小册子。完全是我们笔头太懒，稿子整理耗时太长，碰巧赶上了。不过，我倒宁愿抱着美好的误解：这个巧合一定包含着某种际遇和暗示。

我这么说并不意味着我要摆出一副“今后要在考虑日中关系的基础上……”的架势。相反，我很担心。在这本小册子里我也提到过，日中关系至今似乎还是一种“没有真正从机制上接纳”对方的关系。这种想法现在仍然没有多大改变。我进而认为，说不定这就是日中关系今天还未完全达到实事求是之境界的原因之一。

不过，提出问题时没有必要总是带着政治色彩。构筑成熟的两国关系，应该实事求是，不把什么事情都上升成政治问题。我觉得，这应该是奔走于日中两国之间、致力于两国关系的人们的共同愿望。

在这方面，有许多景象令人惊喜，大家的智慧令人欣慰。上个世纪90年代的中国，每一个角落都充满了这些景象和智慧。我当时只是觉得，全身心地深深沉浸在这种景象和智慧之中了。不过，我同时还有另外一种感觉，那就是，曾几何时，我们一直在学习并实践着这么一种朋友关系，即：在平日各种场合里总谈论政治，却又不去搞政治化。

这是怎样做到的呢？我认为关键还是要实事求是。就是说，在评价事物时我们既不要夸大也不要缩小，就按事物本身的大小来看待它。换句话说，就是要率真地表达自己的喜、怒、哀、乐，并充分利用由此而获得的经验。何况日中两国国民拥有相同的文字，正是充分利用了这个有利条件，甚至在跟朋友们一块玩文字的游戏的过程中，形成了本书这样的“形式”。

译者跋

我是1992年9月前后认识酩酊散人（本名岩城浩幸）和晴雨（本名岩城敦子）夫妇的。当时散人正作为日本东京广播公司（TBS）的特派记者常驻北京，任北京支局的支局长，晴雨随任，还有一个可爱的女儿奈步跟着他们。而我那时则刚刚卸去中国驻日本国大使馆二等秘书的外交官职务离任回国，准备应聘去散人领导的支局工作。

应该说，面试是我与散人、晴雨夫妇友谊的滥觞。相投的志趣、互补的性格使我们一见如故，在以后不长的共事时间里，不但把支局的工作搞得有声有色，而且建立了牢不可破的友谊。共同的文学爱好——俳句——又使我们得以结识大家林林先生。对林林先生的采访既是我们友谊的凝固剂，又为我们共同把玩俳句提供了更广阔更深邃的视野。

后来，我因故调动，离开了散人的支局，使他和他的家人一时间颇感寂寞。再稍后，散人突发重病，携恙离任，举家回到日本，更使我和我的家人在感到别愁的同时加上了浓重的担心。想起当时为他送行的情景，我现在心中还存有几分怅然。此一别后，复聚弥难，委实令我和他乃至我的全家和他的全家备感失去知音的寂寥。

及至散人康复，我和他的工作都安定了下来，互访的机会才又略多起来。在几次重逢时，我和妻子都曾力劝散人把他和晴雨在与中国打交道和在中国常驻的这些年的生活和工作中吟咏中国并已在日本公开发表的俳句作品整理一些出来，配些散文、随笔、游记或小品文之类在中国结集出版，以志纪念。毕竟这也是当初对林林先生许下的诺言。但每次都被他谦逊地推辞了。直到2001年我应允可为移译并用心编辑后，他才朗然喏然，认为既然要完成当初对林林先生许下的诺言，就不能只有他们夫妇的份儿而没有我们夫妇的事。现在既然我已经答应翻译和编辑之事，他也就不再推却，答应把自己和晴雨吟咏中国的作品整理一些出来，配上随笔后给我，并声明文责自负，不给我、中国的出版机构和有关人员添什么麻烦，真是心迹感人。

散人是受夫人晴雨的影响加入日本民间的一个俳句结社——“童子吟社”的，俳龄比夫人短两年，只有十八年。尽管夫妇二人都不是专业俳人，但都爱好俳句，热心于俳句创作。因此，在此期间，他们夫妇共同师事日本著名女流俳人潟桃子先生，积极参加吟社的各种活动，并在公开出版的机关志《童子》上发表了大量俳句作品。在中国生活、工作和学习的四年多时间里，散人和晴雨不但协助吟社在中国举办了多次句会等活动，自己也妙思缭绕，笔耕不辍，创作了大量俳句作品，用语言凝练精道的俳句形式留下了他们在中国的无数点滴观察和感受。这些从各种不同侧面反映当代中国的作品充满了这对心中有着巨大中国情结的日本夫妇对友邻中国和中国人民的深切感情，每一首都像一张照片或一个镜头，留下了他们在中国所到之处的心灵印象，又收进了他们对中国美好记忆的相册。

记得日本当代著名俳人村山古乡在为《现代俳句集成－别卷1－文人俳句》（1983年）撰写的《解说》中曾经给所谓文人俳句下过一个定义：凡非专业俳人的文人出于对俳句的兴趣爱好而创作的俳句作品就是文人俳句。他还对“文人”做了一个界定，意思是说“文人”指的是小说家、诗人、歌人、评论家、随笔家。依照这个定义和界定，散人、晴雨夫妇并不是文人，只能是平民，他们的作品自然也难进入“文人俳句”一类，因此，我把他们的作品称作“平民俳句”。惟其如此，尤显珍奇。这些作品的可贵之处在于，他们用日本人民最喜闻乐见也是日本民族最普及的文学形式之一——俳句这种世界上最短小简练却意境幽远的定型诗，淋漓尽致地表现了与中国打交道并一度长期居住在中国的一对普通日本平民夫妇在自己的实际生活和工作实践中对中国的观察、体验、感受、顿悟和感情。作者既不是名人名家名流，作品也不矫情不造作，句句平淡大方、坦诚实在，一如作者在生活中的为人。虽然这本句集不可能把他们的作品收全，而只是一小部分而已，但我相信，大家或多或少已经可以从这些俳句作品和随笔中感受到散人和晴雨夫妇内心的另一番世界和情怀。

结束本文之前，我们钦佩岩城浩幸先生（酩酊散人）、岩城敦子女士（晴雨）夫妇热爱中国、为中日友好交流尽心尽力的精神，也感谢他们不吝献出这么多珍贵的原作（收入本书的作品均发表在日本俳句杂志《童子》各年各期上，书中未一一注明期号）和对我们的鼓励与支持。同时，我们一方面为笔者在极其繁忙却毫无意义的劳碌中虚度荒废的2002年和2003年感到惋惜，为由于我们自己的懒惰懈怠致使这本充满真情、弥足珍贵的俳句随笔集推迟出版将近两年而感到十分抱歉，另一方面也为我们限于水平没能把集子中作品的精髓和价值等用中文全部表现出来而深感愧赧。

我们要特别感谢原中国驻日本国特命全权大使宋之光、杨振亚阁下和全国政协常委、中国文联副主席、中国书法家协会副主席、原中日友好21世纪委员会中方委员刘炳森先生拨冗为本书题词和题签，使本书大为增色；要特别感谢林林先生多年前就接受我们的采访并同意我们使用采访稿，不仅使我们学有指导，而且使本书有了一篇切中主题的序言。

我们感谢五洲传播出版社的所有同仁，尤其是宋坚之女士和邓锦辉先生，他们不辞劳苦，精心校审、排印和装订，使本书最终得以呈现在各位读者面前；我们感谢所有关心和支持本书翻译出版的人士，尤其感谢长兄田建华和次兄田卫华在我们无暇终校时为我们做了最终校对，没有他们的鼓励就没有本书；我们感谢广大热心的读者，没有他们本书就失去了生命和意义。这里，我们再次拜托读者朋友对书中谬误尤其是俳句译文的不切等多予指正，以便有机会再版时改正，使本书更加完美。

田建国
2004年新春于北京稚豚舍

附录一

日本俳句与翻译散谈

——写在翻译日本平民俳人酩酊散人和晴雨夫妇

俳句随笔集《大陆逍遥》之时

田建国

一、渊源与形式

十七音（文字） 俳句直接起源于日本古典诗歌“俳谐连歌”，取了“俳谐连歌”一连串诗句中的第一句——“发句”（発句），并最终演变成了独立的定型诗。全诗是由十七个音节（拨音即鼻音和促音即不发音的短促停顿均被视为独立音节，长音被视为两个音节。日语中一个音节反映在文字上就是一个字母——假名，因此也有“十七文字”之说），即上五、中七、下五三联构成的一首完整的有节律（調）的诗句。这也是俳句从起源发展到当代的基本形式。散人、晴雨的绝大部分作品（包括收在这个集子里的）都是用这种形式完成的，如

枝豆に/何処から来たと/問いかけ来（散人）

试译：借问毛豆：尔来何方?

満月や/渤海湾の/波せわし（晴雨）

试译：渤海湾，月儿满，细浪你追我赶。

等等。

为什么俳句要采取“五、七、五”三联十七音的形式结构呢？依散人的说法，那是日本传统歌谣受到中国文学（汉诗的五言和七言）影响的结果。他认为，俳句形式的祖宗之一应该是日本汉诗。原因是：俳句的直接起源是俳谐连歌，俳谐连歌源于长连歌，长连歌（长歌）源于短连歌，短连歌（短歌）就是和歌的一种，而和歌之所以发展成特定形式（五七调、七五调）的定型诗，是日本原始口承文学中传统古典歌谣受到中国汉诗极大影响的结果。可以说，俳句是日本人根据自己的兴趣、爱好、审美、情感等文化特质，用古

代日语模仿中国汉诗的形式特点（五言和七言）改造日本传统古典歌谣节律、韵调等形式结构的最终产物。所以日本俳句采用的是“五、七、五”的形式结构。我问他有没有直接的证据，他说自己并没有什么深入的研究，只是基于自己对日本文化、中国文化以及俳句的了解所作的推断。

我佩服他敢于独树一帜的勇气，因为我也早有同感。日本民族的原始歌谣在独立成为文学样式之前是与咒语、祝词、神话相生的复合文体，是一种诗歌、舞蹈、音乐的混合体，而且是口诵形式的。最早的文字记录中保留下来的几首原始歌谣尚未定型，字数句数不定，也没有更多技巧可言，是一种无意识的咏叹。不过，我们从中已经能够看到三六形和七五形等形态。后来文字记载中还出现了五七五形的含有短歌形式要素的古代歌谣，并且随着时间的推移越来越多。至于和歌在从不定型的自由体向五七五七七形的五七调定型的过程中，究竟有没有受到中国文化的影响呢？我认为还是有的。

客观地说，原始日本口承歌谣中五七调的作品虽然很多，甚至数量庞大，所占比例最高，但其他调类的作品也不在少数，而且从数量上讲也绝对不是偶然的使用。所以，就形式而言，日本原始歌谣是自由体的，没有定型。另一方面，日本民族原来只有口头语言，直到输入汉字，才结束了无文字的历史。因此，日本的文字直接来源于中国。虽然汉字输入的确切时间还没有定论，但就可靠资料的记载而言，汉字输入日本时并非是以单纯的文字形式输入的，而是伴随着大量中国的典籍、文学和其他种种文化一同输入的。日本文学的起源远远晚于中国，加之中日之间的文学等文化交流开始得又很早，在和歌从日本原始歌谣原始的、混沌的自由体逐步向成熟的、独立的定型诗过渡、发展的过程中，就已经受到或通过日本汉诗间接受到中国诗歌中五七言诗的影响。再具体一点说，尽管日本原始歌谣中就有五七调作品的存在，但歌谣总体还是不定型的。后来，在早期日本人尝试使用汉字记录日本文化现象包括早期口承歌谣等的过程中，在大量日本文化人把玩汉诗和和歌的过程中，由于受到中国五七言诗的影响，五七调凸显了出来，导致了和歌朝五七或七五调发展、最终定型并独立的倾向和现实结果。后来在汉字的基础上，日本先贤创造了脱离了汉字表义功能的表音符号系统——假名（包括万叶假名、平假名和片假名），形成了以汉字、假名混用为基本特点的日本民族文字系统。假名的出现，在表记上把日本文学分成了两大门类，其一是汉诗文，另一就是歌谣与和歌了。这一点可以从《古事记》、《日本书纪》、《怀风藻》、《万叶集》的记载和相互间的时间关系等中间找到相关证据。可见，中国古典诗歌的大量传入，掀起了日本的汉诗热潮，又导致了和歌形式的成熟，并进而衍生出短连歌、长连歌、俳谐连歌等形式的日本定型诗。俳句取的就是俳谐连歌第一句——“发句”的五七五形式。因此，我们说，和歌独特的五七调形式是日本原始歌谣在与中国诗歌的交流中受到中国五七言诗影响和引导才最终形成并独立的，俳句形式的根也应该从这儿着眼寻找。

由此看来，俳句起源和发展的基本线路大致是：日本古代歌谣—和歌—短连歌（或称短歌）—长连歌—俳谐连歌—俳谐—俳句。这中间，在从古代歌谣向和歌、连歌发展的时期，早期的短歌受到了中国秦汉时代诗歌的影响，并在格律形式上受到中国古典诗歌五言和七言的影响，在吟咏作法上受到中国汉武帝时柏梁体形式的联句诗歌的影响，在内容上受到了中国文化包括文学、历史、宗教等的影响。这些无疑是促成和歌从形式形成到内容成熟和发展并衍生出连歌、俳谐连歌的重要因素。一直到15至17世纪，经“俳谐三祖”山崎宗鉴、荒木田守武、松永贞德的努力，俳句从俳谐连歌中独立出来，称作俳谐，开始朝着诙谐的游戏趣味的方向发展，形成贞门俳谐。17世纪，经过西山宗因、井原西鹤的努力，形成了摆脱贞门影响，提倡清新奇拔、滑稽诙谐的谈林派俳谐。及至十七世纪后期俳圣松尾芭蕉倡导的闲寂幽雅的蕉风俳谐登上俳坛，俳谐才成了真正具备艺术精髓的文学形式，进入了艺术殿堂。18世纪，与谢芜村前承蕉风余绪，提倡写生，振兴俳谐。到了19世纪，经小林一茶的承启，正冈子规等人掀起俳句革新运动，清除流弊，提倡创新，改称俳谐为俳句，使俳句获得了与小说、诗歌、散文等具有同样文学地位和美学价值并广受欢迎的文学样式，直至今日。在这一过程中，俳句不但早期在形式上,而且各个发展时期还在内容上、理念上受到中国古典文学、诗歌以及历史和禅宗等文化的深刻影响。所以，我们说，由于渊源的关系，日本俳句不但在形式上，而且在内容上都受到了中国文化的巨大影响。

不过，俳句产生伊始，就一直有人试图打破形式上的这个格局，创作脱离“五七五”节律束缚（如“五五七”、“五八五”等）的作品。其中，多出若干音节（文字）的叫做多音（字）句（字余り）；少去若干音节（文字）的叫做缺音（字）句（字足らず）；大幅度跳出“五七五”节律（调）的叫做破调（破調）句。这些原本是破坏节律和形式结构的作法，反过来被当成了创新节律的特定修辞手法，有些这类作品甚至是名人创作的名句。可见力图摆脱形式束缚的逆反心态古已有之。当然，这类作品不能只是追求形式的破坏，而必须是出于创作的内在需要自然咏出。从这个角度讲，作者们对俳句十七音的形式要求的遵守似乎并不很严格，主要还是靠自己根据创作需要去掌握，主动遵守。尽管散人、晴雨夫妇极力主张保全十七音，但在他们的作品中“多音”、“缺音”、“破调”的现象也并非绝迹，在这个集子中就有这类作品，如

郷に入りて水餃炊きし年の宿

（六七五，多一音）

试译：入乡宜随俗，年根儿煮水饺。

就是上五变为上六但节律的确仍旧很美的例子。

季语 季语也叫季题、季词、四季之词，是用在俳句中表现季节和日本民族对四季变

换的心理感受（即季节感）的专门词语。专门汇集季语的辞书叫“岁时记”。根据高桥悦男主编的《俳句月别岁时记》（1997年博友社版）统计，季语的数量已经超过五千。

从功能的角度说，季语的使用可以使极短的诗形蕴藏更多的信息，使诗的内容更丰富，让短小的俳句丰满起来；从文化的角度讲，季语反映了日本民族对季节及其变化的敏感和纤细的感受（季节感），它的使用可以使俳句荡漾出独特的诗情画意。在欣赏俳画时我们不难发现，几乎所有的作品都根据俳句作品中的季语画有相应的反映季节的事物、现象或暗示物；从语言的角度讲，高度概括和浓缩内容、感受等的特点决定了季语是一种高效率的表现手段，在确保五七五诗形的短小精悍、内容饱满方面有着不可磨灭的贡献。因此，季语的使用是俳句创作中必用的一种修辞手法，也是俳句形式不可分割的构件之一。

在俳句创作中，季语的使用是约定俗成的，原则上一句作品要使用一个季语，但也有一句作品使用两个或更多季语的。这种创作手法叫做季语叠用（季重）。在欣赏这类作品时，一定要注意结合断句字和作品所要表现的中心内容对句中若干个季语进行识别，找出中心季语，把握季节，体验作者的季节感和句中的诗意。不过，可能是由于创作习惯，在这本句集中我们并没有看到这种创作手法的明显使用。此外，我们还应该留意到，基于阴历的季节感和基于阳历的季节感有时会存在错位现象，给俳句的创作和鉴赏带来一定的困惑和麻烦。这一点散人在他的随笔中也有提及。

虽然俳句史上不乏主张放弃季语的流派、俳人和俳作，甚至连俳圣松尾芭蕉等大家都创作过无季语俳句，但散人和晴雨却一向坚决主张，季语是俳句的必要条件，认为“凡是俳句必用季语，凡无季语必非俳句”。散人曾说：“不用季语而空有十七音（字），毋宁去写川柳。”（川柳是日本另一种没有“五七五”节律、季语、断句字等形式要求的十七音短小诗形，或者可以说它是一句话，创作起来远不如俳句来得有诗意，文学地位也不能与俳句同日而语。）在这一点上，散人和晴雨是非常执著的。由此我们也能看到他们内心世界受本民族文化熏陶的定势。正因为如此，包括这本集子所收作品在内的所有他们的作品句句都有点题的季语，找不到一句没有季语的。尤其是收在这本集子里的所有作品，散人和晴雨都将季语标示了出来。让我们随便举几个例子（句中加横线的词语就是季语）：

<u>貝寄風</u>に台湾の鶏鳴くを聞く（散人）

试译：春风吹来贝壳，我在风中听到，台湾的鸡儿在叫。

真夜中に<u>月の兎</u>と目の合いぬ（散人）

试译：夜阑珊，我与月中玉兔，对眼看。

<u>春泥</u>や屋根ことごとく反り返る（晴雨）

试译：家家的屋檐，翘起。泥泞的春天。

三塔を倒すがごとく東風吹けり（晴雨）

试译：三塔欲摧东风吹。

断句字 在传统上，俳句还要求使用在功能上专门起断句、调整节律、表示句意和内容段落并体现俳句的独立性的作用，在意义上起表达作者情感、心情、态度、感慨，让作品酿出余韵，给读者以联想等作用的词语——断句字（切字）。根据宗祇“切字十八个条”的分类，断句字共有五类十八个，即：终助词や、かな、もがな、ぞ、か、よ；助动词终止形けり、ず、じ、ぬ、つ、らむ；形容词终止形词尾し；动词命令形词尾け、せ、へ、れ；副词いかに。而自芭蕉以降，习惯上只有や、かな、けり三个常被使用，因而它们也就成了具有代表性的断句字了。

散人在这本集子自序的原稿中阐释俳句时只提到“五七五”三联十七音和季语，并未提及断句字。我问他为什么，他说：“我认为俳句不应该再受更多的限制。如果说五七五是受汉诗的影响，是一种无奈，那么季语就是足以表现日本民族感情和文化的日本化要求了。有此两项足矣，再没必要设断句字之类的语言形式上的限制了。在这方面俳句还是灵活一些好。当然，是否使用断句字，应该取决于作者，依据于创作需求。”

断句字是一种充分利用日语特点，在极其短小的俳句中高效率地表达作者思想感情、心理倾向和态度语气，使诗句余韵袅袅，促人联想，并已完全融入俳句语言形式之中的一种修辞手法。它的使用频率如此之高、作用如此之大，足以证明它是多么地贴近日本民族细腻的语言心理。因此，说它已成为俳句结构中不可或缺的成分之一，不论从传统上看还是从现实上讲，都是不过分的。所以我认为，不妨仍旧把断句字作为俳句创作的要件之一，在用日语创作俳句时应该根据需要尽量使用，以便保留具有日本民族语言特点的创作传统。林林先生曾经说过写汉俳不一定要用断句字的话。那是由于汉语毕竟迥异于日语，没有必要在写汉俳时生搬硬套日语语言特点的缘故。

虽然一些俳人和流派主张俳句应该不要、可以不要或不一定必要断句字，而且，我们也能看到一些没有断句字的句作，但我认为，如果放开一些眼界、扩大一点范畴、更换一种观念来理解断句字的话，可能会更容易解决争议，即：如果说断句字的功能是通过“断句”来达到节奏美、韵律美并融入作者情感、扩大想象空间的话，那么只要这种功能在句中被用某种形式实现了，我们便可以说句中的这个“某种形式”就是断句字。而俳句作品句句都必须有这“某种形式”表现出来的节奏美、韵律美、情感和空间，否则就不成其为俳句。因此俳句作品客观上句句都有断句字，而不管作者和读者（包括理论家等）主观上如何感想和主张。至于这“某种形式”，如果是发得出音的字或词，我看这种形式可以称之为断句字的“实形式”；如果在节奏、语流、情感或空间段落之后没有出现发得出音的字或词，则可以断定断句字在俳句作品中应有的功能被以无声的形式实现了。我看这种无声的形式可以称之为断句字的“虚形式”，或者叫做“零形式”也无不可。作者采用虚形式断句字的原因很多，诸如音节（包括无声的促音节）或者说字数的限制、节奏的讲究、遣词的需要、表现的要求、个人的好恶、观点的倾向等等都在其列。而虚形式断句字的产生似乎与语言和形式、形式和内容、内容和语言之间的诸种联系和矛盾有关。当然，上述观点是我个人的一种看法，自然只是一家之言，但在我鉴赏俳句作品时，却因它而受益匪浅，所以愿意在此介绍出来与大家共享，或供大家批评。

基于这个认识，我曾力劝散人改变一下观点，在序文中加上这项内容，但一直到本篇成文时也未见散人有实际行动。看来在他和晴雨的潜意识里还是不赞同再给俳句设置更多的限制了。至于著者自序中打括号的关于断句字的那句话是我硬加上去的，散人见了也就一笑了之。不过，当我们读完这个集子，欣赏了散人和晴雨的作品后，不难发现，说归说做归做，他们的绝大部分作品中都使用了实形式的断句字。而从前述意义上说，恐怕这个集子中所收的其他作品也都用了虚形式的断句字。也就是说，即便在那些没有实形式断句字的作品中也是可以找到虚形式的断句字的。请看以下例句（加横线的词语即为实形式的断句字；加两条斜线的就是虚形式的断句字）：

空海の井戸にてつるむ蛙かな（散人）

试译：空海的井里，交欢的青蛙。

子ら滑る馬橇も滑る国境//（散人）

试译：国境线：孩童脚滑，马橇蹄滑。

雪暗やハルビン空港只一機（晴雨）

试译：昏暗的雪天。哈尔滨机场，只一架飞机。

九月尽//百年分の塩掘って（晴雨）

试译：九月底采百年盐。

结论 总之，十七音（字）、季语、断句字可以说是对俳句创作的基本要求。而从散人和晴雨夫妇的观点和作品来看，结论似乎是：季语是俳句之所以成其为俳句的必要条件，不可或缺；“五七五”三联十七音是俳句的形式要素之一，但可以有限地打破；断句字不是俳句的必要条件，作者可根据创作需要自主决定使用与否。这种十分现实的观点的产生和形成，可能多少与他们的门师辻桃子先生的教诲以及他们自己长期的创作实践和豪放不羁的个性有关。另一方面，这种观点也大致代表了日本当代俳坛对俳句形式的基本认识。

至于我个人，则还是坚持认为：“五七五”是俳句在起源时先天地受中国古代诗歌和文化影响的结果，也正是俳句这种短小定型诗型的形式美和音乐美之所在；季语是日本民族的文化心理和客观自然感受力的结晶，也是俳句的精华之所在；断句字是日本民族语言心理和内心主观感受力艺术地外化为语言的独特表现，也是日本语言特征和语言美在俳句里的最经济最典型的集中体现。此三者乃是俳句之鼎的三足，缺一不可，惟其如此，才能在真正意义上体现出俳句的“约束之美”。当然，在具体创作中，如果说根据需要多少有些许“通融”和“取舍”是在所难免的话，那么要彻底排斥、完全摈弃它们，把它们和由它们带来的俳句传统逐出日本的俳句世界，就不足为训了。从古至今日本俳坛的主张、流派、作品林林总总，不一而足。然而，把上述三项要求完全彻底抛弃个精光的创作主张和俳句作品虽然也似曾见识，但绝对不是主流，最终也没有得到俳坛认可。当然，这类作品即便见了，恐怕我也不会因其全然摆脱传统约束的大胆而感佩。因为我认为，诗，虽然是用特定的语言形式来表达内容的文学样式，但这种特定的语言形式本身作为民族文化的结晶反过来又是诗之所以为诗的不可或缺的构件。尤其是把语言因素也作为作者所要传达的内容的一部分的定型诗，一旦脱离了特定的语言形式，即使仍旧成其为诗，但起码已经不再是原来那种形式的诗了。说得极端些，变得狠了，俳句会变成川柳，和歌会变成自由诗，“五律”可能变成“七绝”，“卜算子”可能变成“如梦令”。道理是不言而喻的。

二、俳句与翻译

俳句是日本传统定型诗中既美丽大方、活泼可爱，又小巧玲珑、适应性强的一种精巧的文学样式。它虽然是定型诗，形式上有一定约束，并且由于太短而在内容上不能表达过于复杂的事物、观念和情感等，但表现手法变化多端，内容限制无多，风格丰富多彩，浓缩了日本文化的精华，魅力无穷，堪称日本文学的绚丽瑰宝。进入日本俳句的天地，展现在我们面前的是一个五彩缤纷、斑斓丰满的花的世界，琳琅满目的佳作让人目不暇接。散人、晴雨夫妇这些用日本传统俳句形式表现眼中、心中、感情中的中国的作品，是日本俳句世界中散发着异样幽香的一片花瓣，清新独特，雅俗共赏，虽不事张扬，却弥足珍贵。

当然，对于绝大多数中国读者来说，由于文化背景的不同和语言的障碍，无法直接通过原文欣赏俳句的原作，必须通过翻译才能多少领略一点俳句的妙处。然而，说起俳句的翻译，问题就复杂了许多，涉及的面也多了不少。

举一个著名的例子——“古池や蛙飛こむ水の音”。这是日本俳圣松尾芭蕉（1644694）的名句，说得是自己栖身的草庵左近有一洼古老的水塘，就听得一只青蛙跳进塘里，水声轻起，打破了周边的寂静，旋即又恢复了宁静，奇特地表现了春天的生命跃动。作者把自己内心的幽寂之情与大自然外在的幽静而充满生机的景色完美地结合了起来，通过表现静—动—静的过程凸显了生命的盎然，使情在境中入化，颇具禅意，创造出了诗意隽永、简练含蓄的千古绝唱。这句作品的汉译方案，就我所接触到的有下列版本（带 *者为英译文转译版）：

1.古池蛙跃入，止水发清音。

2.古池塘，一蛙跳进闻幽响。

3.古池塘，青蛙跳入水音响。

4.古池塘，青蛙入水发清响。

5.古池塘，青蛙入水，水声响。

6.古池塘，青蛙入水，发清响。

7.古池塘呀，青蛙跳入水声响。

8.古池——青蛙跳进水里的声音。

9.苍寂古池，小蛙迈然跳入，池水的声音。

10.苍寂古池，小蛙迈然入水，池水的声音。

11.古老池水滨，小蛙儿跳进水里，发出的声音。

12.古老水池滨，小蛙儿跳进水里，发出的清音！

13.幽幽古池畔，青蛙跳破镜中天，丁冬一声喧。

14.闲寂古池旁，青蛙跃进池中央，扑通一声响。

15.悠悠古池畔，寂寞蛙儿跳下岸，水声，——轻如幻。

16.苍寂古潭边，不闻鸟雀喧，一蛙穿水入，划破镜中天。

17.苍寂古池边，不闻鸟声喧，一蛙穿水入，划破静中天。

18.秋风古池寒，孤伶伶蛙纵身跃，入水声惨惨。

19.蛙跃古池水声响。

20.青蛙入古池，古池发清响。

21.蛙跃古池内，静潴传清响。

22.青蛙跳入水池中，扑咚一声响。

23.青蛙跃入古池中，嘻嘻闻水声。

24.*在古老的水塘上，传来一只青蛙跳水声。

25.*古老的水塘，有只青蛙跃入，传来一声水响。

26.*深潭古老，深处幽暗，蛙入碧水，溅声飞传。

27.*寂静古老深湖，蛙儿飞跃而入；叮咚一声水响，打破周围静穆。

28.*一个孤独的池塘，在寂静中沉睡，日久天长……纹丝不动，悄无声响，突然，一只青蛙跳入水中……

加上我没有见到的，译文版本一定更多。这里，我们无意评价各个版本的优劣得失，因为俳句（也包括部分其他文学样式的）作品本身不但在形式、内容、意境、感情、风格等方面具有多重审美价值，含蓄而多解，再加上不同的评论家在不同的时代、文化背景下，出于不同目的，用不同的观念、主张、标准，从不同的角度、侧面、层次，根据不同的理解、好恶、性格、水平以及译文读者不同的倾向、要求、趣味和流行等等对译文版本进行评价，自然会有不同的结论。既然如此，出于同样原因翻译原作，不同的译者当然可以有不同的译文。这些译文或取原作的一解，或取原作的数解，来反映原作的形式、内容、意境、感情和风格等诸多方面审美价值的一种或数种；译文读者自然也可以通这些译文全方位地欣赏俳句，汲取各方面的营养。何况，不同的译者还会把自己独特的种种理解融入译文，使原作通过译作再生得更丰富多彩。我想，允许一件原作的不同翻译版本（复译）同时存在，原因之一就在于此。

从一句作品的上述众多译案中我们可以看出，译文的译者们都在苦苦地实践着自己的某种译诗观，根据自己对俳句本质、内容传达重点的理解，依据俳句形式的功能，尽量在汉语里寻找对应的或类似的表现方式。其中，有译者主张“诗的译文也应该是诗”，于是出现了（一）完全定型派：认为任何时代任何作者的任何作品都要一律地翻译成一种固定的形式，就像“五七五”之于日本。其中又有（1）保留“五七五”形式（我称之为“模仿式”）的一派，（2）套用中国古代诗歌某一种形式（如七绝或其中两句、五绝或其中两句、小令或其他词牌长短句的若干句等。我称之为“套用式”）的一派，（3）另外创造一种新的形式（如“三五三”、“四六四”、“三四三”或“五七”、“三五”、“四七”等。我称之为“自造式”）的一派；（二）不完全定型派：认为俳句的译文没有必要千篇一律地固定在某一种特定形式上，译者可以根据不同原作的内容和意境选择或套用不同的形式（可以是传统中国诗歌形式或其一部分，也可以是原作的“五七五”，还可以是新造的“三七三”、“四六四”或其他长短句形式等。我称之为“有限自由式”），不必拘泥一格。另有部分译者主张俳句的汉语翻译在形式上“可以是诗，也可以不是诗”，于是出现了（三）完全不定型派：认为没有必要更多地考虑形式，只要有利于表现该句原作之“神”，译文可以采取任何形式（可以是上述任何一种，也可以是不固定的散文体。我称之为“自由式”），但在表现上应该富于诗意。此外在语言的使用上，有的译者主张用古代汉语（文言），认为俳句原作基本上用文语（日语文言）创作的居多，汉语译文也应相应地“文”一些，其中主张使用唐宋语言的为多；有的译者主张用现代汉语（白话），认为译文是为当代中国的汉语读者服务的，最好不要用古代的语言；有的译者主张文言、白话并用，认为译文没有必要拘泥于语言的文白，应以表达原作内容的方便为转移。

这些主张也好派也好，都有合理和值得借鉴的成分。不过，如果从某种意义（追求完美的意味？）上讲，我仍然觉得前面列举的那些译文都让人觉得没有到位，未能完全留住俳句原文的形式所独具的韵味，因为原作的语言美和音乐美在译文中不见了踪影，含蓄和暗示的意味大大削弱，取而代之的更多的是中国味儿。

原本俳句崇尚凝练而简洁、率真而平实、谐趣而淡雅、含蓄而有余韵等。在形式上有五七五、季语、断句字的约束和活用；在语言和修辞技巧上虽然不强调押韵，但有多音（字）、缺音（字）、破调、名词结句、比喻、双关、夸张、重叠、倒装、省略、通感、联想、（观念、意向、情境等的）并置或跳跃等等手法，而且每句作品都有其独特的意境。作为内容的载体，日语又有其独自的特点：在语音上，日语是音节文字，一个音节（包括不发音的促音）是一个假名（相当于字母），元音（相当于韵母）和辅音（相当于声母）贫乏，音系结构简单（这也是日本包括俳句在内的定型诗无法讲究押韵的主要原因），有的单词由一个音节，而更多的是由两个或两个以上的音节构成，属于多音节语言，且每个单词都有相对稳定的音程变化（音调），可以在语流中形成独特的节奏和旋律；在语法上，日语是黏着语，单词在句中的语法功能由黏着在词后的助词、副助词或活用形（词尾变化的形态）等决定，对语序要求不严，可以根据表现需要相对灵活地安排，动词、形容词、形容动词和助动词有活用（词尾变化），谓语出现在句末，句子的叙述重点一般也在句末；在受到自身文化制约和影响的同时，在传统上，日本的俳句作者一般很少关心政治，俳界也不太强调俳句的教化等社会功能，且被篇幅短小、语言所承载的信息量不大等因素限制着，作者很难在作品中表现复杂的感受、情怀、理论和主张等，只能更多地凭着敏锐的洞察力和感受力，抓住直接来源于生活的、由自身周遭的人、事、物、景、情等所引起的瞬间灵感，把主观情感和客观事物结合起来，创作成句，反映生活点滴，颇有即人、即事、即物、即景、即情的摄影的意味，并具有时、空、声、情四维的性质。

然而，汉语和日语属于不同语系，虽然在语音上也是音节文字，但却是一个音节一个文字（不是字母），元音和辅音，或者说声母和韵母多而复杂，音节的声调变化多端，语音、声调两相结合，构成了一个极利于定型诗表现形式的丰富优美的韵律系统；而汉语单词单音节（古代汉语尤甚）和双音节的居多，单位音节所承载的信息量（内容）远远大于日语的，十分利于在诗中高效率（用更少的语言表现更多的内容）地表现；在语法上，汉语是孤立语，语序要求严格，单词没有词尾变化，在句中的语法功能靠单词在句中的位置决定，尽管可以使用包括倒装、省略等与语言直接相关的手法调整语序，且调整后的语言形式可以产生联想、余韵、歧义等效果，但原则上仍旧是原语序形态的变形，且由于文化背景与日本不同，单词（含短语）的内涵和外延乃至语法意义不能与日语的完全叠合，导致译文读者产生的联想与原文读者的相去甚远。用这样的语言去翻译俳句，不必说要走失原作的音韵、节奏和旋律，就连音节数量也不得不变。因为要保留或凑足原作音节数，译文中就只能把原作的“弦外音”译出或增添原作中所没有的东西，甚或两种办法并用，而要译得含蓄且接近原作的余味，译文中就只能减少音节数。即便一些译文可能多少保留了音节数、节奏和旋律甚至音韵乃至由此产生的一些余味（不排除可能接近原作的），那也已经变化成了译文语种，而不是原文语种里的那些东西了，何况可能还会出现联想上的差异。另一方面，如果用汉语一味地生搬日语的特点，恐怕译文会变得佶屈聱牙，文不达意，甚至以文害意。也就是说，在翻译诗尤其是定型诗时，企图用一种语言去“忠实”（死板）地体现另一种完全不同的语言的形式特点，效果往往事与愿违，产生出最不忠实于原文的译文。这种现象正好应了一位日本翻译家的感慨：“翻译概如女子（过于忠实原文的译作就像没有生气的贞女，善于哗众取宠的译作宛如水性杨花的美人，远离题意）。”看来，西方所谓“翻译即叛逆”（意大利著名谚语“Traduttore - traditore”，或译为“译者，叛逆也”）不是一点道理也没有的。

再者，诗人自有“诗人的特权（poetic license）”，可以根据表现效果的需要在创作时打破语言的常规，创造性地使用语言。俳人当然不会放弃这种特权。从语言运作、创作手法与诗境的关系分析，前面所举“古池や蛙飛こむ水の音”句中，上五中“古池”（古老的池塘）后省略了表示地点（目的地）的格助词“に”，使用了表示主观强调的副助词“や”做断句字，在“古池”一语的地点、场所、目的地等形象意义之上浓浓地抹上了作者的感慨和强调“古池”幽静的意境的色彩；中七中“蛙飛びこむ”（青蛙跳进）是省略了格助词“が”的现在时主谓结构，简洁地点出了引发水声的动作和动作主体，用来承前启后（前承“古池”，并作为定语后启“水の音”），给人以静中有动和水声轻微的暗示，大有使读者身临其境的现实而生动的效果；下五中，“水の音”（水的声音）是定名结构，只言水的声音，不作其他形容，并用来结束全句（名词结句法），突出全句表现重点——（水的）声音，并与“古池”遥相呼应；全句以名词结句，省略了谓语，模糊了“水の音”究竟是一个句子的主语还是宾语或是其他什么成分，并在“古池”和“水の音”这两个表意重点之间产生了大跨度跳跃，同时使“古池”产生了做“水の音”的定语（即后加格助词“の”）的可能性，造成了独特的余味，使两个意象并置，不容联络，在语言和逻辑上都造成“余白”，给读者以巨大想象空间，逼迫读者不得不沿着全句最重要的暗示——“蛙飛びこむ”提供的线索，根据自身的经验、感性和对原作及其作者心理的理解甚至猜测，借助对作者、作品背景的了解，作最贴近原作意图的内心联想来完成全诗意境的全景图。这种把诗的最要紧的元素通过暗示交代给读者的作法，境界之高难于言表。但我又不由得感到这种作法一方面把诗心交给了读者，鼓励读者参与到作者的创作中来，共同最终完成和欣赏作品，尊重了读者，但另一方面又好象在让读者猜谜，而谜底却在恍惚之间，含蓄而多解，没有定准。这种任由读者解读诗心的态度和做法，是不是显得不太负责任了呢？然而，作品和作者所推崇的这种诗境的模糊和暧昧正是俳句乃至日本文化的要义之所在，是日本文化的一个最极致的典型，它给读者带来广阔的联想空间和巨大的理解自由度，并通过自身的生命力和发展历程，以古老的身份几乎过于充分地证明了只有在作者、读者（包括译者）的对文本的共同参与下，在两者使用语言时的互动关系中，文本的意义才能确定并成为惟一的某种当代语义观。然而另一方面，我又不得不指出，这种最大限度留出诗的余味的做法在给原作读者带来了欣赏愉悦的同时，由于这种模糊和暧昧的无定准性，造成了作品的多解，也给读者准确把握原作带来了一定的困难，尤其是给俳句的汉译者（当然也包括英、法、德、俄……的译者）这群特殊的读者带来了无穷的麻烦、困惑和烦恼，甚至使他们无所适从，因为他们出于自身使命和客观条件的约束，不能像原作读者那样自由自在地参与原作文本的意义生成。而且，汉语虽然是一门成熟的语言，有着自己独特的长处，但它所适应的是充分表达汉民族的文化特点，而像日文原作的这种由语言过渡到形式再上升到诗境这一通过高超的运作才能达到的复杂而层次更高的文化特点，实在难以通过汉语翻译使译文读者享受到原文读者那般的愉悦，再要在译文中保存并再生与原作同样的模糊与暧昧和含蓄与多解，更是强译者所难了。一句作品已经有了数十个译案，译家们还在摇头太息，苦苦以求更好的译文，不就是最有力的证明吗？！

可见，诗尤其是定型诗语言形式的改变必然影响到内容乃至意境的表现；文化差异和语言差异必然导致译作与原作之间的种种偏差，进而产生译作读者的实际感受与原作作者、原作读者、译者所期待的感受之间的偏离。人们倡导和推崇的意义上的等值翻译和功能上的等效翻译等等，在这里受到了严峻的挑战。为什么会是这样呢？因为毕竟所谓翻译，实质上就是要通过改变（转换）语言符号这种构成形式及与内容和文化有着直接关联的载体，克服文化和语言上的障碍，使原作的语种（即原语或称译入语、出发语）变成译作的语种（即译语或称译出语、目的语），并用译语的语言符号在译作文本中再生原作意义并使原作的生命得以通过译作延续下去。不论翻译的指导思想、立场、态度、理论、目的、过程、手段怎样，不拘原作和原作者、译者、译作和译作读者怎样，不管语言是载体也好是内容和文化的一部分也好，也不管语言在作品中起什么作用、译者如何在操作中运作，在翻译中，作为载体的语言符号的改变和原作意义的再生是第一性的。令人悲哀沮丧的是，语言符号的改变和原作意义的再生之间居然是矛盾的，不能两全！这，便是翻译的宿命，是文化、语言和翻译的本质所决定的，并不以作者、译者和读者的意志为转移。既然有载体符号的改变，必然有意义上的损失，且这种损失在翻译诗尤其是定型诗时显得尤为惨重。难怪著名美国诗人弗罗斯特要说："什么是诗？诗就是在翻译中失去的东西。"

其实，关于诗尤其是定型诗（包括俳句）的翻译，一直就有争论，诸如：诗可不可译（诗的本质——形式、内容、意境、感情、风格及其相互间关系等；语言的本质；翻译的本质；文化的本质等）、有没有译诗（译诗的实践、成果、历史等）、何人所作何人所译（主体论——作者与译者以及他们的背景和相互关系等）、作于何时译于何时（创作和翻译的时间关系和时代背景等）、作于何地译于何地（创作和翻译的地缘背景和关系等）、为谁而作为谁而译（原作读者和译作读者及其相互关系）、为何而作为何而译（创作和翻译的目的、原作和译作的分析）、作了什么译了什么（客体论——原作与译作的形式和内容结构及其相互关系和对比、原文本的遴选、翻译时对原文本内容和形式的取舍等）、如何翻译（翻译的过程、方法、标准及其在操作中的把握等）、译得如何（翻译的得失；译作与原作的价值比较；译作的艺术成就、贡献和影响；翻译批评等）等。俳句的翻译自然也是无法超然自处的。

产生争论的根本在于：在远古，人类种族部落的生存环境、自然条件和起源等方面客观存在的差异造成了人类许多不同的民族。各民族在从肤色体形、生活方式、行为习惯、感受能力、情感倾向、种群（根性）遗传到心理状态、交际形态、语言文字、审美意识、思维模式、文学艺术，乃至历史传统、社会结构（包括国家机器）、财富积累等方面都具有独特之处，形成了足以区别于其他民族（国家）的独特文化。在这种全民族性文化的熏陶和影响下，尽管每个成员个体或多或少会有一些个性，但在与其他民族接触并形成对比时，每个成员所表现出的本民族的特性和与其他民族的区别性特征——差异，毋庸赘言，是显而易见的。在这里，我们清楚地看到了文化差异（包括语言差异等）在体现民族个性、凸显民族存在方面所具有的独特而巨大的价值。然而，当民族（国家）之间的这些主、客观文化差异反映在语言上时，就必然地导致了因文化的缺项而产生的词汇的缺项，因文化背景的不同而产生的概念之间和概念与语言之间的错位、对非语言经验的实际切分的不同，进而导致了语义单位的不对应和语义联想的不对应等。在这样的情况下，要把一个民族（国家）独特文化通过翻译用不同的语言完整地展现给另一个民族（国家）并让其全盘理解和接受，决非易事。因为文化差异和语言差异等造成的不同民族和文化的隔离虽然为翻译提供了必要性，但差异本身又同时给翻译造成了文化的和语言的障碍。这里，我们几乎可以顺理成章地得出一个推理：任何文字作品，其内容对本民族的文化背景和语言形式的依赖度越高，民族性就越强，表现出的差异就越突出，翻译成别的语种并进入那种文化时就越困难。在文学领域中，诗是一个极致的典型，有些使诗之所以为诗的形式要素、独特的文化表现和内容，甚至无法通过翻译再现在译文中，从而不能为其他民族所欣赏。

具体点说，一个民族的语言不仅是这个民族文化的载体，同时还是这种文化的一个组成部分。反映在诗尤其是定型诗这种特殊的文学样式上，就是，在作品中，独特的语言形式因素（包括字数、音韵、行数、节奏、旋律及一些独特的语言和修辞技巧等）不但是内容（包括形象、意境、思想、感情、风格、神韵等）的载体，同时又是作者须要向读者传达的东西，是内容的一个组成部分，与内容相互高度依赖，有机结合，形成密不可分的统一体，如中国的律诗、绝句、词等，英国的商籁（十四行诗）等，日本的和歌、俳句等。但由于不同民族之间存在着文化和语言的缺项、概念之间和概念与语言之间的错位、对非语言经验的实际切分的不同、语义单位和语义联想的不对应等，译者在翻译过程中很难用另一种语言把原作中包含的带有很强民族个性的文化差异和语言差异作为一种意义在译作中予以再生，致使差异的价值走失，原作的民族文化和语言等个性部分甚至全部消失。在这里，我们看到了文化差异和语言差异等给翻译带来的不可译性（局限性）。

既然如此，是不是就可以断言诗不可译呢？我想不能断言。前面着眼的是民族（国家）间、文化间、语际间的个性和不相容的情形，而那只是一个事物两个方面中的一个方面，即诗之不可译的一面，不是全面，我们不能因此就走进死胡同。诗还有可译的一面，因为人类及其所处环境、实践活动及其所创造的文化在民族（国家）间、文化间、语际间还有共性和可相容的一面。

尽管各种族部落起源的环境、条件等外部因素不同，造成了不同民族的上述种种不同，但不论各个种族部落的个体发展怎样，所有种族部落与大自然的关系是一样的，他们与大自然共处（有时称为搏斗），靠劳动生存，群居而产生社会，交际而产生语言，进步而形成文化，为生存和发展而与外民族（国家）进行交流的历程是一样的。同在一个宇宙里和一个地球上进化的结果，造成了不同种族部落的人们在生理结构和遗传基因上的基本一致。这些不但造成了人类在本能行为上的基本一致，还造成了他们在生存需求（衣食住行等）、社会需求（家庭、交际、劳动等）、文化需求（技能、财富、宗教、艺术、审美、心理、情感、语言、思维、哲学等等）上的共性，从而进一步导致行为上的更多共性。这类共性的形成和发展是造化使然，是人类所不自觉的。我想，也许可以把这种共性理解为人类文化同源性（包括相似性）和普遍性所成就的共性（和相似性）。出于种族部落能够更好地生存的目的，人类大约在起源伊始就有了种族部落之间的交往。而那些原始的交往，恐怕除了战争和消灭外，还有战后的占有与被占有，还有共同对外的联合与共存，伴随而来的还有语言、文化的交流和融合。这一切大大地促进了不同民族文化之间共性的形成和发展。这种共性是人类自觉行为的结果。我想，也许可以把人类文化的这种共性看作半同源性成就的共性（和相似性）。此外，人类的同源性不但成就了人类文化的共性和可相容性，还成就了人类经验的普遍性和相似性。总之，人类各民族之间拥有许多共同的物质和精神财富，其在行为、需求、生存方式等方面具有的共性之多，远远超出人们的想象。

这里，我们尤其应该注意到人类思维和语言及两者的关系对翻译的重大意义。从人类（思维、语言）发生学和哲学意味上说，由于人类在起源上存在同源性，在思维的起源、形式、规律等方面也必然存在着共性，这就造成了不同民族对客观事物的反应大体相同或相似，表示这种反应的概念、概念之间关系（逻辑关系等）的联络形式也基本相同或相似的事实。在共同的思维规律的制约下不同民族用以表达思维的语言，自然也形成了相应的共通的义位、义素、结构以及表示概念之间各种关系的网络（语法关系等），为翻译的现实性（可译性——不同语种的语言可以完全或部分地表达相同的概念、关系和感情）和具体实现（语言符号的转换）提供了基础。

随着人类的进步，文化交流行为变得积极主动，并在许多方面成就了人类文化的人为的非同源性共性。其中，因为生存的交换、因为财富的掠夺、因为征服的进贡、因为和平的交流等等，都是有效的手段。这种交流引起了不同民族、不同文化之间的互动，使它们相互作用，相互影响，甚至彼此融合，不但促进了不同文化之间共性的形成和发展，加大了不同文化间的可相容性，而且直接给各部落、民族（国家）的发展带来的机遇和实惠，使人们不断寻求新的方式积极主动地参与、推动这种交流和融合。这些交流和融合从原始的为了生存的物质交换开始，随着人类需求的提高自觉不自觉地逐步向精神领域和意识形态发展。在这种由低级向高级发展的过程中，出现了非有语言参与不可的需求。在这些客观和主观因素的催化之下，语际间的跨文化言语交际形态——翻译便应运而生并迅速地发展起来。

顺便说一句，原始的翻译口译是第一性的，有了文字之后，出于更加积极主动的沟通和交流的需求，笔译这种语际间的言语交际形式才出现。这与语言的发展规律完全一致。

可以这么说：人类语言不同语种之间的翻译是在各民族（国家）文化之间共性与个性相生、不同民族（国家）的操不同语言的人们要求参与文化交流和融合以发展本族（国）的情况下，为解决民族（国家）间文化和语言的差异带来的沟通不便而产生的。翻译的目的，微观地说是办成双方在交际过程中所交流的事情或对其产生共识，宏观地说则是促成操不同语言的民族（国家）之间的文化交流、影响和融合，而根本不在于改变语言载体（语言符号）行为本身。改变语言载体（语言符号）只是翻译行为的过程和手段，是实现翻译目的的路径，是翻译的具体操作和外在体现。至于“传递等价（等值）信息”、“使译文听者或读者产生与原文听者或读者相同的心理感受和行为反应”等，只是对翻译的功能和效果的要求；“准顺快”、“信达雅”、“神似”、“化”等等只是人们希望用以衡量翻译结果的比较理想化的标准。从方法、功能、目的、要求和价值几方面给语言翻译下定义的话，完整表述应该是：

语言翻译是把传达某事物信息和载体自身信息——内容的原语载体——原语语言符号在尽量保持其意义（“某事物信息”和载体自身信息等的总和）的质和量不变的前提下转换（即改变）成在传达功能和效果上尽量对等的译语载体——译语语言符号，尽量完整地传达原语言载体所承载的内容，使交际双方共同认知该事物，并使译语受者产生与原语受者尽量相当的感受或行为等反应，以促成不同语种之间有目的的言语交际活动（当期目标）的跨语际言语交际行为；是通过这种跨语际言语交际行为促成不同民族（国家）的文化交流，最终达到不同文化之间通过交流而相互影响直至彼此融合之目的（远期目标，亦即翻译的终极使命）的跨文化言语交际活动。

正因为如此，我认为，翻译的要义小而言之，在于切合操不同语言的交际双方的交际目的而改变语言载体——语言符号；大而言之，在于切合不同民族（国家）之间的文化交流、影响和融合之目的而改变语言载体——语言符号。但无论如何，翻译的目的不在于改变语言载体——语言符号的行为本身。改变了语言载体就可以达到跨语际交际、跨文化交流之目的，其基础正是各种族部落、民族（国家）的文化之间客观存在着共性和可相容的一面；翻译可以促成不同文化的交流、影响和融合，其原因恰恰在于不同种族部落、民族（国家）的文化之间存在着个性（差异）和不相容的一面，毕竟一种文化的个性的和与其他文化不相容的一面，经过译者富于智慧的长期实践和译品，通过译品读者的学习、消化、掌握和应用，是可以逐步向共性和可相容性转化并最终成为全人类共同的文化财富的。其实，各民族（国家）之间在文化和语言之间差异的存在正是产生翻译的根本原因所在。可以说，各民族文化之间的共性和可相容性以及人类经验的普遍性和相似性为翻译提供了可能性，个性（差异）和不可相容性为翻译提供了必要性，同时也带来了局限性。因此，我们说翻译具有双重使命——在译文中既要保留文化共性、可相容性，又要尽量保存差异，促成差异本身的交流，使一个民族能够通过翻译了解、理解、欣赏、接受甚至运用原为另一个民族所具有的独特文化，促进人类文化的进一步融合，以顺应人类文化趋同规律。这双重使命，构成了翻译这一客观事物的两个方面。

这里，我们可以得出另一个推理，那就是：文字作品所传递的形式信息和内容反映人类文化共性和不同文化之间可相容性的东西越多，作为载体的原语和译语亲缘关系越近或越雷同，作品的可译性就越大，翻译起来也就越容易，译作读者也就越容易理解和接受。翻译诗尤其是定型诗时，在另一种语言中移植诗的形式远比用另一种语言传达诗的内容乃至意境、风格等更加困难的实践经验，就从反面证实了这一点。事实上，千百年来的翻译实践、成果及其对人类文化、文明发展的影响和贡献也直接或间接地客观证明了上述观点。

可见，在译文中原样移植原作尤其是定型诗的形式实际上是无视语言、文化差异客观存在的不现实的奢望。因为要在译文中保留和传达差异，惟一的办法就是用另一种语言对差异进行加工和改造，而在这一过程中，原文本的语言形式必定会因为原语个性的被改变而改变，以至于我们不得不选择某些相对的放弃。也正因为如此，在这种改造和加工的过程中，译者的立场、态度、策略、方法、水平乃至性格、习惯等都将对译文质量和翻译目的的实现产生决定性的重大影响。因此，树立正确、科学的翻译观，掌握好放弃的度是译者面临的头等大事。

再言之，只要各民族（国家）之间的文化、语言客观存在差异，那么，翻译就只能在有限的范围内用另一种语言完成表现差异、传达差异的任务。在人类的文化、语言到达高度融合之前的漫长历史中，译者们可以通过努力最大限度地减少文化的不相容性和原文本的不可译性，但却无法彻底消灭它们或将它们完全转化为相容性和可译性。因此，完美的翻译境界就像数学里的极限，是译者们不懈追求却只能无限地接近而永远也达不到的目标。也许，翻译之所以存在的永恒价值就在于此。

从另一个方面看，翻译是译者用人类的普遍语言能力克服个别语言的特殊性，用个性表现共性，最大限度促成跨语际—跨文化交际的过程。尽管人类的翻译能力是无限的，并且在动态中不断发展，但在任何历史时期，具体从事某一原文本翻译活动的译者个体或群体的认识和能力却是有限的，而且在翻译过程中，每个译者个体或群体的知识、水平都与可译性程度和译文质量成正比，而可译性又与跨语际—跨文化交际的成功成正比。所以，正确有效地运用人类的普遍语言能力的能力是译者必须具备的基本素质。

此外，翻译还是在译语中寻找、创造和选择原语意义、载体及二者关系三相结合的功能对应物的操作过程。在这个过程中，语言的限制和创造的自由必须以原文本为依据、以阅读效果为准绳寻求高度的辩证统一。原文本提供的是特定的语言形式和不稳定的意义的结合体，它的意义必须在读者的积极参与下通过阅读和理解才能确定和惟一化。由于读者的个体差异，同一件作品对不同的读者可能具有不同的意义。这里，我们不得不承认读者在意义生成过程中的主动性。这种主动性给译者带来了创造的主动性即自由，对译者来说十分重要。作为译者，他的任务就是把根据自己的理解生成的意义在全新的文化背景中再次融入全新的语言形式，形成全新的译文本，并通过译文读者的阅读生成译者和作者期待的意义，在译文本读者中发生原作者意图期待的效果，从而赋予作品全新的生命。所以不论译者是在阅读原文本生成意义的环节还是在创造译文本再生意义的环节出了岔子，都可能造成背离原作者意图的译文本，并导致跨语际—跨文化交流的失败。由于译者的个体差异和对自由度把握的不同，一件作品经过不同译者的翻译甚至同一个译者在不同时候的翻译，都可能出现具有不同意义、效果和价值的译文本。这不但是复译文本存在的理论依据，也是好（限制与自由高度统一）的译文本和坏（过分受限制或过分自由）的译文本并存的理论依据。可见，把握限制和自由之间的度是译者面对的重要课题，形成一套把握机制也许是翻译界迟早不得不面临的重要任务。这里，面对许多译作在特定历史断面和译语社会文化背景下产生了完全出乎原作者意料甚或不期待的效果和作用的现实，我们不反对出于明确的目的进行翻译，并在翻译中充分发挥译者的主动性，从而产生最利于达到翻译目的的做法，但严肃地强调翻译目的相对于原作者意图的合法性和相对于译文读者及其所处社会文化背景和历史断面的现实性，强调译者主动性相对于原作者、译文读者的合乎道德的合理发挥。

当然，译文本读者群也不是千人一面，他们对作品也会有不同的期待、不同的理解、不同的解释，从而赋予译文本、进而赋予原文本以不同的意义和不同的新生命。作为译者，不能指望用一种译文本就打发掉读者不同的阅读需求。这里，我们似乎又看到了复译存在的一个理由。不过，应该强调的是，译者不能一味地迁就译文本读者的种种“不同”而背离原作者的创作意图，在译作中随意改变原作内容，胡乱发挥主动性，必须要有一个度的把握。至于出于明确的政治、社会等现实需求而改写原作，或由于原作和译作所处时间、地点、环境、读者等等的不同而导致的译文本与原文本的社会效果的不同甚至相悖，则不在这里我们所谈之列。

现在让我们回过头再来看看诗的起源、性质、功能及其与文化的关系。我们知道，诗几乎是在人类处于蒙昧状态时与语言、音乐、舞蹈一同在劳动、祭祀、庆典、祈祷等活动中产生，并与人类心理、思维、智慧和其他文化的发展、发达一道成熟起来的。诗是以特定的语言形式和结构反映人类的生活、行为、感情、思想和人类与自然、与人类自身之间关系等主观、客观世界及其关系的，是承载文化的一种特定载体。与人类的文明和文化的发达程度相适应，诗在起源当初几乎直接出自人类本能的需求，思维、智慧、知识和语言的不发达导致诗的表现很简单，只有一些表示感叹、事物以及感觉的简单词语，只能反映主观世界的简单情感、人类自身之间和人类与自然之间的简单关系、客观世界的简单事物。而且，由于人类的不成熟、语言的简单和表现的贫乏，诗中的缺漏和省略很多，概念与概念、感觉与对象之间的关系常常十分不明确，造成概念和意象等的跳跃或并置，形成我们现在所崇尚的使诗之所以为诗的余韵、联想、余白等的手法和相关效果，并成为诗的传统。看来，人类思维、感觉、语言、心理、智慧、知识乃至社会和其他文化在发展上的幼稚和不成熟实际上就是诗的最根本要素形成的根基。诗人可以更大程度上打破语言常规地自由使用语言，行使所谓“诗人的特权”，实际上可以理解为一种刻意追求的返璞归真，回归原点——人类本能的行为。各民族（国家）在这一点上是共同的，因此在诗的创作和理解上存在着某种必然的共性。

可以说，诗是人类最早产生的最古老的文学样式，保留了人类早期的思维方式、知觉方式、审美意识和语言表达方式，最接近人类的本能，最容易引起人类的共鸣。尽管历史在进步，时代在变迁，人们有目的地、积极主动地参与诗的创作，诗本身也在不断发展，但作为典型的文化载体，诗与生俱来的承载文化的基本性质一直没有变，并形成了永恒的规律，那就是：诗在形式、内容、基本创作手法、意境、风格等方面综合承载一个民族（国家）文化的同时，也承载了人类共有的生理财富、心理（感情等）财富、物质财富、精神（智慧、知识等）财富以及共同的生活、行为、习惯等主观、客观世界的文化信息。这是由各民族的诗或者说文化所共同具有的客观同源性（包括相似性）所决定的。

诗怎样承载文化呢？我认为应该这样讲：文化是社会性的，任何民族（国家）的文化形成后都会熏陶和影响它的每一个成员。诗人接受了这种文化，经过升华写出了反映这种文化的诗作，并在把这种升华了的文化传达给读者同时，使自己成了文化的传播者，更使诗不但成了文化一部分，而且成了文化的载体。中国古代的“诗言志”理论可以从诗的功能上说明这一点。

《尚书》中记录了舜帝一段话：“诗言志，歌永言，声依永，律和声，八音克谐，无相夺伦，神人以和。”这是“诗言志”的最早出处。后来的《毛诗序》上说：“诗者，在心为志，发言为诗。”对“诗言志”作了阐释。那么，究竟什么是具体的“志”呢？闻一多认为：志就是记忆，就是记录，就是怀抱。这一解释是有道理的。诗在口传时代的记诵就是记忆。为记诵方便，诗有了整齐的语法、韵和律。我认为，这时的诗不但有传情功能，还有把文化承传下去的记事、叙事功能，诗作为文化载体的基本性质已经确定。此外，我还认为，定型诗的起源也可以追溯到这里。及至文字产生，诗可以用文字记载了，志就演变成记录、记载的意思了。也就是说，“事”、“物”、“情”、“理”等可以不再依靠口传的诗承传延续，而可以用文字记录、记载了。这时，诗的主要功能自然也就是记录和记载文化了，诗的文化载体的基本性质在这里得到了发展。另一方面，有了文字以后，“事”、“物”、“理”的文化传承就有了更好的记录工具，记事记物记理可以使用便于文字记录的更简单高效的文体，而不一定非要沿用专门用于口传的语法整齐、韵律严谨的诗体不可了。于是，人们开始更多地用诗来抒发情怀，也就是记“情”。这时，志也就演变成了情意、怀抱的意思了。这里，诗的记事、记物、记理功能削弱了，记情、记意、记怀的功能增强了，诗作为文化的载体，把承载内容的重点从客观世界逐渐引向了主观世界，完成了一次飞跃，因为人类的内心世界在与客观世界互动的过程中，拥有无可限量的精神财富，这又为诗注入了新的生命。诗一旦进入了人类的主观世界，就意味着诗作为载体能把文化创造者的内心世界承载下来，传达出去，使之也升华为文化的一部分。各民族的诗概莫能外。在这个意义上讲，译者是通过诗的翻译而成为跨语际—跨文化传播者。

直接源自日本古典歌谣的俳句，虽然受到中国文化的影响，但却作为日本文化的典型代表，以其精练含蓄和趣味无穷而深具魅力，广受欢迎。俳句的创作过程和作品，充满了作者的知识、智慧、感情和思想，语言和各种技巧的使用更是炉火纯青，各种风格层出不穷，流派林林总总，甚至对中国和欧美文学产生了很大影响，表现出了强大的生命力。形成这种局面，最根本的就是因为不论俳句的起源和发展经历了怎样的过程，俳句本身发生了怎样的变化，其最本质的东西没有变，那就是：小而言之，用最率真的语言表现最接近人类本能的感动没有变；中而言之，用民族文化的个性表现人类文化的共性没有变；大而言之，俳句这种定型诗承载本民族独特文化和人类共同的物质、精神文明的这一与生俱来的基本性质没有变。既然是这样，俳句（其他诗歌亦然）当然具有可译性，可以通过翻译进入其他文化并产生影响。歌德关于"只有民族的才是世界的"主张正可以由此理解。

现在，我们觉得可以在这里总结一下自己的最终想法了。我们认为：定型诗（包括俳句、和歌、七律、五绝、商籁等）是文学的典型体裁之一，也是承载民族文化的典型载体之一，具有多重功能和价值，由内容、形式及其两者互动形成的风格构成。其中，内容包括题材、形象、思想、观念、感情和民族文化信息等；形式包括语言符号及其语言自身信息、定型格式的各种因素（如音节、韵脚、节奏、旋律、字数、行数、长短等各种规制）；风格包括体现原作者个性并切合内容表现需要的言语使用方式、过程和结果。一种文化的原语定型诗的基本内容和大体风格可以通过语言符号的基本转换——翻译得到译语的基本阐述，从而通过译语读者的阅读和理解获得意义，进入另一种文化并获得新的生命；语言符号可以通过译者的操作实现基本转换，但在转换操作中，那些高度依赖于语言符号的语言自身信息、定型格式的各种因素和民族文化信息会因为语言和文化的差异而发生走失，走失多少与这些语言自身信息、格式的各种因素和民族文化信息等对语言符号的依赖程度的大小成正比。我们不指望一个译文本就能穷尽原文本的全部意义和价值并具备其全部功能，更不指望译文本与原文本在内容、形式、风格以及意义和价值上理想化地完全等值。我们用历史的观点看待翻译现象，现实地承认各民族间客观存在的思维、文化和语言方面的差异，肯定翻译在言语交际和文化交流中的局限性；承认人类思维、文化和语言方面客观存在的共性和可相容性，肯定翻译在言语交际和文化交流中的功能和所发挥的作用。我们力图建立科学、辩证、实用的翻译观，给翻译一个合理的定位，认为诗尤其是定型诗的翻译主旨不在于用译语阐释原语的形式，而是有限地放弃部分不可翻译的形式等因素以更好地阐释无限的原作内容，并在一定程度上体现原作的风格。须要补充的是，我们相信，肩负文化交流和融合使命的、有充分原语和译语语言和文化能力的、负责任的译者，会在翻译过程中尽最大努力谋求与原作者和译文读者的互动，在原作的基础上通过翻译（不是改写等）创造出内容、风格甚至形式在相当程度上与原文本一致、反映原语文化且符合译语语言和文化规律以及译文本读者阅读习惯和经验主流的译文本；同时也相信，译文本读者在过去的阅读经验中已经获得了一种缺失容忍能力，具有一定程度的缺失容忍度，即使面对相对于原文本而言在形式、内容和风格上可能有一定缺失（是无奈的缺失而不是译者有意无意的歪曲）但仍在容忍限度内的译文本，照样能够在译文本文化环境中切合原作意图和阅读目的，体谅译者无奈与苦心，尽量完整地理解、再生原文本的意义，理解甚至接受原文本的文化意义，并产生相应的心理和行为反应，最终完成言语交际和文化交流活动，进而也帮助译者最终完成促成跨语际—跨文化交际的使命。

在这里我们还想多说一句：有一些，或者说甚至大部分语言自身信息、定型格式的因素和民族文化信息虽然可能在翻译中走失，不能通过语言符号的转换这种特定的过程（翻译）而获得其他语言的阐释，但却可能用其他语言直接地、部分或全部地进行解释甚至模仿，并获得其他文化背景下的读者理解，从而成为文化交流的成果。后面我们谈到的汉俳便是一例。

我们正是基于上述对文化、翻译、俳句（定型诗）的基本认识翻译散人和晴雨夫妇的俳句作品的。原作是用日本人的审美观念、创作手法、思想感情和习惯等吟咏中国的，在体例上句作之后有随笔文字附着，在作品背景或内容的说明方面起到了一定的作用，大大利于读者理解作品。根据这些特点，我们在翻译这部作品时选择了以传达日本文化，尽量使译文读者了解俳句和原作潇洒、平明而直率的风格，获得与原文读者相同或相似的审美感受，促成围绕这个集子的跨语际—跨文化交流活动,为两国文化交流出力为最终目标的立场;确定了对原文及作者、译者及其读者负责,承认翻译局限性的存在,认可译作在不悖离原作的情况下所产生的局部性变形，并在此前提下发挥自身的主动性来创造译文，尽量鼓励译文读者参与作品意义（意境等）在译文中的再生并最终完成译作的态度；采取了以兼顾形式和内容，但不得已时也允许文化差异和语言差异在一定程度上的走失（部分舍弃原文语言形式及其所承载的文化内容），在译文中尽量潇洒、平明而率直地再生原作的意义以反映原作风格，尽量传达原作的文化内容，亦即放弃部分过于个性的东西，力保传达一般个性和共性的东西为主要内容的策略；使用了以译文不过分拘泥于形式（字数、行数、韵脚、节奏等）和语言（文言、白话等），总体依原作者意图、原作内容和风格、原作文化背景在译文中的表现方便而定为指导思想的一些具体操作方法。这里还要专门说明的是，鉴于集子里与俳句作品并生的随笔所提供的宝贵信息可以在很大程度上帮助译作读者了解作品的创作背景，译者在本篇第一部分中的文字叙述可以帮助译作读者了解俳句的形式和渊源，基于我们对翻译的理解和通过作者和我们的努力为中日两国文化交流出力的翻译目的，在反映原作意象跳跃或并置等这类使俳句之所以成其为俳句的极高境界的典型特点方面，我们采取了尽量保留跳跃或并置等及其所营造的联想、余韵、余味甚至余白而不加更多自己的理解的办法，希望能够在大多数读者可以理解的情况下多传达一些原汁原味的东西，以便更好地把作者、译者、读者结合起来，共同完成译文本意义的再生，使原作在翻译中涅迖并通过译作和译作读者的阅读获得新生。同时，在译文形式上我们没有更多拘泥，而是选择多种尝试，目的是给读者留出比较的空间，便于大家批评并提出意见和建议，共同为我国俳句翻译的繁荣作出贡献。当然，尽管我们与散人、晴雨夫妇是知交，有些作品甚至是他们在与我们的共同旅行中创作的，未发表前我们就有幸欣赏过，甚至提过一些意见，按理我们对作品应该很熟悉了，然而在具体翻译过程中遇到的种种困难，仍使我们绞尽了脑汁还是一筹莫展。因此，我们在翻译过程中是否实践和反映了上述初衷，译文是否能够收到作者、译者和读者所期待的效果，我们自己很难判断，谨请读者和专家们评判。为大家评判方便，我除编了作品目录外，还在正文中将原文直接放在了译文之前，供大家对照指摘，以便于我们的进步和提高。

最后顺便简单提一下我们对汉俳的认识。汉俳以日本俳句为模特儿，直接套用了俳句“五七五”三联十七音（文字）的形式，借鉴了一些俳句的创作技法（一些作品中的季语使用等等），表现了一些日本俳句独特的意境和异国情调，但总体上还是被“汉化”了，以便更好地适应于表现和承载中国文化，便于中国作者的创作和中国读者的欣赏。比如，汉俳摆脱了日本俳句在季语、断句字方面的限制，只保留了俳句五七五三联十七音的形式结构；文字可文可白，使用汉语独特的韵律；语言载体的信息载量变大，吟咏和容纳的意象、内涵和观念等内容大幅度增加；运用了大量中国诗歌的创作手法和技巧；更多地还是追求中国诗歌的韵味和境界……这一切都说明汉俳的创作和鉴赏遵循的是汉语、中国诗、中国文化和中国民族审美的规律，主要反映的是汉语、中国诗、中国文化和中国民族审美的特点，与汉俳是中国作者为中国读者而创作的目的相适应。可以说，汉俳是在形式和某些审美追求和趣味上起源并得益于日本俳句的中国诗，它的创作、发展和进一步成熟必将使其真正成为中国的定型诗形式之一。从这里，我们一方面看到了定型诗、诗乃至所有文学样式的形式的客观存在和相对独立性，另一方面也看到了汉俳作为俳句翻译的一种形式上的补充和中日文化交流的产物和成果之一给中国翻译文学乃至整个中国文学的发展带来的实惠和对中国文化发展所作的贡献。

附录二

作品索引

一、代序（林林）

1．汉俳一首：鸟瞰在秋空，长城长江两条龙，龙头向海东。 p7

二、正文（溥杰）

1．汉诗一首：遍地樱花堆锦绣，凌霄富岳丽风光。

此行岂尽游山水，永世亲邻百事忙。 p93

三、自序（散人）

1．雲の峰いま大陸に立てりおり

越云峰，现已立身在大陆！ p13

四、酩酊散人之部（散人）

2．ニイハオの飛び交う街や秋立てる（季语：秋立てる）

“你好”满街飘，秋天已来到。（立秋） p20

3．韓非子も百恵もありし夜店かな（季语：夜店）

夜间店，售韩非，卖百惠。（夜市） p22

4．枝豆に何処から来たと問いかけ来（季语：枝豆）

借问毛豆：尔来何方？（毛豆） p23

5．青豆を食べつはじきつ馬追える（季语：青豆）

吃掉青毛豆，吐飞毛豆壳，追在马后头。（毛豆，青豆） p23

6．渋柿のここにもありて蘆溝橋（季语：涉柿）

这里也有苦涩的柿子。卢沟桥。（苦涩的柿子） p25

7．稲妻や二日遅れのニュース読む（季语：稲妻）

闪电。读迟来两日的新闻。（闪电） p26

8．北戴河のらりくらりの秋思かな（季语：秋思）

北戴河那漫漫的秋思哟！（秋思） p27

9．稲刈りの終われば白き乾土かな（季语：稲刈り）

稻子割完，干土泛白。（割稻） p28

10．我慢せよ北京秋天あと一日（季语：秋）

忍忍吧，再过一天北京就到秋天啦。（秋天） p29

11. ひと月の秋連れ往きぬ訪問団（季语：秋）
访问团带走一月秋。（秋天） p30
12. 西向けば風まで黒き無月かな（季语：無月）
西去也，风漆黑，中秋无月夜。（没有月亮。特指中秋夜不见月亮） p30
13. 友去りて故郷の出羽と同じ月（季语：月）
友归故乡出羽兮，异域同月。（月亮） p32
14. 雨を待つ秋初めてと酒談義（季语：秋）
把酒闲聊：秋天盼雨头一遭。（秋天） p33
15. 満月や乾いて白き鳴沙山（季语：満月）
月满鸣沙山：山亮、沙干。（满月） p33
16. 長城は三方にありそぞろ寒（季语：そぞろ寒）
长城三面环，景仰，战栗。（无端的寒意；景仰的战栗） p35
17. 九龍凧行けるだけ行け九月尽（季语：九月尽）
九月底，放风筝，九龙尽情翱苍穹。（九月的最后一天；九月某天尽其一日） p36
18. 初雪や蘭州麺の湯気短か
初雪降新年，兰州拉面，蒸汽短。（初雪，新年第一次下雪） p37
19. 郷に入りて水餃炊きし年の宿（季语：年の宿）
入乡宜随俗，年根儿煮水饺。（大年夜） p39
20. 長城の初日割れたる鋭角に（季语：初日）
新年旭日照长城，棱角锐利如锋。（新年第一次日出；新年第一次出现的太阳或其光芒） p40
21. 春節の夜は空襲の如くあり（季语：春節）
春节之夜，有如空袭。（春节） p41
22. スニーカーのラマ僧居たり初詣（季语：初詣）
新年初拜佛，喇嘛穿鞋也休闲。（新年第一次参拜寺庙或神社祈福） p42
23. 節分の夜は水槽の如くあり（季语：節分）
季节变换时，夜景似水池。（季节转换期，特指立春、立夏、立秋、立冬的前一天） p43
24. フラフープ買う列長き二月尽（季语：二月尽）
二月底，排队长，争购呼啦圈。（二月的最后一天；二月某天尽其一日）p44
25. 黄塵の中静かなリ太極拳（季语：黄塵）
黄色沙尘暴中取静。太极拳。（黄尘；尘土）p45
26. 畑打や馬それぞれに遊びおり季语：畑打）
耕地啦。马儿各玩各的。（耕田，犁地，翻土）p47
27. 鉄路端そこだけ青き麦畑（季语：麦）
铁路边上几片片，绿色的麦田。（麦子）p47
28. 清明やこのバスもまた里帰り
清明，巴士也回乡。（清明）p48
29. 柳絮ゆく行商人のすき間かな（季语：柳絮）
小贩摩肩接踵，柳絮飞飘人缝中。（柳絮）p49
30. 菜種梅雨どこまでもなお華南かな（季语：菜種梅雨）
油菜花开雨连天，处处是华南。（油菜花开时节的绵绵淫雨）p50
31. 古要塞ただそこにあり西日中（季语：西日中）
旧要塞，孑立夕阳中。（夕阳下）p51

32. 草いきれ吸い吐き緩き食堂車（季语：草いきれ）
草丛热气呼吸慢，餐车行驶缓。（夏天草丛被骄阳晒后散发出的热气）p52
33. 白菜や信号の度ひとつ落つ（季语：白菜）
白菜，过一处信号掉一棵。（白菜）p53
34. 白菜や馬車に従う車列かな（季语：白菜）
白菜。车队跟在马车后。（白菜）p53
35. 「愛国」というバス運ぶ山東菜（季语：山東菜）
“爱国”大巴士，运送山东菜。（白菜）p54
36. 白菜を五十は積みしサイドカー（季语：白菜）
摩托车斗拉白菜，能装五十棵。（白菜）p54
37. 白菜の壁見て過ぎし胡同かな（季语：白菜）
穿胡同，满眼白菜垛成墙。（白菜）p54
38. 白菜を井桁に積みし赤き顔（季语：白菜）
在井畔，码白菜的红脸蛋。（白菜）p54
39. 親も子も白菜抱え夕餉時（季语：白菜）
晚饭时分到，母子白菜抱。（白菜）p54
40. 大陸の冬実力を出し来たる（季语：冬）
大陆的冬季，显出了实力。（冬天，冬季）p55
41. 冬ざれや二字しか読めぬ乾隆碑（季语：冬ざれ）
荒冬。只识得两个字的乾隆碑。（冬季的荒芜）p56
42. 凍港や鉄路確かに途切れおり（季语：凍港）
冻港。铁路断在半道上。（冻港）p57
43. 雪暗や市皆閉じる午後二時半（季语：雪暗）
昏暗雪天市场关，方是午后两点半。（雪天的阴霾）p57
44. 子ら滑る馬橇も滑る国境（季语：橇）
国境线：孩童脚滑，马橇蹄滑。（雪橇）p57
45. 凍玻璃のパチパチ鳴りし目覚めかな（季语：凍）
玻璃窗上冻冰花，嘭嘭作响搅梦乡。（冻，冻冰）p57
46. 冬の影吾が足許に籠もりおり（季语：冬）
冬天的影儿，在我的脚下——藏身。（冬天，冬季）p57
47. 動くもの建物もみな息白し
动物建筑物，都吐白哈气。（呼出的气息泛白色）p57
48. 長江や初荷の子豚列長し（季语：初荷）
长江。新年首运的猪崽，队儿排得长长。（初运货，即新年以来第一次运送货物或其货物）p61
49. 白帝城蜜柑の葉のみ青きかな（季语：蜜柑）
白帝城，桔叶独绿。（桔子，柑桔）p61
50. 三峡のそこより降りし時雨かな（季语：晴雨）
三峡。从那里飘落的阵雨。（忽降忽停的雨；秋冬时节的阵雨）p61
51. 屈原の墓守りたる鳥乳む（季语：鳥乳む）
鸟儿，守着屈原墓交尾。（鸟类交尾）p61
52. 空海の井戸にてつるむ蛙かな
空海的井里，交欢的青蛙。（青蛙）p66

53. 貝寄風に台湾の鶏鳴くを聞く（季语：貝寄風)
春风吹来贝壳，我在风中听到，台湾的鸡儿在叫。（把贝壳吹到岸上的春风）p66
54. 大王という茶売りおる老舗かな（季语：茶）
老字号卖“大王”茶。（茶，茶叶）p66
55. 温州でついぞ見かけぬ蜜柑かな（季语：蜜柑）
桔子温州终不见。（桔子）p66
56. 屋台にて貽貝と遊ぶ夜更けかな(季语：屋台）
排档里，与贻贝相嬉戏。夜，已深。（摊位，大排档）p66
57. 爆竹の葬列行きし桃の街（季语：桃）
送葬队列放炮仗，行进在桃花街上。（桃子）p66
58. 天山に至ればそこは雪の果て（季语：雪）
到天山。那是雪界的尽头。（雪）p70
59. 凍解にぽこりぽこりと羊かな
冰冻在消融，羊儿星星点点。（化冻）p70
60. 陽炎や駱駝の背よりのぼりたり（季语：炎）
阳炎，从骆驼背上升腾。（阳炎）p70
61. 龍天や炎ためたる山の音（季语：龍天）
火龙天，大山蓄火焰，在轰鸣。（火龙天）p70
62. バザールの刀剣多き日永かな（季语：日永）
集市上，刀剑多多，白昼长长。（昼长，天长）p70
63. 紺色の人群がりて田植えかな（季语：田植え）
藏青色的人们，扎成堆儿插秧。（插秧）p75
64. 西瓜売り西瓜枕に熟睡す（季语:西瓜）
卖西瓜的枕西瓜——睡熟了！（西瓜）p76
65. 青葉にてトロリーバスの立ち往生（季语：青葉）
绿叶新枝纠缠，无轨电车进退难。（嫩叶、新绿、绿叶）p77
66. 『小蜜』は『情人』なりと夏の儒者（季语：夏）
夏日儒者有感：“小蜜”乎“情人”。（夏天、夏季、夏日）p78
67. 娃哈哈なる薬買い込み秋深し（季语：秋）
娃哈哈，当成药，买进门，秋已深。（秋天，秋季）p80
68. 落葉の暴走したる高速道（季语：落葉）
落叶狂奔高速路。（落叶）p81
69. 飛蝗分け１０キロ直線草競馬（季语：飛蝗）
野地赛马一直线，横扫蝗虫十公里。（蝗虫）p82
70. 秋高し国際的な草野球（季语：秋）
秋高气爽，业余棒球国际赛。（秋天，秋季）p84
71. 紅軍の道時雨きて確かなり（季语：時雨）
红军的路，阵雨来后，瓷实。（晚秋的阵雨）p87
72. 合唱の如き延安夜鷹蕎麦（季语：鷹蕎麦）
延安：荞面的叫卖声，晚间的大合唱。（夜间叫卖的荞麦面条）p87
73. 粟粥を箸にてすする招待所（季语：粟）
招待所，小米粥用筷子啜。（小米；谷子）p87

74. 葉も食える様なる秋果市に満つ
秋实满市，叶若可食。（秋季，秋天）p89
75. 寒析のかわりや烏冬売りの声
寒夜梆子声不再，面条叫卖声替代。（寒夜梆子声）p90
76. 立春や溥傑先生旅立ちぬ
立春了，溥杰先生仙游了。（立春）p91
77. 皇弟の逝きたる庭に辛夷かな（季语：辛夷）
皇弟仙逝，庭院里，木兰花不败。（辛夷，木兰花）p91
78. 墨黒し逝きたる人の賀状かな（季语：賀状）
人去贺卡在，墨迹犹黑。（贺年卡）p92
79. 万愚節２０ワットの階段灯(季语：万愚節）
愚人节，楼道灯火二十瓦。（愚人节）p94
80. 老厨師スナップ利かせ蝿を打つ(季语：蝿）
老厨子，妙甩腕子拍蝇子。（苍蝇）p95
81. 馬休み荷台の兵士氷菓喰い(季语：氷菓）
马儿歇，士兵坐在马车上，吃冰点。（冰淇淋、冰棍一类的冰点心）p96
82. 麦笛や立交橋に馬車休む（季语：麦笛）
麦笛。马车歇在立交上。（麦笛，麦杆笛）p96
83. 足球の球となりたる竹婦人（季语：竹婦人）
竹夫人，成足球。（竹夫人，竹篾编的枕头）p97
84. ロック歌手手で温めつつ冷酒飲む（季语：冷酒）
摇滚歌手，用手暖着喝凉酒。（凉酒：冰镇清酒）p98
85. 散水車通りし後も黄土かな（季语：散水車）
洒水车过后，黄土犹在。（洒水车）p99
86. 大晦日興安嶺の風来たり（季语：大晦日）
大年三十夜，兴安岭来风。（十二月三十日夜，除夕）p100
87. 初売や強気の客の多きこと（季语：初売）
新年初售货，逞强客人多。（新年第一次卖货）p101
88. 青島のビールにて蒸す貽貝かな（季语：貽貝）
贻贝，用青岛啤——蒸。（贻贝）p102
89. 我が足の跡追い馬刀を突く子かな（季语：馬刀（貝））
逐我足迹。戳竹蛏。我的孩子啊。（竹蛏，蛏贝）p103
90. 軍艦もきさごの宿や青島港（季语：きさご）
军舰——疣鲳螺的梦之乡。青岛港。（疣鲳螺）p103
91. 黄海岸向きたき方を向く桜（季语：桜）
黄海边，樱花树，朝着心仪的方向。（樱花）p103
92. 洋館にひとつだけあり犬ふぐり（季语：犬ふぐり）
洋房门前只一颗，松塔。（松塔，挂着松球的松树）p103
93. 浅蜊五元ボンゴレにして百皿分（季语：浅蜊）
买进蛤蜊五元钱，做成浇汁一百份。（蛤蜊）p103
94. 爆竹に随いて随かれて雲南路（季语：爆竹）
云南的路上：我跟鞭炮走，鞭炮追我来。（爆竹，鞭炮）p105

95. 春節や彝族漢族多民族（季语：春節）
春节到，彝族汉族多民族，一同闹。（春节，阴历年）p105
96. 棒持ちてバナナ畑の厠入る（季语：バナナ）
拿着棍儿进香蕉地——如厕。（香蕉）p105
97. 眉公江陽炎ばかり下りゆく（季语：陽炎）
阳炎直下湄公河。（阳炎）p105
98. 龍門の二里下に居て遅日かな（季语：遅日）
我居龙门二里下，春日何迟迟。（天长，春日迟迟）p105
99. 雲の峰立ちたるとこや威海衛（季语：雲峰）
云峰起处威海卫。（云峰；云绕山峰）p107
100. 噴水は子のシャワーなり威海衛（季语：噴水）
喷泉浴孩童。威海卫。（喷泉）p107
101. 草茂る砦は北を向きしまま（季语：草茂る）p107
杂草丛生，炮台原样冲北。（青草繁茂）p107
102. 山東のビール受けつぎ昔聞く（季语：ビール）
互斟山东啤，聆听忆往昔。（啤酒）p107
103. 箱眼鏡透けて黄色き海のあり（季语：箱眼鏡）
透过潜水镜，看见黄色海。（潜水镜）p107
104. 炎ゆる朝再び来たり鳴沙山（季语：炎ゆる）
阳炎摇曳的清晨，再登临，鸣沙山。（阳炎摇曳）p110
105. 砂漠にもバス停ありぬ片かげり（季语：片かげり）
沙漠也有巴士站，树阴一小片。（一片影子）p110
106. 敦煌の信号消えて夜の秋（季语：夜の秋）
敦煌：信号灯灭，秋已入夜。（秋夜）p110
107. ハミ瓜の値は客が言うテントかな（季语：瓜）
瓜摊：哈密瓜的价钱，顾客说了算。（瓜）p110
108. ラマ寺の瓦替わりや春の鳥（季语：春）
疑为喇嘛寺的瓦，却是春天里的鸟。（春季，春天）p112
109. 衛兵を慕うが如き落ち葉かな（季语：落葉）
落叶，犹恋卫兵。（落叶）p114
110. 昨日より樹間の広き月見かな（季语：月見）
枝稀干疏胜昨日——好赏月。（赏月，观月）p114
111. ペダル踏む冬の来るのが見えてくる（季语：冬）
冬天看得见，踩着脚踏来。（冬季，冬天）p114
112. 新豆腐麻婆豆腐となりにけり（季语：新豆腐）
新豆腐，烹成——麻婆豆腐。（用当年新收获的大豆做的豆腐）p115
113. 真夜中に月の兎と目の合いぬ （季语：月の兎）
夜阑珊，我与月中玉兔，对眼看。（月兔，玉兔）p116
114. 鼻息の一本白き饅頭売り（季语：息白し）
卖包子的，只有一只鼻孔，冒一道白气。（呼出的气息因寒冷而变成白色）p118
115. おぼつかぬ野の色分けし二連バス（季语：野の色）
原野的景色难辨，两连挂巴士能别。（夏秋之交的原野景色）p119

116. 初明かり千公里西へ汽車立ちぬ（季语：初明かり）
元旦的黎明，火车出发向西行，千公里。（元旦那天早晨的天明）p121
117. 若水の煮立ちて吹きて餃子鍋（季语：若水）
新年。第一锅水煮饺子，开了吹，吹了开。（元旦或立春的早晨第一次打回来的水，可除一年之邪）p121
118. 茎立つや四歳踏み来し靴で立つ（季语：茎立つ）
抽杆儿啦，穿着踩了四年的鞋儿，“抽杆儿”。（抽杆儿，茎长出来）p123
119. 快餐の蓋押し上ぐや諸葛菜（季语：諸葛菜）
花萝卜，撑开快餐盒盖儿。（花萝卜）p124
120. 来し人と往く人ありて柳絮梳くく（季语：柳絮）
来者匆匆，去者匆匆，柳絮梳理过客中。（柳絮）p124
121. 我送る末黒野の果て陸の果て（季语：末黒野）
送我——田野烧荒的尽头，大陆的尽头。（烧荒后焦黑的田野）p126

五、后记二（散人）

122. 船荷解く骨董のごと黄塵籠もる（季语：黄塵）
开行囊，积沙黄，犹傍古董。（黄沙；灰尘）p185

六、晴雨之部（晴雨）

1. 満月や渤海湾の波せわし（季语：月）
渤海湾，月儿满，细浪你追我赶。（月亮）p130
2. 電球の弾けて切れし夜長かな（季语：夜長）
灯泡断丝爆裂，漫长夜。（夜长）p132
3. 十月の一角消えしネオンかな（季语：十月）
霓虹缀十月，彩灯灭一角。（十月）p132
4. 天女舞う柄の茶碗の麦茶かな（季语：麦茶）
茶碗舞天仙，麦茶碗中斟。（大麦茶）p133
5. 落ち葉掃きて歩道通行止めかな（季语：落ち葉）
扫落叶，人行道禁行。（落叶）p134
6. 衛兵の踝隠す散紅葉（季语：紅葉）
红叶飘落，隐埋卫兵的脚踝。（红叶）p134
7. 遥かなるまで裸木の続きけり（季语：裸木）
裸树成行，伸向远方。（裸树）p135
8. 冬蔦に煉瓦の家の縛されし（季语：冬蔦）
常春藤，缚砖房。（常春藤）p136
9. 白菜の玄関先に二百キロ（季语：白菜）
家门口，囤白菜，四百斤。（白菜）p137
10. 凍玻璃や北京原人失せてける（季语：凍玻璃）
窗户玻璃冻冰花，北京猿人尽丢失。（带着冰花的窗户玻璃）p138
11. 段通の足の形に毛並み折れ（季语：段通）
真丝地毯，绒毛倒，脚印凹。（真丝地毯）p139
12. 着ぶくれの親着ぶくれの子を引けり（季语：着ぶくれ）
穿得鼓鼓囊囊的母亲，牵着，穿得鼓鼓囊囊的孩子。（穿着臃肿）p141

13. 着ぶくれて筒のごときに子の手足（季语：着ぶくれ）
孩子穿着臃肿，手脚竟像竹筒。（穿着臃肿）p141
14. 爆竹の不発多かり寝正月（季语：正月）
爆竹多哑炮——懒年。（正月，新年）p142
15. 茉莉花茶と包子をもて聖誕祭（季语：聖誕祭）
喝花茶，吃包子，过圣诞。（圣诞节）p143
16. 寒泳をながめる人の顔白し（季语：寒泳）
冬泳。围观的人儿脸煞白。（冬泳）p144
17. 犬橇の休み休みて至りけり（季语：橇）
狗拉雪橇，且走且歇也能到。（雪橇）p145
18. 松花江馬橇の馬の転げたる（季语：橇）
松花江上坐马撬，马儿摔大跤。（雪橇）p146
19. 雪暗やハルビン空港只一機（季语：雪暗）
昏暗的雪天。哈尔滨机场，只一架飞机。（雪天的昏暗）p147
20. 日本人とは何ぞやと椰子揺れる（季语：椰子）
椰子摇曳问："何谓日本人？"（椰子）p148
21. 黄塵の万丈自転車出没す（季语：黄塵）
黄尘万丈，自行车出没。（黄尘）p151
22. 春塵や鶏と豚売られ行く（季语：春塵）
春日弥尘土，鸡豚即售出。（春天的尘土）p151
23. 惜春の船に編み物したる人（季语：惜春）
惜春的船上，织衣的人儿。（惜春）p152
24. 遠足子国家歌うや中山陵（季语：遠足）
远足孩童唱国歌。中山陵。（远足，郊游，野游，春游）p152
25. 昼顔やフィルム抜かれし国境（季语：昼顔）
篱天剑。拽出胶卷的国境线。（旋花，篱天剑，篱打碗花）p152
26. 万緑に皇帝陵の崩れおる（季语：万緑）
万绿丛中，皇帝陵坍塌。（万绿，一片绿色）p155
27. 暮れの秋臈纈染の蝋煮えて（季语：暮れの秋）
中国蜡染，蜡溶暮秋。（暮秋，秋暮）p156
28. ピラミッド型に練炭積まれけり（季语：練炭）
蜂窝煤，堆成金字塔。（煤饼，煤基，蜂窝煤）p157
29. 黒猫も悟空も萬聖節なりき（季语：萬聖節）
黑猫叫，悟空闹，万圣节，已来到。（万圣节，鬼节）p158
30. 萬聖節エレベーターに悪魔満つ
万圣节，电梯里满是魔鬼。（万圣节，鬼节）p158
31. 寒雀いよいよとなるまで飛ばず（季语：寒雀）
冬天的麻雀，不到最后一刻，它不飞。（冬天的麻雀，寒雀）p159
32. 春泥や屋根ことごとく反り返る（季语：春泥）
家家的屋檐，翘起。泥泞的春天。（春天的泥泞，春泥）p160
33. 春の山釈迦の犬歯を覗きけり（季语：春の山）
春天的山上，窥见，释迦的犬齿。（春天的山）p160

34. 春嶺の万年の雪青きかな（季语：春嶺）
春日山岭，万年雪皑。（春天的山岭，春岭）p161
35. 三塔を倒すがごとく東風吹けり（季语：東風）
三塔欲摧东风吹。（东风）p163
36. 毛衣で課外授業を受けにけり（季语：毛衣）
穿毛衣，听课余讲座。（毛衣）p164
37. 白菜の白き背筋長きこと（季语：白菜）
白菜帮，白筋长。（白菜）p165
38. 踏まれたる白菜なおも踏まれたる（季语：白菜）
白菜，踩了又踩。（白菜）p165
39. 経済新聞にて白菜包む（季语：白菜）
《经济新闻》，包白菜。（白菜）p165
40. 初蛍デッドボールの跡青し（季语：初蛍）
萤火虫初现，死球印乌青。（每年第一次看到的萤火虫）p166
41. 九月尽百年分の塩掘って（季语：九月尽）
九月底采百年盐。（九月底，九月某日终其一天）p166
42. 露霜や視線合わせぬ羊たち（季语：露霜）
霜露。羊群的视线，难捕。（露霜）p169
43. チベットへ嫁す姫ありて登高す（季语：登高）
嫁西藏，公主登高。（登高）p172
44. 十月やヤクのバターを奉納す（季语：十月）
十月，供献山羊奶油。（十月）p172
45. コスモスに五体投地を真似したる（季语：コスモス）
仿五体投地，拜大波斯菊。（大波斯菊）p175
46. 除夜詣ロシアコリアと踊り出す（季语：除夜）
除夕夜，谒佛陀，俄人韩人舞婀娜。（除夕夜）p176
47. クレーンの腕ばかりなり寒波来ぬ（季语：寒波）
吊臂林立，寒潮来袭。（寒潮）p177
48. 年越しの蕎麦どれもみな短くて｣ｨｼｾﾓｺﾄｽ､ｷ｣ｩ
除夕的荞麦面条——根根短。（除夕）p178